少女は夜を綴らない

逸木 裕

角川文庫
22209

目次

プロローグ

加奈子《かなこ》がムンクの『叫び』の話をしてきたのは、小学校四年のときだった。

「ムンクの『叫び』って、知ってる？」

「あの……変な人が叫んでる絵だよね」

「あれは叫んでるんじゃないよ。耳を塞《ふさ》いでるの」

加奈子はさっさっとノートに鉛筆を走らせ、耳を塞いでいる男の模写を描いた。加奈子は絵が上手《うま》かった。描かれたのは簡単なスケッチだったけれど、さっきまで何もなかった白紙の中に、本物の人間が現れた気がした。

「〝自然の叫び〟がうるさくて、それに耳を塞いでるんだよ」

「〝自然の叫び〟って……何？」

「〝自然の叫び〟は、〝自然の叫び〟だよ」

加奈子はとんとんとスケッチを叩《たた》く。

「ここで問題です。『叫び』には人が登場しますが、何人の人が出てくるでしょう？」

「え？　この人ひとりでしょ？」

「ブブーッ。正解は、三人。この人は橋の上に立ってるんだけど、その向こうに、ふたりの通行人がいるんだよ」

加奈子は男性の左上あたりに人影を描く。

「通行人は、耳を塞いでない。つまり、〝自然の叫び〟が聞こえてないんだよ。この人が気絶しそうなくらい耳を塞いでるのに、通行人は何事もないように歩いてる」

加奈子は私を覗《のぞ》き込む。

「理子《りこ》ちゃんは、どっちがおかしいと思う？」

「どっちがって？」

「だから、男と通行人だよ」

「それは……男の人じゃないの？　そんなものが聞こえてるなんて、変だし……」

「そうかな？」

加奈子は悪戯《いたずら》っぽい表情になった。

「ひょっとしたら、〝叫び〟が聞こえてる男のほうが、正常かもしれないよ。この人には、気を失いそうになるほどの〝叫び〟が確かに聞こえてるんだ。それほどのものを聞くことができない通行人って、それは、正常なのかな」

加奈子の目には、熱に浮かされたような感じがあった。

「どっちかな？　おかしいのは、どっちだと思う？」

＊

小学校一年のときだった。最初に会ったとき、加奈子は人を殴っていた。じゃれあいのようなものじゃなく、本気の殴りあいだ。しかも、相手は女子じゃなく、クラスの男子だった。あのころは女子も男子も同じくらいの体格だったけれど、歯を剝《む》いて男子に摑《つか》みかかっていく女子なんて見たことがなかった。

喧嘩《けんか》の原因は、些《さ》細《さい》なことだったらしい。加奈子がランドセルにつけていたお守りを、男子がダサいと馬鹿にした。そんなもの聞き流せばよかったのに、加奈子は流すことを知らない子だった。

喧嘩は、加奈子の勝ちだった。彼女は男子を殴り倒すと、馬乗りになって男子を殴り続けた。その時の加奈子は、笑っていた。男子を殴り続ける加奈子は、怒ってるというよりも、暴力を楽しんでいるように見えた。

加奈子と私は、クラスメイトだった。

はじまりがそんな感じだったので、加奈子はクラスの中でもかなり怖がられていた。あの子を怒らせてはいけない。クラス全員が、爆弾を取り扱う専門家の集団みたいに気を遣って生活していた。

加奈子は運動神経がよくて、特にドッジボールは誰よりも上手かった。個人技だけじゃなく団体競技をやらせても、加奈子がいるチームが必ず勝った。ちょっとでも気の抜けたプレイをすると、たちまち怒声が飛んでくるからだ。みんな加奈子のことが怖くて、真剣にプレイをしていた。

爆発していないときの加奈子は、温厚で可愛かった。彼女は白い肌と素敵な笑顔を持っていた。みんな加奈子のことを少し怖がりながらも、基本的には好きだったと思う。私も加奈子のことは、嫌いじゃなかった。

加奈子は私に対して、ほとんど興味もなかったと思う。私は教室の隅っこにいるタイプで、加奈子は中心にいる人間だった。昼と夜が決して交わらないように、私と彼女にほとんど接点はなかった。

そんな加奈子の知らなかった一面を見たのは、たまたまだった。

私たちの街には、〝くまそう〟と言われる大きな公園がある。目《め》熊《くま》総合公園、略して〝くまそう〟。埼玉県目熊市の管理している総合公園で、テニスコートや野球場、ドッグランにバーベキュー場まである広い公園だ。緑も多く、散歩が好きだった私はたまに遊びに行っていた。

小学校二年のころ、私は園内で加奈子を見かけた。木の生い茂っている遊歩道。そこのベンチに座って、ノートに何かを書いていた。通りすがりに、私は彼女の書いているものを覗き込んだ。

それは、絵だった。ノートに見えたものはスケッチブックで、書いているのはシロツメクサのスケッチだった。

えっと、思わず声を上げそうになった。綺麗《きれい》なシロツメクサを前に、加奈子が描いているのはグロテスクな絵だったのだ。

シロツメクサの可愛らしい花が肉食動物の歯のようにギザギザに生えて、唾液《だえき》のような液体を垂らしながら宙を飛ぶ蠅を食べようとしている。葉や茎がぐにゃぐにゃに曲がり、苦しい、苦しいとうめいているように見える。背景が血のような赤に染まっている。

唖然《あぜん》とした。なんでこの子は、この綺麗な花から、こんなものを描けるんだろう？

加奈子は一心不乱だった。学校での振る舞いとはまるで違う、獣のような集中力だった。怖いと思ったけれど、私はなぜか、その絵から目が離せなかった。振り向かれたらどうしよう――心配を抱えながら、私は加奈子の背後にずっと立っていた。

「何、見てるの」

五分くらいしたところで、加奈子がぱたんとスケッチブックを閉じた。私がいたことに気づいていたみたいだ。振り向いて、私の前に立ちはだかる。

「見ないでよ、馬鹿」

「あ……ごめん」

「このこと誰かに言ったら、殺すよ。いいね？」

「え……なんで？」

「私の絵、気持ち悪いでしょ？」

「そんなことないよ！」私は首を振った。

「ちょっと怖いなって思ったけど、気持ち悪くないよ。っていうか私、加奈子ちゃんの絵、好き」

口にしてみて判った。自分でも理由が判らないけれど、私は加奈子のグロテスクな絵が、好きなんだ。

予想外の回答だったのか、加奈子は目を見開いていた。私は勢い込んで言った。

「もう一回見せてよ。加奈子ちゃんの絵、好きだよ」

加奈子は、少し照れくさそうに頭を掻《か》いた。

「やだよ」

ぴしゃりと言った。いいよ——そういう答えを当たり前のように待っていた私は、バケツに入った水をかけられたような気がした。

「いい？　誰にも言うなよ。ほんとに殺すから」

呆然《ぼうぜん》とする私を睨《にら》みつけて、加奈子は不機嫌そうに立ち去った。

それから私は、加奈子を観察するようになった。

加奈子があんな絵を描くことは、全く知られていなかった。それどころか、図工の時間で絵を描くときには、あえて下手に描いているみたいだった。なんでそんなことをしているのかが判らなくて、あれは夢だったのかとさえ思った。

「理子ちゃんさあ」

三ヶ月が経ったころ、学校の廊下で声をかけられた。

「これ、見る？」

ふたつ折りに畳まれた、小さなポストカードだった。開くと、象の絵が描いてあった。色鉛筆で描かれたスケッチで、倒れた象にたくさんの槍《やり》が刺さって血まみれになっている。小さなポストカードの中から、つんと血の臭いが漂ってくる感じがした。

「気持ち悪いでしょ？」

私は首を振った。目を背けたくなる絵だったけれど、見てはいけないものを見ている背徳感があって、ドキドキしながらも目が離せない。「この絵も好き」と答えると、加奈子は私の手からポストカードを取り、不機嫌そうに折りたたんだ。

何度か、そういうことが続いた。女子トイレの中。校庭の隅。図書館の一番奥の席。誰にも見られない場所で、ほんの少しの時間だけスケッチを見せてくれる。素材は様々で、花や虫のこともあったし、クラスメイトのこともあった。どれもグロテスクで、どれにも強く惹《ひ》きつけられた。

「理子ちゃんって、変だね」

いつの間にか、私たちはたまに一緒に下校するくらいになっていた。

「普段は大人しいのに、気持ち悪い絵が好きなんて、頭おかしいよ、理子ちゃん」

そうなのかもしれない。加奈子の絵に影響を受けたのか、そのころの私は、学校の中で喧嘩が起きたと聞けば見に行くようになっていたし、漫画やアニメに暴力的なシーンが出てくると目で追っていた。目を背けたいのに離れられない、心が両方から綱引きのように引っ張られるスリルと緊張感の虜《とりこ》になっていた。

加奈子は突然、道端の椿を摑んだ。意味もなくむしって、ぽいっと地面に捨てる。

「理子ちゃんもやってごらんよ」

「え、なんで？」

「なんでも。ほら」

手を引かれ、赤い椿の花に向かって伸ばさせられる。

指先が、椿に触れる。口紅のように赤が映えた椿からは、冬の花の強い生命力が感じられた。「早く」加奈子に言われるがまま、私は椿の花をつまんだ。

ぷつり。

ひとつの命が、私の指先で消えた音がした。それは、綺麗な音楽のようだった。

「理子ちゃん」

加奈子は道路にかがみ込み、おいでおいでと手招きをした。加奈子の脇に身を屈《かが》めると、コンクリートの上を、一匹の蟻が歩いていた。

「理子ちゃんは、『判る』人かもね」

「判るって、何が？」

「花を摘んだとき、気持ちよかったでしょ？　そういうことが判る人、ってこと」

悪戯っぽく、私の顔を覗き込んでくる。

加奈子は再び私の手を引き、蟻のほうに持っていく。「指先で触って」虫は嫌いだったけれど、私は言われるがままに、蟻の背中に人差し指を当てた。蜜《み》柑《かん》の粒みたいな、ぶよぶよした感触をしていた。

「一緒に殺そうよ」

「え？」

「理子ちゃんと一緒に、殺してみたい」

加奈子は私の指先の上に指を置いて、ぐっと押し込んだ。粒が潰《つぶ》れて、中から溢《あふ》れた汁が指先を浸した。

はい、と言ってハンカチを渡してくれる。私は蟻の体液で濡《ぬ》れた指先をぬぐった。

私は、ドキドキしていた。

加奈子の絵と同じだ、と思った。私の指の下でひとつの命が消えたのは、目を背けたいほど怖かったのと同時に、目を逸《そ》らせないほど危険な魅力があった。

いや、私の指の下、じゃない。

蟻の命が消えたのは、「私たち」の指の下だった。

「またやろうね」

加奈子が嬉《うれ》しそうに言ってくれて、私も嬉しかった。

そんなことがあっても、加奈子と遊ぶ頻度は、別に増えなかった。学校の中で話しかけてくることはほとんどなかったし、二、三ヶ月ほどスケッチのひとつも見せてくれないこともあった。かと思うと、下校するときにべたべたとくっついてくることもあったし、三日くらい続けて描いた絵を見せてくれたりすることもあった。気まぐれな加奈子とのつきあいを、私は密かに楽しんでいた。いつも残酷な話をしていたわけじゃない。他愛もない学校の話や、芸能人やアニメの話も多かった。でも、会っている最中、私たちは必ず何かを殺した。ダンゴムシ、てんとう虫、大きなものになると蝶やコガネムシ。加奈子と一緒に何かを殺すのは、怖くて、気持ち悪くて、快感で、ときめいて、命をひとつ摘むたびに、私たちの絆《きずな》が深まっていく感じがした。

「理子ちゃんって、変だね」

そう、私たちは、変な関係だった。でも、こんなつながりを持っているふたりは、全校生徒を探してもたぶんいない。そのことに私は、密かな優越感を感じていた。この関係を、これからもずっと持っていたい——。

でも、私の願いは、長くは続かなかった。

＊

小学校五年生のころから、加奈子は、少しずつおかしくなっていった。

そのころにはみんな、加奈子を怒らせない方法を知っていて、爆弾を爆発させないように生活していた。でも、そんなノウハウが徐々に通用しなくなってきた。

最初にはじまったのは、おおっぴらないじめだった。

ターゲットになったのは、清《し》水《みず》ひかりという子だった。ひかりは甲状腺《せん》という部分に病気を持っていて、髪の毛がちょっと薄かった。

「みんな。これからひかりのことを、ピッカリちゃんって呼ばない？」

加奈子はある日、クラス中にそんな提案をした。

「ひかりって、本当にいい名前だよねえ。太陽がひかりの頭に当たると、ピカーッて光るもんねえ。だから、ピッカリちゃん。どう？　いいよね？」

いいと思っている子は、ひとりもいなかったと思う。でも、それを表立って言える子も、ひとりもいなかった。

「ピッカリちゃん、今日は雨だから、頭が光らなくて残念だね」

「ピッカリちゃん、帽子なんかかぶらないほうがいいよ。せっかくの頭が台無しだよ」

「ピッカリちゃんと豆電球、どっちが明るいのかな。今度実験してもいい？」

加奈子のいじめはつまらない上に、とにかく執拗《しつよう》だった。周りが同調しようがしまいが全く関係なく、誰も笑わない陰湿ないじめを続けた。

そんなことをしていると、仲のいいメンバーも徐々に戸惑ってくる。ひかりは友達の多い子じゃなかったけれど、教室内に加奈子はやりすぎだという空気ができつつあった。

「いい加減にしなよ」

ある日、君島芽衣《きみじまめい》が、面と向かって加奈子に反逆した。加奈子と並んで、クラスの中心にいた女子だ。

「ひかりが何したの？　そういうの、よくないと思う。そうだよね、みんな」

みんなはそれとなく頷《うなず》いた。

「大体、加奈子のそれ、全然面白くないよ。ピッカリちゃん？　馬鹿じゃないの。センスの欠片《かけら》もないね」

芽衣の指摘は厳しすぎたけれど、それでも教室の空気は同調的だった。それほどまでに、加奈子に対する反発が溜《た》まっていたのだ。

「とにかくもう、ひかりをいじめるのは許さない。いいね？」

加奈子は何も言い返せず、じっと芽衣を見つめたあと、黙って教室から出ていった。

ひかりのもとに、芽衣が歩み寄る。「もう大丈夫だからね。私たちが味方だよ」わざとらしいオーバーアクションで、芽衣はひかりを抱きしめた。感動的なドラマの締めくくりみたいだった。芽衣の慈愛に満ちた表情が、私にはとても醜いものに思えた。

ひかりへのいじめは収まり、加奈子はそのあと、クラスの中心から外れたところに追いやられた。ひとりで中心に座った芽衣は、ことあるごとに見下すような視線を加奈子に送っていた。

　でも、加奈子は平気そうだった。鳥が蟻の巣に興味を持たないように、教室に住む虫たちのことなんか関係ないように見えた。

　それから、数週間後。

　芽衣が、事故にあって入院した。

　校庭を歩いていたところ、突然花瓶が上から降ってきて、頭を直撃したらしい。芽衣は血まみれになって失神し、救急車で運ばれた。

　幸い怪我は軽かった。頭部への切り傷と軽いむちうち程度で、骨や脳に異常はなかった。でも、大きな花束がそのまま挿せるほどの重い花瓶だ。死んでもおかしくなかった。

　真相は判らなかった。先生たちは犯人を探したけれど、証拠も証人も出てこなかった。

　でも、私たちはみんな気づいていた。誰がそれをやったのか、を。

　芽衣はそれから、クラスの中心としては振る舞わなくなった。加奈子も空いた席に収まることなく、少し外れたところに居続けた。

　そのころの私は、どんどん暴力的になる加奈子を恐れて避けていた。

　たまに加奈子は、ポストカードを渡そうとしてくれたり、一緒に帰ろうとしてくれていた。面と向かって彼女を拒否することなんかできるわけがない。仕方なくつきあっていたけれど、私の怯《おび》えは、加奈子に伝わっていたみたいだった。

やがて加奈子は、私に声をかけようともしなくなった。

＊

小学五年生のころ、私の街には、有名な猫屋敷があった。

屋敷には、ひとり暮らしのおじいさんと、数え切れないほどの猫が住んでいた。おじいさんが奥さんを亡くしてから拾ってきた野良猫の集団らしかった。

おじいさんは、去勢や避妊を一切しなかった。繁殖力の強い猫は、あっという間に何十匹という単位になり、屋敷を埋め尽くした。おじいさんも少しボケていたのか、近所の人や保健所が注意をしても、猫は増える一方だった。

何度か、その前を通りかかったことがある。そこにいた猫たちは、私の知っている猫とはまるで違う生きものだった。人間を信用も警戒もしておらず、ただ、植物のようにそこにいるだけ。漂う糞尿《ふんにょう》の臭いと、痩《や》せた猫たちの虚《うつ》ろな目を見ていると、私まで死の世界に引きずり込まれそうな気がして、怖かった。

あるときから、噂を聞くようになった。

誰かが屋敷に入り込んで、猫を殺しているという噂だった。

門の隙間から、バラバラになった猫の死体を見た。折り重なるように、猫たちが死んでいた。大人の猫が、死体になった子猫を食い漁《あさ》っていた。そんな気持ち悪い噂が、私の小学校にも流れていた。

――加奈子が、屋敷に出入りしているのを見た。

そんな噂もあった。本当か判らなかったけれど、その噂を信じていた子は、多かったと思う。みんな、加奈子に怯えていた。あの子なら、やりかねない。

――一緒に殺そうよ？

その言葉を言われるのではないかと、私は怯えていた。理子ちゃん、一緒に猫を殺さない？　大丈夫、あそこの家の猫は普通の猫じゃないから。近所に迷惑を撒《ま》き散らす害獣だし、ろくに餌ももらえてない、生きてるのがしんどい子たちだから、殺してあげたほうがいいんだよ――。

虫は大丈夫だけど、さすがに猫は無理だ。私は加奈子をより、避けるようになった。

猫屋敷の問題は、しばらくして解決した。

家の主《あるじ》であったおじいさんが、亡くなったのだ。死因は心臓発作だったらしい。後始末は地獄のようだったと聞く。家に住み着いていた猫は八十匹以上に膨れ上がっていて、発育も悪かった。病気が蔓延《まんえん》していただけじゃなく、餓死している猫もたくさんいたらしい。

一度、現場を通りかかると、ボランティアの人たちが死にそうな顔で懸命に働いていた。遠巻きにそれを眺めていると、ぽんぽんと肩を叩かれた。

「理子ちゃん」

加奈子だった。

「こんなところで会うなんて、珍しいね」

加奈子と話すこと自体久しぶりで、私は勝手が判らずにどぎまぎとした。

「理子ちゃん、判ってるよ。おじいさんの死体を見にきたんでしょ？　気持ち悪いなあ、理子ちゃんは」

「死体？　え？　いや、違うよ、そんなの……」

「残念だけど、死体なんかもう残っていないよ。警察が持ってっちゃったからね」

あとで食べようと冷蔵庫に入れておいたケーキを、誰かに食べられてしまったような寂しそうな目をしていた。

「ねえ知ってる？　おじいさんの死体、猫に食べられてたんだよ」

加奈子は、嬉しそうな表情になった。

「おじいさんが死んだの、結構前の話なんだよ。猫って、可愛い顔してなんでも食べちゃうんだよね。鼠だって、雀だって」

「そうなんだ……」

「野良猫に中途半端に餌をあげてるとね、その場所から離れられなくなるんだよ。餌がもらえるまで、おなかが空《す》いてもずっと居続ける。でも、おじいさんは死んじゃって、餌は出てこなくなった。そしたら、そこにある肉を食べるしかないよね」

死体を貪《むさぼ》る猫のビジョンに、私は背筋が寒くなった。さすがにそこまでグロテスクなものになってしまうと考えるのがきつい。黙った私を見て、加奈子はふっと笑った。

「理子ちゃんなら判ってくれると思ったんだけど、結局判らないのかあ」

小馬鹿にするような口調に、反発を覚えた。でも、加奈子に面と向かって歯向かうわけにはいかない。

――加奈子ちゃんは、猫を殺していたのだろうか。

ふと、その噂を思い出した。猫屋敷に出入りしていたから、この子は、おじいさんの死体のことも知っているのだろうか……。

目があった。加奈子はもう一度、ふっと笑った。

「私が猫を殺してたとか思ってる？」

鋭い洞察力だった。慌てて首を振ったけれど、加奈子はますます面白そうな顔になる。

「さすがにそんなことしないよー。誰がそんなこと言ってるのか、知らないけど」

「だから、そんなこと思ってないよ」

「馬鹿が噂してるんだよね。私が猫をバラバラにしてるとか、殺して回ってるとか。まあ、猫同士が殺し合ってたのは、本当だと思うよ。あいつらは餌がないと、それが自分の子供や親だとしてもなんでも食べちゃうからねえ」

「食べちゃう……」

「でも、猫は悪くない。飼ってる人間が悪い。飼育できない人が、飼ったら駄目だよ」

加奈子は、急に真剣な顔になった。

「私が殺したかったのは、猫のほうじゃない」

少し遅れてその意味に気づいて、私はぞっとした。

加奈子が私の顔を覗き込む。いつものように冗談っぽい表情をしながら、何かを見極めるみたいに冷静に私を観察している。目を逸らしたいけれど、そんなことをしたら何をされるか判らない。加奈子を怒らせたら、私は——。

「……絵」

思わず、ぽつりと呟《つぶや》いていた。

「絵、また描かないの？　私、加奈子ちゃんの絵、好きだったな」

自分でも何を言っているのかよく判らなかった。私を観察する加奈子の表情が、少し困った感じになる。

「なにそれ、気持ち悪いな、理子ちゃん」

加奈子は歯を見せて笑うと、私の前から去っていった。私はその背中を、呆然と見つめるしかなかった。

＊

それから一年後のことだ。

私の目の前で、加奈子は死んだ。

第1章

1　夜の日記

四月七日（木）

次は、益子《ましこ》慎一郎《しんいちろう》くんを殺そうと思う。方法は、刺殺にしたい。

人を刺し殺すとき、まず考えなければいけないのは、どこを刺すかだ。

人の死は、大きく分けると三つ。脳、心臓、肺、そのどれかが活動を止めて、永遠に復活する見込みがないこと。つまり人を殺すには、このどれかに深いダメージを与えることを考えればいい（この話は何回か書いた通り）。

でも、ことはそんなに簡単じゃない。この三つは人体の中でも、特に厳重に保護されているからだ。頭蓋骨《ずがいこつ》はほかの骨よりも固く、心臓と肺は、複雑な肋骨《ろっこつ》や胸骨でガードされている。

じゃあ、どこを狙えばいい？

答えは、おなかだ。哺乳類《ほにゅうるい》の急所はおなかにあることが多く、野生の猫は絶対に仰向《あおむ》けに寝たりしない（イエ猫は別）。人間の場合、おなかには腹筋と脂肪しかなく、その奥にある臓器にダメージを与えることができればショック死（出血性か神経性のやつ）を狙うことができる。

益子くんの身体的な特徴といえば、デブだということだ。肥満体のおなかに刃物を深く突き刺すには、いくつかコツがいる。

まず必要なのは、絶対に殺してやろう、深い部分まで突いてやろうという勇気だ（これは私は問題ない）。次は、物理的な力だ。益子くんは帰宅部のオタクだ。でも、男子と私とでは、もともと持っている腕力が全然違う。取っ組み合いになったらダメだ。刺されたことに、気づかないうちに死んでいる。それが理想だ。

2　夜の日記

四月八日（金）

凶器は牛刀にしようと思う。

牛刀はいい凶器だ。まず、どこでも売ってるから手に入れやすい。ありふれた凶器は犯罪の匿名性を高めてくれるし、安いから私の小遣いでも買える。

あとは、益子くんが牛のように太っているからだ。こういうカンというかゲン担ぎは結構大事で、だいぶ前に小柳《こやなぎ》くんを刺したときには柳刃包丁を使ったところ、気分が乗ったのかとても上手《うま》くいった。

ワインには「熟成期間」というものがあるらしい。ワインを作ったあとに樽《たる》の中でどのくらい寝かせるかというもので、単に長ければいいわけじゃなく、ぶどうの品種や、白か赤かなどによってベストな期間は異なる。

凶器は、ワインだ。ものによって、適度な熟成期間が違う。買ったばかりの凶器を使うとバレる危険性は高くなるが、長く手許《てもと》に置きすぎると家族に見つかってしまう可能性もあるし、もう売ってない凶器だったりすると希少性が出てそこから足がつく。

今回は、ちょうど二年前にハンズで買った牛刀を使おうと思う。二年。牛刀を使うにはいい熟成期間だ（あ、でも、ちょっと長いかも？）。

3　夜の日記

四月九日（土）

女性というのは、人を殺すときに不利になることが多い。たまに、同居してる夫を殺しちゃったりするアグレッシブな人がいるけど、女手で成人男性を殺すのは本当に大変だと思う。でも今回は、女性であることで有利な条件がひとつある。

それは、益子くんがモテないということだ。いつも男子とつるんでて、クラスの中で大声で騒いでる。女子と目も合わせられないのに、注目されたい自己顕示欲の強さは人一倍。こういう男子はやりやすい。都合のいい場所に、呼び出すことができるからだ。

手紙を、使うことにした。下駄箱《げたばこ》に放り込むような危ない真似はしない。きちんと相手の住所を調べて、郵便で送った。「四月十日の十九時に、荒川の目熊新橋の下にきてください。益子くんに、ずっとお話ししたいことがありました」

筆跡は、ネットで見つけた可愛い文字を真似た。指紋がつかないように、きちんと手袋もした。封筒は電車で十駅離れたところまで行って投函《とうかん》した。

夜の荒川《あらかわ》は、人を殺すにはいい場所だ。暗くて、人通りもない。それでいて、自由に出入りができる。こういう場所を、私はいくつもピックアップしてある。

4 夜の日記

四月十日（日）

やった。上手く行った★

ラッキーなことに、今日は雨だった。雨の日は、殺人日和だ。視界が悪くなるし、雨は色々な証拠を洗い流してくれる。

ターゲットとの待ち合わせには、必ず遅れて行くことにしている。相手が待っている私を見た瞬間に、興味をなくして帰ってしまう可能性があるからだ。

五分遅れで着くと、益子くんはもういた。河川敷の、橋の下。夜の荒川の暗さを知らなかったのか、懐中電灯も持っていない。

「益子くん」

「あれ、山根《やまね》さん？」

私の姿を認めると、益子くんは安心したみたいだった。もともと少し、好意を持たれていたのかもしれない。

「あの手紙、山根さんから？」

油断しきった、嬉《うれ》しそうな声。「うん。そうだよ」私は言いながら、周囲を見回した。誰もいなかった。私は持っていた鞄《かばん》に手を入れた。

「私、益子くんに言いたいことがあって……」

私はそう言いながら、益子くんに近づいた。

「私、ずっと前から、益子くんのことが……」

暗闇の向こう。益子くんの顔が、嬉しそうにほころんだ。私は少しずつスピードを上げて、最後はほとんど走るくらいの勢いで全体重をかけて彼にぶつかった。

牛刀は、予定通りおなかに刺さった。

「好きだったの。だから……」

牛刀を押し込む。私はそれを、ぐいっとねじった。押し込んだ刃物は、ねじることによってさらにダメージを与えられる。厚い脂肪に阻まれて無理かとも思ってたけど、幸い、上手く回ってくれた。

「つきあって欲しいの。益子くんがよかったら」

言葉を、並べ続けた。益子くんは自分が何をされているか、よく判っていないみたいだった。

やってみると判る。人は、リアルタイムで殺されているときですら、殺されていることに気づかない。当たり前だ。誰にとっても、殺されるのは初めてのことで、脳は初めての状況を上手く処理できない。

益子くんの目を見た。

ぞくっとした。魂が剝《は》がれつつある人間の、壊れそうで、アンバランスで、不安定な目。死ぬときの目の色彩は、人によってすごく違う。益子くんなんか全然興味ないけど、嬉しさと痛みの混ざった彼の色彩は、とても好きだと思った。

色彩の中で、痛みの色が強くなり、そこで安定する。私は寂しかった。綺麗《きれい》なものは、はかないものだ。私は牛刀を抜いて、もう一回刺すために大きく腕を引いた。

5

四月十一日の月曜日、午前六時半。眠たい目をこすりながら、一階に下りる。

ダイニングキッチンに入り、冷蔵庫を開ける。ベーコン、卵、味噌《みそ》、豆腐、ネギ。食材を出して、台の上に並べる。

私の料理のポリシーはひとつ。包丁を使わないこと。

ネギは小口切りになっているものを買ってくる。豆腐は、見た目は悪いけれど手でちぎる。スーパーには便利なものが多くて、包丁を使わなくても色々な料理が作れるのだ。

味噌汁とベーコンエッグを手早く作ったところで、炊飯器の米が炊き上がった。私はご飯と水をそれぞれの器に装《よそ》い、隣の部屋の仏壇に供える。線香を上げ、パパの遺影に手を合わせる。

ダイニングに戻り、布巾《ふきん》を濡《ぬ》らしてぎゅっと絞る。食卓を拭《ふ》こうとすると、お兄ちゃんの書いているノートがあった。

お兄ちゃんはここ何年か、早朝に「モーニングページ」というものを書いている。自己啓発の技法で、朝一番に頭に浮かんだことをとりとめもなく十五分くらい書き続け、雑念を整理するのだそうだ。朝イチでこれを書いてから、散歩がてら早朝から開いている駅前のパン屋に昼食用のパンを買いにいくのが、彼の日課だった。

とはいえ、食器を並べるのには邪魔だ。私はノートを手に取る。なんとなくパラパラと中身を見てみると、「グレープフルーツが食べたい」とか、「新しいスーツが欲しい」とか、どうでもいいことが書いてある。

文字の合間に、落書きのように、手書きの地図が描いてある。十字路とお店の名前が描かれただけのものから、小さなエリアを細かく描いたものまで様々で、どの地図にも○がついている。意味はよく判らないけれど、勝手にノートを見たと思われるのはまずい。私はノートを閉じ、脇によけた。

時計を見る。七時少し前。遅い、と思った。お兄ちゃんは時間に正確で、毎日六時四十五分には帰ってくる。何かあったのだろうか？　私は立ち上がり、玄関から外へ出る。

「でね、うちの娘、新潟の高校に進学したいらしくて……」

お兄ちゃんは門の前にいた。柴犬《しばいぬ》を連れたおばさんと話している。

「娘が言うには、寮に入るからそんなにお金はかからないっていうんだけど、もう寝耳に水で……。高校生が親から離れて寮生活っていうのも、ねえ？　ほら、親の目も届かなくなるし……」

「ご心配は判ります。でも、大丈夫だと思いますよ。しっかりした娘さんですし」

「それがね、しっかりなんかしてないのよ。聞いてくれる？　この前もね……」

どうも、近所の人の進路相談に乗っているようだった。

お兄ちゃんはおばさんの悩みに寄り添うような表情で、真剣に相談に応じている。お兄ちゃんは話を聞くのが上手くて、頭の回転も早い。暇そうな柴犬の表情と対照的に、おばさんの気持ちが晴れていくのが傍目《はため》からでも判る。

少し時間がかかりそうだ。私はドアを閉めた。

お兄ちゃん——山根智己《ともき》は、中学校の教師だった。私の通う目熊西中とは反対側の、駅の向こうにある富士《ふじ》中学校に通っている。就職活動では大きな商社から内定をもらっていたのだけれど、結局安定を求めたのか、教員免許を取って先生の道を選んだ。

「ただいま」

お兄ちゃんが帰ってくる。焼き立てのパンの匂いが、ふわっと鼻の奥をくすぐる。

「おはよう。ご飯、できてるよ。先にシャワー浴びてきたら？」

「あとでいいよ。お腹が空いたな」

「それ、何かもらったの？」

パンの袋のほかに、お兄ちゃんは紙袋を持っていた。

「さっきね。山崎《やまざき》さんちの娘さん、水泳の推薦で新潟の学校にいくらしい」

中に入っていたのは、プリンの詰め合わせセットだった。

「理子、プリン好きだったよね。あげるよ、これ」

「え、いいの？　お兄ちゃんは？」

「俺はいま、余分な炭水化物は取らないようにしてるから。食べていいよ」

「うん、ありがとう」

お兄ちゃんは目を細めて、私の頭を撫《な》でてくれる。「ちょっと、やめてよ」と、その手を振り払った。私の頭をわしわしと撫でるのが昔からのお兄ちゃんの癖で、中三になったいまもなおやろうとする。子供のころはお兄ちゃんに撫でられるのが好きだったけれど、さすがにこの年でやられるのは嫌だ。

「母さんは？　まだ寝てる？」

「寝てる。調子悪いみたい。寝かしといてあげて」

「そう」と、お兄ちゃんは頷《うなず》いた。

「理子がご飯を作るようになってよかったよ。理子のご飯のほうが、美味しいからね」

ひやりとした。慌てて廊下のほうを見たけれど、ママの姿はない。ほっと息をついて、お兄ちゃんを軽く睨《にら》む。

「そういうこと、言わないでよ」

「んー、なんで？」

「もし聞こえたら、お母さん、気を悪くするでしょ？」

「そうかなあ。大丈夫だと思うけどな」

お兄ちゃんはおおらかというか天然というか、頭はいいのにこういうところは気が利かない。もっともその呑気《のんき》さの根底には、お兄ちゃんが何を言ってもママから怒られないこともあるのかもしれない。怒りの矛先は、いつも私に向く。

——私が体調悪いの知ってるでしょう？　私のこと、裏で馬鹿にしてるの？

ママの声が再生されて、きゅっと胃が痛くなった。

——やっぱり、四十すぎて産んだ子は出来が悪いのかもね。ああ、また言っちゃった。ごめんね、理子。あなたのせいじゃないのに。ママが全部、悪いの。

聞きたくない。でも、耳を塞《ふさ》いでも、聞こえなくなるわけじゃない。

私は、ママが四十歳のときに産まれた。

お兄ちゃんとは、十二歳も年の差がある。これだけ離れていると、ちょっと遠い親戚《しんせき》というか、あまり兄妹《きょうだい》という感じがしない。

この家の子供は、もともとお兄ちゃんひとりのはずだった。パパとママが結婚するときに、ママが条件を出したそうだ。仕事も本気でやりたいから、子供はひとりにしたい。ふたりを育てながら出世争いをするパワーは、自分にはないから。実際にママはお兄ちゃんを産むと、すぐに当時勤めていた保険会社に復帰したらしい。

ママの人生設計を崩したのは、パパだった。

――どうしてももうひとり子供が欲しい。そう、言ったんだよ。

ママが四十歳に差し掛かるころ、パパは取り決めを破ったのだ。ママは反対した。その年齢でもうひとり子供を産んだら、もう出世は絶望的だ。

――お金の心配はしなくていい。どんなことをしても、俺がみんなを支えてく。ママにはそう伝えたのさ。

パパは時間をかけて、ママを説得したそうだ。結局ママは仕事を諦《あきら》めて、子供を作ることにした。そうして産まれたのが、山根理子。私だ。

昔のこの家は、明るかった。パパはよく笑う人で、なんでもないバラエティー番組なんかを見て、げらげらと笑っていた。覚えているのは、パパの奥歯だ。あまりにも大きく口を開けて笑うので、一番奥の歯まで丸見えになる。そこに銀歯がはまっているのがなぜか面白くて、私もげらげらと笑っていた。

――楽しいな、理子。

パパは私を抱っこしながら、よくそんなことを言っていた。

――家族がいいってのが、一番だ。仕事がいくら上手く行っても、家族が駄目だったら不幸なんだ。俺にはお前たちがいて、本当によかった。

そのときのママは、本当に嬉しそうに笑ったものだった。お兄ちゃんはマイペースで、少し離れたところからそれを見ていたけれど、悪い気持ちじゃなかったと思う。まだ子供だった私は、自分がパパの役に立ってる気がして、嬉しかった。

私が八歳のころ。パパが死んだ。

事故死だった。仕事で運転をしていたところ、交差点で横からきた信号無視の車に激突され、即死だったらしい。

死体というものを、あのときに初めて見た。死化粧をされていたけれど、その顔は粘土を叩《たた》いたみたいに歪《ゆが》んでいて、死後の世界にあるべきものがこちらの世界に間違って存在しているような、異様な迫力があった。

もし太陽がなくなったとしたら、地球の環境は一気に変わる。我が家も、そんな感じだった。専業主婦だったママはすぐにパートをはじめ、お兄ちゃんも大学のサークルを辞めてバイト代を家に入れるようになった。みんなが忙しくなって、家の中にあったのりしろみたいなものがどんどん減っていく感じがした。

——理子、あんたは駄目だわ。

十歳のころだった。成績表を見せたとき、ママが死んだ目をしながら言った。

——やっぱり、四十すぎて産んだ子は出来が悪いね。お兄ちゃんとは大違い。

パパがその言葉を聞いたら、顔を真っ赤にして怒ったと思う。というよりも、パパがいたら、ママはそんなことを言わなかっただろうし、もしかしたら考えもしなかったかもしれない。でも、太陽が失われた家の中は、すっかり冷え切っていた。

「昨日の未明、東京都江東区《こうとう》の公園で、頭から血を流して倒れている男性が発見されました。男性は搬送先の病院で、死亡が確認されました」

アナウンサーの声で、我に返った。お兄ちゃんがいつの間にかテレビをつけていた。

「被害者は、近所の公園に住む五十五歳、住所不定の男性で、警視庁城東《じょうとう》署は近くに住む無職の男性、籔下善一《やぶしたぜんいち》容疑者五十歳を殺人容疑で逮捕しました」

「ホームレスか」

お兄ちゃんがベーコンを嚙《か》みながら言う。あまりニュースをじっくり見る人じゃないのに、画面を見つめている。

「物騒な世の中だね」

私は何気ないふりを装う。でも、頭の中では別のことを考えていた。

——凶器は、なんだったんだろう。

頭から血を流していたということは、鈍器だ。

被害者はホームレスで、現場は公園。路上には人の頭を叩き割れるような鈍器はあまり転がっていない。最初から殺すつもりで、何かを用意していったのかもしれない。

スマホを見る。検索するとニュースは見つかるけれど、凶器の種類までは載ってない。

ますます興味がわいた。金槌《かなづち》やレンチのような工具だろうか？ ああいう小さな鈍器で人を殴るのは、難しいはずだ。金属バットか何かだろうか。この家にはないけれど、草野球が趣味の人なら持っているだろう。確率は低いけれど、素手という可能性もある。犯人が、ボクシングや空手の実力者だったら……。

「理子、食事中」

お兄ちゃんの声がしたところで、私は考えごとを中断した。「ごめん」と言って、お兄ちゃんのほうを見る。

私は少しぎょっとした。お兄ちゃんは、心底不愉快そうな顔をしていた。

「そんなに怒んないでよ」

「いや、ホームレスがね」

「ホームレス？」

「ほら、河原のあたりに最近、ホームレスが増えただろ？　危ないからあまり近づかないようにって、うちの学校でも注意喚起が出てね。迷惑な話さ」

そういえば荒川沿いにいるホームレスの人が、以前よりも増えた気がする。

お兄ちゃんの顔が歪む。不愉快を超えて、憎悪と呼べるくらいの表情だった。

「この犯人も、あいつらを掃除してくれればよかったのに」

「お兄ちゃん……？」

「川の水って、水温が十度くらいなんだってね。銭湯の水風呂《みずぶろ》が大体十八度くらいだから、それよりだいぶ冷たい」

「だから何？」

「川に入って心臓が止まればいい。そうすれば、あのあたりも安全になる」

ごちそうさま、と言ってお兄ちゃんは立ち上がり、食べ終えた食器をシンクに持っていく。私は、動けなかった。

「早く準備しなさい。遅刻するよ」

「あ、うん……」

「俺は今日は飲み会だから、夜いない。母さんもバイトとか言ってたから、晩飯は作らなくていいよ」

「判った」

残りの食事に手を伸ばしたその指先が、少し震える。私は少し混乱していた。お兄ちゃんはいつも穏やかなのに、たまにぎょっとするような一面を見せる。でも、あれほど攻撃的なお兄ちゃんは、久しぶりに見た。

その瞬間だった。おなかの奥が、ぎゅっと締めつけられる、嫌な感覚がした。

予定日じゃなかった。でも、私の予定日はよく狂う。生理がきたのだ。

6

自転車は嫌いだった。

自転車に乗るというのは、空を飛んでいるのと同じだ。地面から足が離れた状態で、歩くときの何倍ものスピードで身体だけが空中を動いていく。こんな不安定なものをなんでみんな平気で乗り回しているのか、私には理解できない。でも、もう走って間に合う時間じゃない。

サドルにまたがり、ペダルを漕《こ》ぐ。それだけで、心臓がドキドキとしてくる。

「落ち着こう」と呟いた。

「大丈夫、大丈夫。絶対平気……」

強い言葉を自分にぶつけてみたけれど、あまり効果はない。

次の瞬間、またずーんと腰が痛くなる。腰をかばってペダルを漕いでいると、今度は膝《ひざ》と股《こ》関節《かんせつ》が痛くなってきた。最悪だ。ただでさえひどい生理痛が、何倍にも膨らんで身体を痛めつける。

お兄ちゃんのあの表情のせいか、いつもよりメンタルが崩れている。よりにもよって、自転車に乗らざるを得ないときにこんな状態になるなんて。道が空いてることだけが救いだった。このがら空きが最後まで続くことを祈って、私は自転車を漕ぐ。

そんな幸運は学校の近くで尽きた。歩道の向こうに、母親と子供を見つけてしまった。ぎゅっとおなかが痛くなる。子供は、犬よりも危ない。躾《しつ》けられている犬は不用意に飛び出してきたりしないし、行儀の悪い犬も恐怖心があるせいか、巨大な自転車を見ると避《よ》ける。でも、子供は違う。不意に走り出すし、世界の全部が安全だと思っている。

子供がハーネスをつけられていることに、私は少しだけ安心する。世の中では子供にハーネスをつけることが「ペット扱いしてる」みたいに批判されてるらしいけれど、それがどんなにありがたいか判っていない人の意見だと思う。

早く行かないと遅刻だ。ペダルを漕ぎ、私は親子に近づいていく。

その瞬間、自転車のコントロールが利かなくなった。

身体が固まっていた。ハンドルを切ろうにも、切ることができない。

子供と、目が合う。ベルを鳴らそうとするが、指すらも上手く動かせない。

自転車は減速することなく、子供に突っ込んだ。小さな身体は、私を乗せた車体になすすべもなくなぎ倒される。それでも自転車は止まらない。子供の柔らかい身体の上に乗り上げ、頭を踏みつける。肉と骨が壊れていく感触が、タイヤから伝わってくる。この世の終わりのような、母親の悲鳴。それをきっかけに、私は動けるようになった。慌てて自転車を止め、振り返る。子供はぴくりともしない。その頭からは、血が……。

そこで、我に返った。前方には、まだ親子の姿があった。

心臓がバクバクする。呼吸を整えようとしたが、上手く息が吸えなかった。

私はブレーキをかけた。減速するにつれて、自転車はコントロールが利かなくなり、ふらふらと蛇行しはじめる。母親がこちらに気づく。少しぎょっとした目線を送ってくる。私は……。

気がついたときには、母親と子供の姿はなかった。まさか。やってしまったのか？

私は慌てて自転車から降り、振り返った。

ふたりは、無事だった。子供は不思議そうな目で私を見ている。母親は戸惑った様子だったが、少しだけ咎《とが》めるような表情で私を見ていた。

「あの……なんですか？」

母親から声をかけられる。私は自転車にまたがり、逃げるようにペダルを踏んだ。

7

学校には、ギリギリ始業前にたどり着いた。すでに身も心も、おろし金でゴリゴリと削られたようにすり減っていた。駐輪場に自転車を置き、走って教室に向かう。

三年一組。先週から割り当てられた、新しい教室だ。

中に入る。二年のときとは場所も違うし、構成メンバーも違う。でも、中に広がっている光景は、見慣れたものだった。

忘却《リンボ》、と私は呼んでいた。リンボはもともとはキリスト教の辺獄という場所を指すのだけれど、もうひとつ意味がある。〝無視されている状態〟。

そう、私は多くの子から無視されている。何人かの例外を除いて。

「理子」

自分の席に向かう途中、マキに声をかけられた。

「顔、赤いよ。どした」

例外のひとりは、親友の宮野《みやの》マキだった。手には詰将棋の本を持っている。

父親が有名な棋士のマキは、子供のころから将棋をやっている。いまは大会には出ていないけれど趣味としては続けていて、頭の体操と言って毎朝詰将棋を解いている。

「ちょっと、遅刻しそうだったから。急いできた」

「夜、遅かったの？　夜更かししちゃ駄目だよ。睡眠を削ってると、気づかないうちに疲れが溜《た》まってくらしいから」

「早く寝たよ。朝に、ちょっと、色々あって」

「そっか、ごめん」

マキはそう言って、本に視線を戻す。その顔が、何かを思いついたようにすぐに私に向く。

「理子。今日の放課後、暇？」

「放課後？　なんで？」

「顔出さない？　〝ボー研〟」

〝ボー研〟。正式名称ボードゲーム研究会は、私たちが入っている部活だ。

「今日、月曜だよ？　部活の日じゃないけど」

「新歓だよ。来週までは、毎日活動してもいいの。去年もそうだったでしょ」

「そうだっけ……？」

「理子がいてくれると助かるな。理子がゲームマスターになってくれるなら、五、六人のグループは見れるよね。私と理子で、十人くらいまでは対応できる」

「私がいなくても、薫《かおる》がいるでしょ」

「じゃあ、十五人まで対応できる」

マキは引き下がるつもりはないようだった。

今日は、お兄ちゃんとママは夜までいないと言っていた。晩ご飯を作る必要がないのなら、部活に出ている時間は作れる。

「判った。行くよ」

私の言葉に、マキはパッと笑って頷いた。

人の間を通りながら、自分の席に向かう。話しかけてくる子はいない。普通ならこの状況は結構キツいかもしれないけれど、忘却《リンボ》は、私にとっては快適だった。親しくしてくれる子がいない分、誰かと揉《も》めることもない。無視されているということは、ひとりでいられるということでもある。

自分の席につき、リュックサックを机に置く。目熊西中では私が入学する前から鞄が自由化されていて、いずれ制服もなくなるとか言われている。私は最大限に地味な紺のリュックを使っていた。個性なんか出さないに越したことはない。

そんなことを考えながら前を見ると、沙苗《さなえ》と目が合った。

沙苗は私を認めるなり、キッと鋭く睨みつけてくる。私は慌てて視線を外した。

沙苗を見るたびに、よくこれだけ人を憎み続けられるものだと感心する。彼女の目を、私は「フレアスタック」と呼んでいた。油田では、余ったガスを常に燃やして炎を灯《とも》し続けなければならない。それがフレアスタックだ。汲《く》めども汲めども尽きない、憎悪の油田。沙苗の目は、その上に灯る炎そのものだった。

私がクラスから無視されだしたのは、沙苗のせいだ。原因は沙苗の彼氏にある。彼女は岡見《おかみ》慎吾《しんご》という野球部のキャプテンとつきあっているのだけれど、その岡見くんが昔、私のことを好きだったらしいのだ。

らしいというのは、私にも真相がよく判らないからだ。岡見くんとは話したことすらほとんどない。有力運動部のキャプテンと零細文化部の女子なんか、接点があるはずもない。ただのデマの気もするけれど、ともあれ、その噂は現実に去年から流れはじめて、当時すでに彼女だった沙苗の気分を大いに害した。彼女はこの学年の中心人物のひとりだ。私を無視させるように仕向けるのは、難しくない。

担任の園田《そのだ》先生が入ってくる。「はい、ホームルームやるから。着席、着席」沙苗は私から目を逸《そ》らし、前を向いた。

「ねえ、山根さん」

横から声をかけられた。益子慎一郎くんだった。

「一限の数学、ちょっと先週のノート見せてくんない？」

「いいけど……。また寝てたの？」

「うん、ちょっとね」

益子くんは太っている。気道が狭いのか、ふーふーと呼吸が荒い。男子のカーストの中ではかなり下のほうにいる彼だが、それでも私よりは上にいるつもりなのか、よく不《ぶ》躾《しつけ》な相談をしてくる。

「すぐに返してね」

リュックを開け、数学のノートを手渡す。「サンキュー」と益子くんは受け取り、ノートを書き写しはじめた。

無視されているといっても、こんな風に話しかけてくる子もいる。そもそもが出処のよく判らない噂だし、沙苗がそれを真に受けて私を迫害しだしたら、私に嫉妬《しっと》していると受け取られかねない。中途半端な無視のバランスに、沙苗の葛藤が見える。あの子たちの世界では、面子《メンツ》は何よりも大事なのだ。

「あ」

益子くんが声を出した。何かが私の足に当たる。

それは、カッターナイフだった。

「ごめん。ありがとう」

拾ってくれるよね。益子くんの言葉には、そんな期待が込められていた。

私は唾《つば》を飲んだ。黄色い本体に収まった、銀色の刃。それを見つめているだけで、心臓の鼓動が速くなる。拾わないと不自然だ。判ってはいたけれど、身体が動かない。

「……ちょっと、失敬」

動こうとしない私に少し棘《とげ》のある声をぶつけて、益子くんがカッターナイフを拾う。

私は聞こえないように、ふーっと息をついた。手のひらがじっとりと汗で濡《ぬ》れていた。

8

ボードゲーム研究会。通称〝ボー研〟の活動は、一年二組の教室で行われている。二年前まで、私とマキがいた教室だった。

マキとは、小学校のころからの同級生だ。ふたりともインドアな性格で、家が近かったこともあり、子供のころはよくお互いの家を行き来して遊んでいた。棋士の娘に生まれ、子供のころから将棋を指していた彼女は、あるときからボードゲームの道に引きずり込まれた。引きずり込んだのは、私だ。

きっかけは『ストライク』というゲームだった。パパが何かの景品でもらってきた、サイコロを使ったボードゲームだ。

そのころの私は、ボードゲームについてよく知らなかった。でも、『ストライク』に入ってる黒いサイコロはとても可愛くて、私はことあるごとにそれを手のひらの中で転がして愛《め》でていた。

どうせなので、友達を呼んでやってみよう。私は友達を三人呼んで『ストライク』をやることにした。その中に、マキもいた。

『ストライク』は、衝撃的なくらい面白かった。

ルールは簡単だ。ひとり何個かのサイコロを持つ（人数によって数が変わる）。そしてそれを〝コロシアム〟と呼ばれるすり鉢状の場に投げ入れる。

サイコロはワンプレイにつき、一個だけ投げ入れることができる。そして、出た目が場にあるサイコロの目と一致した場合、同じ目のサイコロをすべて獲得できる。一致しない場合は、続けてまたサイコロを投げ入れるか、次の人に手番を回す。手許のサイコロがなくなったら、その人は負け。

要するに、出ている目と同じ目を狙ってサイコロを振るという、簡単なゲームだ。だけど、いくつか設定されているルールが、面白さを劇的に高めている。

まず、このゲームで使うサイコロは、通常「一」の目があるところに「×」と書かれている。この「×」の目が出てしまったら、サイコロは強制的に没収される。

もうひとつの妙味として、場にあるサイコロに振ったものをぶつけて、目を変えることができる。上手く目を変えることができれば、場にあるたくさんのサイコロを総取りできたりもする。どのサイコロにどのようにぶつけ、効率よく取っていくか。運頼みのダイスゲームとは違う、戦略性と技術と運の要素が高いレベルで調和したゲームなのだ。

初めてやった『ストライク』は、ものすごく盛り上がった。三時間、私たちは夢中になってサイコロを振っていた。面白いボードゲームは、最強の時間泥棒だ。気がついたら窓の外は夕方になっていた。

「楽しかったね、マキ」

そう声をかけたときの、マキの表情は、いまでも覚えている。マキは、思い詰めた表情をしていた。ただ楽しかっただけじゃない。世界の大切な秘密を、たったいま知ることができた。そんな表情だった。

結果的に、あの三時間がマキの人生を大きく変えた。マキはカードゲームやボードゲームにハマり、それらを集めはじめた。新しいゲームを買うたびに私たちはマキの家に集められて、彼女のプレイにつきあわされた。いや、つきあわされたというのは正確じゃない。私はマキとの遊びを、とても楽しんでいたのだから。

一年二組が見えてくる。去年の夏までは、毎週三回、定期的にきていた教室だった。

この部を設立したのは、マキだった。私たちの中学では、部活はふたつまで掛け持ちをしてもいいことになっている。「たまに顔を出すだけでいいから」入学してすぐに、マキはそんな条件で部員を集めて、新しい部を設立してしまった。

といっても、最初のころは、ほとんど部活の体をなしていなかった。予算はゼロだったし、真面目に参加しているのは私くらいで、そのころは部活に出てもふたりで遊んでいることが多かった。

〝ボー研〟が部としてきちんと回りだしたのは、去年からだ。マキは下級生の勧誘を積極的に行って、三人の部員を入れた。五人が常にいるというのは、大きい。遊べるゲームの種類も増えるし、複数のゲームでリーグ戦を組んで長期戦をすることもできる。

実際に、五人で活動していた時期は楽しかった。ゲームをやるだけじゃなく、トランプを使った新しいゲームを考案したり、ボードゲームの研究を文章にまとめて学内やネットで発表したり、活動の幅も広がった。一度、マキの書いた文章が『月刊ボードゲーム』に掲載されたこともある。あのときは、マキの家でケーキを焼いてお祝いをした。

「山根先輩……？」

声をかけられた。振り向くと、薫がいた。

月村《つきむら》薫。ボードゲーム研究会の二年生だ。もともとショートカットだった薫は、しばらく見ない間にさらに短髪になっていて、体育会系の男子みたいだ。

「ご無沙汰《ぶさた》してます、山根先輩。今日は参加されるんですか」

「ちょっと久しぶりに、顔出そうかなって。新歓の手伝いもするから。いい？」

「もちろんです。みんな喜びます」

にこりともせずに言うけれど、彼女が喜んでくれているのは伝わってきた。

薫は〝ボー研〟の部員であると同時に、幼いころから竹刀を振っている剣道少女でもあった。全国大会にも出たことのある強者《つわもの》で、中学でも剣道をやるつもりだったそうだが、あいにくうちの学校には剣道部がない。そこにマキの勧誘を受け、〝ボー研〟に入部してきた。風紀委員としても活動していて、マキと似てまっすぐな性格をしている。畑はまったく違うけれど、馬が合ったのだろう。

「新歓、どう？　順調？」

「はい。もう十人くらい見学にきてます。見どころのありそうな子も、何人か」

「見どころ？」

「ええ。いい根性してる子が何人か。鍛えれば、使いものになるかもしれません」

「鍛えるって、うち、そういう部活じゃないし……」

「佐《さ》藤《とう》がいてくれればと思います。あいつ、社交的でしたから」

佐藤真奈美《まなみ》という子は、去年までいた後輩だった。今年転校してしまい、五人いた〝ボー研〟はまたメンバーが少なくなってきている。

「今週が勝負ですね、ふたりは欲しいところです、最低でも、ひとり」

薫は顎《あご》に手を当てながら言う。やっぱりこの子は女子というより武士だ。

並んで歩くと、薫が綺麗な歩き姿をしているのが判る。幼いころから武道を仕込まれたせいだろうか、なんというか、船がすーっと水の上を滑っていくような感じなのだ。

「山根先輩の歩きかたを見てると、体幹が弱いのが判ります。一緒に道場に行きますか？」前に、そんなことを言われた。薫の行き届いた綺麗な所作は羨《うらや》ましいけれど、道場には行きたくない。

「そうだ、山根先輩」

薫が思い出したように言った。

「一年に知り合いとか、いますか？」

「うーん、あんまりいないかな……。知ってる子がいたら、紹介したいんだけどね」

「いえ、違います。山根先輩に会いたいって男子が、初日にきたんです」

「私に？」

「はい。綺麗な顔した男子でした。たぶん新入生です。知りませんか」

「いやー、全然判らないな。マキと私を間違えてるってこと、ない？」

ボードゲーム界隈《かいわい》という小さな世界だが、雑誌に載ったマキは少し名前が知れている。

「ちょっと判りません。すぐに帰ってしまったので。まあ、用があるならまたくるかもしれませんけど」

話が一段落ついたところで、ちょうど教室の前に到着した。扉を開けて中に入る。

「えっ？」

中は異様な雰囲気だった。

空気がピリピリとしていた。二十人くらいの人だかりができていて、ひとつの机を囲んでいる。「なんだこれ」薫は呟いて、人だかりのほうに歩いていく。

人の輪の中心にあるのは、将棋盤だった。それを挟んで、マキと、見たことのない男子が座っている。身体の小さい子で、まだ一年生のようだった。

「さっき言ってた一年生って、あの子のこと？」

「違います。見たことないです、あんなやつ」

「理子ちゃん先輩」

耳打ちをしてくる子が現れた。村井《むらい》笑里《えみり》だった。薫と同じ二年生の女子で、おっとりとした天然系のお嬢様だ。笑里の周囲にはいつもゆっくりした時間が流れていて、きびきびとした薫とは対照的だった。

「お久しぶりです、理子ちゃん先輩。本日はお日柄もよく……」

「村井。何、これ」

薫が鋭く口を挟んでくる。笑里はけろりとした口調で答える。

「将棋部だよ。道場破りだって」

「道場破り？」

「マキ先輩が負けたら、将棋部に入れって。試合に出てもらって全国を狙うんだって」

「なんだよそれ。なんでこんなことやらせてんだ」

「だって、マキ先輩がやってもいいって言ったんだよ」

「宮野先輩はそう言うよ。下が断るんだよ、こういうのは」

「でも……でもね、マキ先輩が言うから……。あっ、そうだ。勝ったら好きなボードゲームを三つ買ってくれるって。だから、いい話じゃない？」

笑里はあっさりと言ったが、私は聞かなかったことにした。これじゃ、学校の中で賭《か》け将棋をしているのと同じだ。公にできる話じゃない。

「あの子、すごく強いらしいよ。プロを目指してるんだって」

笑里は、マキの反対側に座る男子を指差す。その声を耳ざとく拾ったようで、男子はこっちを見返してきた。

嫌な目をしていた。顔が痩《や》せていて、目だけがギラギラと光っている。男子はマキに向き直り、駒を打ち込む。その姿は様になっていて、長い間将棋盤と向かい合ってきた年月を感じさせた。

「相矢倉ですね」

男子が嬉しそうに呟く。マキは難しい顔をして、盤面を睨んでいる。

「相矢倉は将棋の醍醐味《だいごみ》ってね。羽生《はぶ》先生も、何かでそう書いてましたね」

その言葉を無視して、マキは駒を打ち込む。「いい手ですね。ありがちだけど」男子はへらへらと笑いながら、盤を見下ろしている。敬意の感じられない、嫌な笑いだった。

「ところで……宮野さん。宮野徹《とおる》の娘って、本当ですか？」

マキがじろりと男子を見る。

「本当だけど、だから何？」

「名人戦出場、おめでとうございます。今度サインをもらえませんか？」

「ファンなの？　父の」

「いや、どちらかというと嫌い、かな」

男子は手に持っていた扇子を、ぱっと広げた。

「宮野徹も、もう五十歳でしたよね。ずっとタイトルから遠ざかってて、今度がラストチャンスかなあ。取れるといいですね、名人」

「私もそう願ってる」

「二十五歳で棋聖を取った期待の若手から、二十五年ですか。ときの流れは残酷です。正直棋風は好きじゃないですけど、一応リスペクトはしてますから」

「伝えておくよ」

　マキは構わずに駒を動かす。男子が嬉しそうな表情になる。

「いい手です。これだけ指せる人が、なんで引退しちゃったんですか？」

「まあ、個人的な事情かな」

「その事情を教えてくださいよ。宮野徹の娘であることがプレッシャーだったとか？」

「父は関係ないし、プレッシャーだと思ったこともない」

「口だけならなんとでも言えますよね。あるいは、くすぶってるお父さんのことを見てびびったとか？　まあ、厳しいですもんねえ、将棋の世界は。特に宮野さんは女性だし」

　クソ野郎。薫がぼそっと呟《つぶや》いた。男子がマキの動揺を誘っているのは明らかだった。薫はマキの顔を潰《つぶ》さないためにこらえているみたいだったけれど、そういう縛りがなかったら、とっくに飛びかかっているかもしれない。

「それにしても、よりによってなんでこんな部をやってるんですか？」

　男子の声のトーンが、一段上がった。

「ボードゲーム？　こんなの、ただの暇つぶしじゃないですか」

　マキの顔が、ぴくりと固まった。

「放課後に集まってゲームやって、勝ったとか負けたとか、何が楽しいんですか。意味ないでしょう」

「将棋も、遊びでやってる人のほうが多いでしょ」

「でも、プロ競技でもあります。ボードゲームなんか、全部遊びじゃないですか。将棋みたいに、自分の人生を賭けて戦ってるわけじゃない。貴重な時間をこんなものに注ぎ込んで、そういうのは、どうなんですかねえ」

　薫は小刻みに震えている。笑里も、見たことがないくらい厳しい表情になっている。

　私もまた、イライラしていた。男子の言動そのものよりも、ふたりにこんな表情をさせたことが腹立たしかった。

「ドミニオンとか、世界大会のあるボードゲームもあるんだけどなあ」

　私たちの苛立《いらだ》ちをとりなすように、マキが言う。

「別に私たちは、遊びだけのつもりじゃないんだよ。もちろん遊びの側面も大きいけど」

「じゃ、何のためなんですか」

「色々あるけど、正しく頑張るため、かな」

　男子が怪《け》訝《げん》な顔をする。マキは続けた。

「ボードゲームっていうのは、理不尽なことも多い。将棋よりもはるかに、運や流れに左右される部分が大きいからね。最善手を打ち続けても、相手より技量があったとしても、負けるときは簡単に負ける」

「それと頑張るのと何の関係があるんですか」

「自分ではコントロールできない理不尽なものの中に飛び込んで、その中で最善を尽くす。それはこの現実と同じだよね。現実には、将棋のように同じ条件を揃えてヨーイドンで戦うようなことはない。もちろん、将棋の世界は、だからこそ美しいっていう側面はあると思う。でも私は、カオスの中で頑張るほうに魅力を感じるんだ。色々なボードゲームをやってると、たまに、自分と世界とがつながってる感じがするんだよ」

　マキは大切なものを慈しむように、ふっと笑った。

「だから私は、ボードゲームが好き」

　マキは綺麗な所作で駒を動かす。その言葉に、薫たちだけではなく、将棋部の人たちも心を動かされているみたいだった。

「ご高説、ありがとうございます」

　男子が駒を打つ。顔には相変わらず敬意が浮かんでいない。

「色々仰《おっしゃ》ってましたけど、なんか納得行かないんですよね。結局、将棋のしんどさに耐えきれなくなったってことじゃないんですか？」

「そう解釈したいなら、すればいいよ」

「それに、宮野さん以外がそんな立派なことを考えて参加してるとは思えないなあ」

男子はそう言って、私たちを見回した。

「みんな適当に理由をつけて遊びたいだけだったりして。違いますかね」

「みんなそれぞれの思いで参加してるんだよ。他人がどうこう言うことじゃない」

「思い、ねえ……」

相手を侮るような目と、視線がぶつかった。思い切って見返したけど、男子は全くひるまなかった。

「判ったよ。君は、真剣勝負が好きなんだね」

「ええ。一応、将棋に命賭けてるつもりです」

「その姿勢には敬意を表するよ。実際に君は強いしね」

「お褒めの言葉、ありがとうございます」

「でも、態度がよくない。君の態度は真剣勝負に挑む人間のものじゃない」

「はい？　何言ってんですか」

「意味判らない？　頭の回転、鈍いのかな」

マキは駒を摑《つか》み、高く振り上げた。そして、半ば投げ捨てるように、将棋盤に打ちつける。その場にいた全員がビクッとした。打ちつけられた駒の音は、銃声のようだった。

「うるさいんだよ、ベラベラと。黙って指しなよ」

恐ろしく冷たい声だった。男子の顔が、一瞬で凍りつくのが見えた。

9

「久しぶりだね。一緒に帰るの」

朝は降っていなかったのに、下校するときは霧雨になっていた。私はいつも通りのローファーだけど、マキはベージュの長靴を履いていて、きちんと雨に備えている。自転車を押す私に、マキが傘を差してくれる。私たちは並んで歩いた。

「さっきのマキ、格好よかったよ」

マキは結局、あのあと男子を圧倒して勝った。饒舌《じょうぜつ》だった男子は途中から色を失ってしまい、見ていて気の毒に思えるほどだった。「ちょっとやりすぎたかな」マキは照れくさそうに言う。

「でもまあ、あんなことを言ったけど、あの子のことはそんなに嫌いになれなかったな。あんなに偉そうなことが言えるの、ある意味すごいなって思うし」

「私はマキがなんで〝ボー研〟やってるかが判って、ちょっと感動した」

将棋の試合が終わったあと、私は久々に〝ボー研〟に参加した。試合のあとで全員ハイになっていたのか、やるゲームのすべてが盛り上がり、本当に楽しい時間だった。

去年まで、ボードゲーム研究会に毎回参加していたころは、これが日常だった。部活のことを懐かしいと感じている自分に気づいて、少し寂しい気持ちになる瞬間もあった。

「まだ、お母さんは、具合悪いの？」

「うん……。最近、働きに出れるようになったけど……」

「病院には？」

「行ってるよ。薬も飲んでる」

そう言ったものの、本当にきちんと飲んでるかは判らない。

ママは、うつ病だった。

もともと神経質な性格で、パパが死んでから無理を重ねていたこともあるのだろう。去年の夏、仕事に行かなければいけないのに、ママはベッドから起き上がれなくなった。あのときのママの目を、覚えている。気力が抜けた目の奥に、私を咎《とが》めるような色があった。四十をすぎて、子供なんか作らなければよかった。お前がいなければ、こんな苦労はしなくて済んだのに……。

「戻ってこない？　理子」

「え？」

「理子がいたら、私は嬉しい。薫も笑里も、喜ぶよ」

マキらしい、正面突破の言葉だった。

頷きたい衝動に駆られて、私は自重した。ママとお兄ちゃんと、きちんと相談しなければならない。私が部活に出ることで、家事がおろそかになってはいけない。

「考えとく。ありがと、マキ」

私の答えに、マキは一応満足したみたいだった。嬉しそうな表情で頷く。

「あとさ、理子」

マキの声に、より慎重な響きが混ざった。

「まだ、治ってないの？」

マキの言葉に、私は驚いた。顔色が変わらないように、緩んだ気持ちを引き締める。

「なんで……そんなこと聞くの？」

「カッターナイフ」

見られていたのだ。益子くんのカッターナイフを拾って、渡すことができなかった。

あのときの些《さ》細《さい》な行動を。

「マキは洞察力あるなあ」

冗談めかして言ったけれど、これは失敗したみたいだった。マキが眉《まゆ》を寄せる。

「加害恐怖……だったよね？」

マキの言葉に、私は頷いた。


加害恐怖は、強迫性障害と呼ばれる病気の一種だ。

人間は誰しも、不安を抱えている。でも、中には不安の量が人よりも多かったり、コントロールしにくかったりする人がいる。

緊迫した場面があるとする。例えば、先生との面談だ。先生は真剣な顔をして、成績やこれからの進路について真面目に話している。

——ここでふざけた真似をしたら、どうなるんだろう？

誰でも、そんなことを考えたことがあるんじゃないだろうか。場にそぐわない、ふざけたことを言ってみたら？　突然暴言を吐いてみたら？　先生の頭を、何の脈絡もなく叩いてみたら？

普通の人はそんなことを思いついても、実行に移さない。頭の中に浮かんだ不謹慎な光景を眺め、わずかな不安をスリルとして楽しんだあと、現実へと引き返す。だけど、それができない人もいる。不安をコントロールできず、不謹慎なビジョンを真に受け、自分がそれをやってしまうのではないかと本気で恐怖に駆られる人が。

加害恐怖はその一種で、自分が人を傷つけてしまうのではないかと不安に駆られるという症状だ。刃物を持っていると、人を切りつけないか心配になってくる。自転車に乗っていると、誰かをひいてしまいそうで怖くなる。奇妙な症状のようでいて、ネットで調べるとこの病気に悩んでいる人が大勢いることが判る。症状の出方も人によって違う。

私の場合は、凶器になりそうなもの全般と、乗り物だ。特に刃物が駄目で、だから私は包丁が持てない。包丁を使っていると、それで家族を刺してしまうのではないかと怖くなる。別に殺意があるわけじゃない。なぜかそんなイメージが浮かび、コントロールできなくなるのだ。

こんなケースもある。コンロの火を消し忘れていないか。そのせいで火事になり、大勢の人を殺してしまうんじゃないか。外出するとそんな不安に駆られ、家に引き返してしまうというものだ。確認をしてまた出かけても、すぐに不安になって家に帰る。そうしているうちにヘトヘトになってしまい、結局家から離れられない。

　これは「確認行動」と呼ばれるものだ。私はコンロに関しては症状が出ていないけれど、安全であることを何度も確認したくなる気持ちは、よく判る。コンロの火を何度も確かめたくなるのは、別に記憶喪失にかかっているわけじゃない。記憶そのものが、信じられないのだ。自分そのものが不安だから――。

「ひょっとして、前より悪くなってる？」

　マキが聞く。私は首を振った。

「そんなことないよ。でも、カッターとか包丁はちょっと持てない。益子くんも、なんでカッターなんか落とすかな」

「病院は行ったの？」

「行ってない」

「理子。きちんと診断してもらったほうがいいよ。病院、一緒に行ってあげようか？」

　耳が痛くて、私はうつむいた。

　私の病気は、専門家に診断されたものじゃない。近所の心療内科には、一度だけ行ったけれど、まともに取り合ってもらえなかったのだ。

――人を傷つけてしまわないか怖い？　聞いたことないなー、そんな症例。

――本当にそうなの？　学校を休みたくて嘘をついてるんじゃないよね？　診断書だけ欲しがる患者さん、多いから……。

――まあ、とりあえず薬でも飲んでおこうか？

あとで調べたら、加害恐怖を診断できない医師も、まだ多いらしい。でも、私はもうほかの心療内科を探す気にはなれなかった。ナイフでグサグサと刺されるよりも、真綿で首を締められているほうがよほどマシだ。

「私も色々調べてるんだけど……いまは薬を飲まなくても、治しかたも色々あるみたいだよ。暴露療法とか、呼吸訓練とか」

暴露療法《エクスポージャー》は、私もよく知っていた。強迫性障害の治しかたのひとつで、簡単に言うと、その人がもっとも恐れていることをあえて体験して、恐怖を飼いならすという療法だ。例えば潔癖症の人なら、ドアノブや硬貨といった少し汚いものを触ってみて、床、排水口、便器、家族の下着など、徐々にヘビーなものに挑戦する。そういうことを段階的に繰り返し、認知の歪みを治していく。

「そういう治療も受けてみたら？　治るかもしれない」

「判ってるよ、マキ」

「私も一緒に調べてあげようか？　病院」

「大丈夫」

強い口調にならないように気をつけながら、言った。

「そういうのって、お金もかかるから、私の家、いま、それどころじゃないし……」

「理子……」

マキはうつむく。ちくりと、胸の奥が痛んだ。

マキは正しい。正論だ。マキが私と同じ病気になったら、たぶん真っ先に病院に行き、自分に合う治療法が見つかるまで、探し続けるだろう。でも私は、そんなに強くない。

マキのアドバイスに従えない自分が、情けなかった。

「ごめんね。ちょっと言いすぎた」

「ううん。こっちこそ、ごめん。心配してくれてるのに」

気づかれないように、ふーっとため息をつく。マキにそんな表情をさせてしまったことが、申し訳なかった。

不意に、加奈子の顔が浮かんだ。桜の咲くこの時期がくると、あのころの夢をよく見る。三年前の四月。マンションの屋上から見た空は、日中だったのに夜のように真っ暗だった。

——理子ちゃんも、こっちにおいでよ。

貯水槽に上り、加奈子は手を差しのべていた。

——こっちは、気持ちいいよ。

加害恐怖がはじまったのは、三年前のあの日。

加奈子が、マンションの屋上から転落して、死んだ日からだ。

学校からの帰り道には、荒川がある。目熊新橋という大きな橋がかかっていて、二車線ずつある車道を車がびゅんびゅんと走っていく。

「またいるね、あの人たち」

マキの見ている方向に目を向けると、河川敷に青いシートで覆われた家が見える。ホームレスの人たちの住居だった。

「前に警察がきて全部撤去してたよね」

「去年ね。でも、また戻ってきたみたいだね」

ホームレスの人と住民とのトラブルも絶えないらしい。物騒なホームレス狩りも出ると聞く。それでも河川敷は住みやすいのか、住居がなくなることはない。

そのとき、川からひとりの男が上がってくるのが見えた。マキが慌てて目を逸らす。

男性は、下半身まで全部裸だった。

〝銭湯さん〟だ。全裸になって川で行水をしていることで、この界隈でもっとも有名なホームレスだ。風呂だけじゃなく、トイレも川で済ませているらしく、彼が大便を川にしている姿が、何度も目撃されている。

彼はあちこちを放浪しているらしくて、三ヶ月前くらいからまた見るようになった。私が小学校高学年のころも一時期いて、学校でも問題になっていた。

――川に入って心臓が止まればいい。

お兄ちゃんの憎悪は、〝銭湯さん〟に向けられたものなのだろうか。

――川の水って、水温が十度くらいなんだってね。銭湯の水風呂が大体十八度くらいだから、それよりだいぶ冷たい。

「十度じゃ止まらない」

ぼそっと呟いた。

一度〝銭湯さん〟の入浴を見てしまったことがあるけど、きちんと身体を水に慣らして入っていた。十度の水に対してあれでは、心臓麻痺《まひ》や低温ショックは起きづらいだろう。ショックが起きたとしても、足のつく浅瀬なのだから、ゆっくりと上がってくれば助かる。低体温症で絶命するには、水に一時間くらい浸《つ》からないといけない。

「何？」

マキが覗《のぞ》き込んでくる。私は「なんでもない」と答えた。

「聡美《さとみ》のこと、思い出すな」

「四年前の、事件？」

「そう。あれは、可愛そうだった」

陸上部の、松田《まつだ》聡美。マキの昔からの友達だ。

聡美は四年前、河沿いで襲われた。茂みに連れ込まれ、刃物を突きつけられ、身体を触られ、必死に抵抗したけれど、結局傷つけられた。そのあとに学校にこられなくなってしまい、少し休学していた。

「あまり不確定なこと言いたくないからここだけの話にしてほしいんだけど、あれの犯人、〝銭湯さん〟だって説がある」

「まさか。初耳だよ」

「そのころ、あの人はちょうどこの辺に住んでた。それに、たまに刃物持ってたりするでしょ、〝銭湯さん〟？」

確かに、ナイフを持って食事をしているシーンが、目撃されたことがあると聞いた。さすがにそれは問題になったみたいで、警察が注意にきたらしいけれど。

「とにかく、あまり川には近づかないほうがいいかもね」

「近づかないよ」

河川敷のほうを見た。〝銭湯さん〟は家の中に入ったのか、姿が見えなくなっていた。

10

食材の買い出しは、主に私の仕事だ。毎週お兄ちゃんから預かっている一万円を使って、栄養バランスを考えながら献立を決めていく。家に帰り、着替えて、スーパーに行って買いものをする。再び帰ったときには、もう時刻は二十時に近かった。

家には誰もいない。お兄ちゃんは職場の飲み会で、ママも夜勤に出ている。夕食を作らなくていいのは楽だ。私はスーパーのビニール袋から、買ってきたものを取り出す。

たらこのおにぎり。ソーセージ。スティックチーズ。サラダ。それらを抱えて、二階の自分の部屋に上がる。

ソーセージをかじりながら本棚に向かい、小さなボール紙の箱に手を伸ばす。『オニリム』というカードゲームだった。久しぶりに参加した〝ボー研〟が楽しすぎて、もう少しカードゲームの世界に浸っていたかった。

『オニリム』はひとり用カードゲーム《ソリティア》の傑作で、私の好きなゲームだった。ルールが絶妙で、ダークな世界観もいい。プレイヤーは「夢を歩くもの《ドリームウォーカー》」となって、悪夢の迷宮からの脱出を目指す。

カードの数は七十六枚。それらをすべてシャッフルし、山札として積む。

プレイヤーは五枚のカードを引く。カードの種類として、「扉」「迷宮」「悪夢」の三種類があり、最初の手札は必ず「迷宮」のみでなければならない。最初に「扉」「悪夢」を引いてしまった場合、それらを「忘却《リンボ》カード置き場」という場所に置いて、足りない分をさらに山札から引く。五枚「迷宮」が揃った段階で、「忘却《リンボ》カード置き場」のカードを山札に戻し、すべてシャッフルする。

プレイヤーは手札からカードを選んで、場に置いていく。置くためには条件が色々あって、置けるカードがない場合は捨て札として捨てる。手札は常に五枚になるように、山札から補充する。このときに「悪夢」カードを引いてしまうと、重いペナルティが科される。「悪夢」カードを無効化する方法もあるので、それを上手く使い、ゲームのクリアを目指す。

条件を満たすと、プレイヤーは「扉」カードを得ることができる。全部で八枚ある「扉」をすべて手に入れることができたら、悪夢から目覚めることができてゲームクリア。その前に山札がなくなってしまったら、ゲームオーバーだ。このゲームバランスが絶妙で、戦略的にプレイをしないとクリアできない。

カードをシャッフルして山札を作る。マキのほうがはるかに上手だけれど、私のシャッフルもそれなりの腕前で、〝ボー研〟以外の集まりでトランプを切るとまず驚かれる。

最初のプレイは、上手く進んだ。「悪夢」を無効化しながら、場にカードを並べていく。『オニリム』は山札が減っていくとともに選択肢が狭まり、難易度が上がっていくのだけれど、今回は追い込まれる前にクリアすることができた。計算が上手く行くのは、気持ちがいい。

もう一度すべてのカードを交ぜ、シャッフルをはじめる。しゃっ、しゃっ。カードを切る時間が、私は好きだった。カードが擦《こす》れる音を聞いていると、心の奥が研ぎ澄まされていく感じがする。いつまでもカードを切っていたくて、一分、二分とシャッフルが続くのも、よくあることだった。

二回目のゲームは、一転して苦戦だった。最初の手札が悪く、なかなか場にカードを並べられずに捨て札ばかりが増えていく。そうこうしているうちに「悪夢」カードを引いてしまって、ペナルティとして手札をすべて失ってしまった。その後苦しい展開が続き、いいところなくゲームオーバーになってしまう。

『オニリム』をやっていると、〝ものを捨てる〟ことの難しさを痛感する。『オニリム』では、何をどのタイミングで捨てるか、あるいは捨てないかという判断が、とても重要だ。マキはこのあたりの塩梅《あんばい》がとても上手くて、それを捨てて大丈夫なの？　と思わせるプレイが、終盤になっていい判断だったという局面を何度も見せてくれた。

三回目のゲームはかなりギリギリの勝負になったが、なんとかクリアすることができた。二勝一敗。ブランクがあるにしては、調子がいい。

「やばい」

声が出てしまう。やっぱり、楽しい。カードゲームは、面白い。

「戻りたいな……」

心の奥にいるもうひとりの私が呟いたみたいに聞こえた。

今日は晩ご飯を作らなくてもいいから、部活に行くことができた。でも、こんな日ばかりじゃない。家事でいっぱいいっぱいなのに、この上部活までできるのだろうか。あまり考えたくなかった。いまは、このゲームの面白さに浸かっていたい。お兄ちゃんもママも、まだ帰ってこない。

学習机のキャビネット。その一番下には、鍵《かぎ》のかかっている引き出しがある。時間はあるし、構わないだろう。私はそこに、鍵を差し込んだ。

11　夜の日記

十月二十二日（木）

人を殺すのは基本的に大変だけれど、世の中には簡単に殺せる人間がいると思う。例えば〝銭湯さん〟だ。彼は見たところ老人で、力もあまりなさそうだ。

〝銭湯さん〟は、河原に住んでいる。殺すのなら、絶対に夜だ。あの場所は昼間は開けているけれど、夜になると視界がほとんど利かなくなる。

ただ、ホームレスの人たちは、たぶん他人への警戒心も強いだろう。警戒されているというだけで、殺人の難易度は一気に上がる。何が起きているか判らないうちに、殺されていた。そういう状態を作るのが望ましい。

そこで私が考えたのは、火だ。

〝銭湯さん〟は、青いビニールシートと段ボールで囲われた家に住んでいる。どっちも、とてもよく燃える素材だ。

こういうのはどうだろう？　夜に河原に行く。〝銭湯さん〟が家の中で寝ているのを見計らって、そこに火をつける。そのまま彼が死んでくれるのなら、計画は成功。慌てて出てきたとしても、普通の精神状態じゃないだろう。パニックを起こしているところを、ナイフで刺殺する。

火というのはいいもので、証拠を色々と消し去ってくれる。いまは抜け落ちた髪の毛の切れ端からでも、個人を特定できるらしい。そういうことへの対策にもなる。

火をどうやってつければいいのか。マッチを一本持っていったくらいじゃ、それなりに大きな段ボールハウスを燃やすことはできないと思う。かといって、ガソリンや灯油を手に入れるのは、私には難しい。何か方法がいる。それはまた考えよう。

12

目が覚めると、少し頭が痛かった。重い身体をひきずりながら、階下へと向かう。

朝食を作りだす。スクランブルエッグ。あさりと大根の味噌汁。大根は、そのままだと包丁で切らないといけないので、ずっと使えない食材だった。でも、コンビニで売ってるおでんの大根ならば、手でちぎって入れることができる。この裏技を覚えてから、私は味噌汁に大根を使うことができるようになった。

「おはよう、理子」

パンの袋をぶら下げたお兄ちゃんが帰ってきた。「今日も朝食、ありがとう」と言って、シャワーを浴びに向かう。昨日はだいぶ飲んだのか遅くに帰ってきたけれど、二日酔いという感じはしない。同じ一日を繰り返しているのではないかと思うくらい、いつもの朝だ。

「おはよう」

日常を破るようなその声に、私は少し緊張した。

ママが、生気のない顔で立っていた。

ママは近くのスーパーでレジ打ちをしている。シフトは時給の高い夜勤が中心で、遅いときは深夜三時まで働いているらしい。夜勤明けのママはいつも疲れている。

「ママも食べる？　ご飯」

「食べないのにくると思う？」

ママはくたびれた声で言って、食卓についた。そう言っても、ママは食べないときもある。食欲ないのが、見て判らないの？　気が向かないときは、そんな風に言われるだけだ。私は黙って、ママの分を用意した。

ママは青ざめた表情で、黙々と白飯を口に運ぶ。私はそっちをなるべく見ないようにした。じろじろと見ていたら、また何か因縁をつけられるかもしれない。シャワーから出てきたお兄ちゃんはママとは距離を取っていて、私たちの間に入ろうとしない。

やっぱり、駄目だ。

〝ボー研〟のことをママに相談するだけで、何を言われるか判らない。私が余計なことを言って、家族の中にさざ波を立てたくはない。長期戦になるけれど、お兄ちゃんを味方につけるところからはじめるべきかもしれない。

そのとき、私のスマホから、ラインの着信音が鳴った。

画面を見たところで、私は目を見開いた。

クラスの大半が入っているライングループ。そこに、一枚の写真が流れてきていた。大勢の警察官が写っていて「立入禁止」と書かれた、黄色いビニールテープが張られている。背景には、荒川の河原が写っていた。

『大ニュース』

メッセージが流れてくる。

『銭湯さんが殺されたって』

教室の中は人だかりができていて、その中心には案の定、篠崎《しのざき》くんがいた。篠崎敏《びん》くん。吹奏楽部の部員で、事情通として有名な子だ。学内、学外を問わず幅広いネットワークがあるらしく、ついたあだ名は〝しのび〟。私はリュックを席に置くと、人だかりのほうへ足を向けた。

「でも、なんで殺されたのが〝銭湯さん〟だって判ったの？」

いきなりそんな言葉が飛び込んできた。「簡単だよ」〝しのび〟は芝居がかった仕草でパチンと指を鳴らす。興に乗ってるときの彼の仕草で、はっきり言ってうざいけれど、本物の情報を集めてくるので許されている。

「ホームレスの集まりって、あれ実は派閥が分かれてるんだよ。で、目能新橋のあたりに住んでるホームレスは、いまは〝銭湯さん〟だけ。だから彼以外にありえない」

みんなが感心したように声を上げる。〝しのび〟は気持ちよさそうにそれを見回す。

「犯人はもう、捕まったの？」

「いや、捕まってない。でも、僕の予想だと、たぶんすぐ捕まる」

「どうして？」

「最近、あの辺で金森《かなもり》高校の連中がホームレス狩りしてるから、そいつらの線が濃厚。ほら、金森の不良って暴走族ともつながりがあるし、結構やばいから……」

〝しのび〟は名探偵のように推理を披露する。周りの子たちが、感心したように頷く。

雑な話だ。私は少しイライラしていた。まず、犯行現場が判ってるからといって、殺されたのがそこの住人だなんて保証はない。犯人がその高校生というのはさらに雑な話で、世の中には思いもつかない理由で殺人を犯す人がたくさんいるのだ。

「ちょっと待って」

〝しのび〟はポケットを探り、スマホを取り出す。スマホは校内持ち込み禁止なのだけれど〝しのび〟だけは持ち込んでいて、生徒の間の秘密になっている。

「おっと、新情報。でもちょっとグロいかなー。見る？」

〝しのび〟はスマホを隠すように前かがみになった。グロいと聞いて離れる子もいたけど、多くの子はそこに集まっていく。私も、彼のほうに寄った。

みんなが絶句する。私も、息を飲んだ。

スマホに写っているのは、死体の画像だった。

死んでいるのは、間違いなく〝銭湯さん〟だ。〝銭湯さん〟は仰向けに倒れていて、顔がアップになっている。両目ともに薄く開いているけれど、瞳《ひとみ》には生気がなく、少し混濁しているように見える。死後何時間かは経っていそうだ。

銭湯さんの胸元は、ぐっしょりと血で濡れていた。ひと目見て、たぶん刃物で刺された跡だろうと推測する。凶器は残っていないので、犯人が持ち去ったんだろう。傷口は見えないけれど、致命傷になったと思われるくらい血が大量に流れている。

「もう一枚きてるよ」

〝しのび〟はスマホの画面に指を滑らせた。そこで出てきたものに、私は衝撃を受けた。ビニールシートと段ボールでできた〝銭湯さん〟の家が、無残に焼け落ちていた。形はなんとか残っているものの、大半が黒い燃えくずになっている。

「やっぱりこれは金森の連中だろうなあ」

〝しのび〟が得意げに言う。

「きっと面白半分で放火したんだね。だってわざわざあんな家を燃やす必要なんかない。犯人、三日くらいで捕まるんじゃないかな。もう捜査一課も動いてるだろうし」

うるさい。〝しのび〟の解説はいつもうんざりするけれど、今日のは特別にイライラした。でも、それを言うわけにはいかない。それよりも、聞きたいことがあった。

「ほかに、写真は？」

興奮していた場が、しんと静まり返った。私は瞬時に後悔した。言いかたがきつすぎたし、発言自体もイレギュラーだった。教室は、異物の混入を嫌がる。

「また新情報が入ったらシェアするよ」

難癖をつけられたと感じたのか、〝しのび〟はむっとしたように言う。

「お前、何出しゃばってんだよ」

代わりに私の前に出てきたのは、沙苗だった。

「〝しのび〟が頑張って手に入れてくれた情報に、ケチつけんなよ。偉そうに」

失策だ。沙苗に、私を攻撃するきっかけを与えてしまった。私は即座に頭を下げる。

「ごめん。ケチなんかつけたつもりなくて……」

「つけただろ？　もっと情報をよこせって」

「言いかたがキツかったのは謝るよ。ちょっと口が滑っただけで……」

「大体、ほかの写真って何？　死体が見たいの？　山根、そんな趣味あったんだ。こういうの、何ていうんだっけ？　サイコパス？」

「ごめん……そんなつもりはなくて……」

「ごめん……そんなつもりはなくて……」

沙苗が私の言葉をなぞると、取り巻きから笑いが起きた。恥ずかしさのあまり、顔が真っ赤になる。私を踏みにじることができて、沙苗は嬉しそうだった。

「ちょっと、やめなよ」

水を差すように入ってきたのは、マキだった。

「誤解だって言ってるでしょ。誰だって、ちょっと言い間違えることくらいある。挙げ足を取るのはよくないよ」

「出た出た、宮野ママの説教。保護者のかたですかぁ？」

「説教してるわけじゃない。そのへんにしてあげなよ」

「じゃあ、何を誤解したんだよ。言ってみろよ、山根」

沙苗が私を顎で示す。みんなの視線が、私に注がれた。

私は唾を飲んだ。その音を聞かれるのが怖くて、なるべくゆっくりと飲み込んだ。

「……ごめん」

それだけを言って、自分の席に向かった。沙苗の取り巻きが笑う。私は机に突っ伏した。普通に座ってたほうがいい。判ってはいたけど、すべてを遮断したかった。

「理子」

マキが近づいてくる。ぽんぽんと、肩を叩いてくれる。私を慰めるときのマキの仕草だったけれど、何も感じない。そんなことよりも——。

「マキ……」

突っ伏したまま、小さく声を出した。「何？」マキが、音量を合わせて返事をくれる。

「あとで、ちょっと相談させてくれない……？」

「相談？　いいけど、何のこと？」

「あの、殺人事件のこと」

私は言った。絶対にマキ以外には聞こえないくらいの、コントロールされた声量で。

「あれの犯人、私かもしれない……」

13

昼休み。給食を食べ終えた私とマキは、閑散とした図書室の隅で向かい合っていた。

「なんでそんなこと思ったの？　自分が犯人だなんて」

「……いくつか理由があるの。聞いてくれる？」

マキは頷いた。

「まずね……昨日の夜のこと、私よく覚えてなくて。実は昨日、睡眠薬を飲んでたんだ」

マキが眉をひそめる。私は続けた。昼休みまでに作ってきた話を。

「最近、ちょっとよく眠れないことが多くて、薬局で売ってる睡眠薬をたまに飲んでるの。そのせいで、昨日の夜の記憶がなくてね……」

「家族は？」

「昨日は、誰も家にいなかった。だから、昨日私が何をしてたか、判る人はいない」

「でも、理子は覚えてるよね。昨日、自分があんなことをしてないことを」

問題は、それだ。確かにやったという記憶はない。でも、覚えてないだけで、私が〝銭湯さん〟を殺していない確証なんか、どこにもない。

「ふたつ目はね……私が〝銭湯さん〟を、嫌がってたってこと。昨日、マキと帰ってるときに、裸の彼を見たよね。あのとき私、すごく嫌だって思った。ホームレスの人たち全員が憎いわけじゃないよ。そうじゃなくて……」

「判ってるよ。あんなところで裸になってる人なんか、普通は嫌だよ。でも、それは彼を嫌ってる人が大勢いるってことでもあるよね。私も正直、どうかと思ってたし」

「もうひとつ、理由があるんだ」

言いたくなかったけれど、私は言った。

「日記に、書いたんだよ。半年前くらいなんだけど。〝銭湯さん〟の家に火をつけて、そして、出てきたところを……」

とん、と指先で机を叩いた。マキは顔をしかめた。

「まだ書いてるんだ。あの日記……」

マキには珍しく、非難の色を抑えようとして、抑えきれない感じだった。恥ずかしさで顔が赤くなる。

「医者行きなよ、理子。ひとりで行くのが嫌なら、ついていってあげるから」

「ありがとう。でも、大丈夫……」

「つまり、こういうこと？　日記に書いてある内容と、現実に起きた事件が、とても似てる。そして、昨日の夜の記憶が曖昧《あいまい》で、理子は〝銭湯さん〟を嫌っている。だから知らぬ間に自分が殺してるんじゃないかって思った」

「そう。そういうこと」

「昨日、何時に寝たの？」

私は思い出した。記憶が曖昧になっている時間帯は、『オニリム』をやったあとだ。

「九時くらいだと思う。そのころに、睡眠薬を飲んだから……」

「そのときの格好は？　部屋着だった？　外着だった？」

「えーと、部屋着だった……」

「朝起きたときは？」

「同じだったよ。部屋着だった」

「部屋着で外に出たんなら、まず目立つよね。誰かの目には留まる」

「誰の目にも留まらなかったら……？」

「部屋着は綺麗だった？　泥とか血とか、何もついてなかった？」

「ついてたら、朝に気づくと思う」

「昨日は小雨だったよね」

確かに昨日は、午後からぐずぐずと霧のような雨が降っていた。

「運よく誰にも見つからずに、あの橋まで行けたとする。でも、その場合は部屋着が汚れてないとおかしいよ。傘を差してても必ず汚れるはず。雨の河原は、ぬかるんでるし」

「知らないうちに、外着に着替えてたら……？」

「その場合も同じだよ。帰ってから、靴とか洋服とかを見てみたらいい。変な汚れがついてなかったら、理子じゃない。血のついたシャツを洗濯した記憶はないでしょ？」

　マキは詰将棋をするように、続ける。

「あと、凶器は？　部屋に血のついたナイフとか、あった？」

「ない……けど、どこかに捨てたのかも」

「今回は火もつけられてる。雨だったのに全焼してたから、灯油でも撒いたんじゃないかって言われてるよ。そんなの持ってないでしょ？」

「うん……。そうだね……」

　ようやく確認できた気がした。汚れてる外着なんかなかったし、ナイフは用意できても着火剤なんかない。私が〝銭湯さん〟をやるのなら、ああいう方法は取れないはずだ。

　風船のように膨れ上がった不安から、少しずつ空気が抜けていく。風船はしゅうしゅうと言いながらしぼみ、小さな残骸《ざんがい》になる。そこで私は、やっと一息をついた。

「ありがとう。ちょっと、安心できたかも」

「馬鹿だよ、理子。理子がそんなことするはずがない」

　ぽんぽんと、肩を叩かれる。

「蚊も殺せないくせに。全く、ほんと馬鹿なんだから」

マキの言葉が、痛かった。マキは私のことを信じてくれている。たぶん、私よりも。
——蚊も殺せないくせに。全く……。
私は軽く奥歯を噛んで、その痛みに耐えた。

14

私が夜の日記を綴《つづ》りはじめたのは、ちょうど二年くらい前のことだった。

すでに加害恐怖に苦しんでいた私は、そのころに暴露療法《エクスポージャー》のことを知った。あえて怖いことを体験して、恐怖を飼いならしていくという療法だ。

だけど、加害恐怖の患者がこれをやるのは、少し難しい。潔癖症とは違って、実際に人を刺したり、自転車で轢《ひ》いたりなんてできるわけがないからだ。人混みの中をあえて人にぶつかるように歩く。カッターナイフをポケットに忍ばせて街に出る。本にはそんなやりかたが書いてあったけど、それですらハードルが高い。

そんなとき、お兄ちゃんがモーニングページをやりはじめた。とりとめもなく物事を書き続けることで、頭のなかを整理するという技法。

私が考えたのは、その応用だった。毎朝、自分がもっとも怖いと思うことを、徹底的に紙に書き出してみる。誰かをナイフで傷つけてしまう妄想。乗り物に乗っていて、誰かを轢いてしまう妄想。想像するだけで恐ろしいことを毎朝想像し続ければ、暴露療法になるんじゃないだろうか。

結果的に言うと、この予想は当たった。最初の日は、真っ白なノートを前にボールペンを握ったまま、一文字も書くことができなかった。二日目は、一行だけ書くことができた。三日目、四日目……。書けるボリュームが増えていくとともに、私は自分の不安が収まっていくのを感じた。

一ヶ月もすると、毎朝かなりの分量を書けるようになった。人を殺すことを想像するのは怖かったし、それを書き記すのは自傷行為みたいにつらかったけれど、書けば書くほど気分が安定した。「理子、ちょっと明るくなった？」とマキが言ってくれたのもそのころだ。他人から見ても変化が出ていることで、私は効果を確信した。

夜の日記と、呼ぶことにした。見たくもない悪夢のような妄想を、封じ込めておくための日記帳。〝夜〟に悪夢を閉じ込めておけば、昼間は普通に生活ができる。

ただ、一ヶ月も殺人のことばかり書いていると、内容がだんだん重複してくる。私は危機感を覚えた。このままでは、いずれノートに書くことがなくなるだろう。紙飛行機が勢いを失って地面に落ちるように、何も書けなくなってしまう。

浮力が必要だった。私の紙飛行機を、空中にとどめてくれるための浮力が。

殺人事件のノンフィクション。法医学の専門書。そういうものを読みはじめたのは、そのころからだった。怖くて目を通していなかった新聞の社会面や、ニュースの事件コーナーも、毎日チェックをするようになった。

それが浮力になった。刺殺。撲殺。絞殺。毒殺。人間がいままで行ってきた殺人の方法は、本当に多い。書いても書いても、バリエーションが尽きる心配はなくなった。内容も日記だか小説だか判らないものに変化し、一冊、二冊と、文字で埋め尽くされた日記帳が増えていった。

自分は最低なことをしている。その自覚はあった。紙の上とはいえ、私は友人や目につく人を手当たり次第に殺していたからだ。陰惨な記述で埋まったノートを見て、何度破り捨てたくなったか判らない。でも、どうしてもできなかった。私はそれをなるべく見ないように、引き出しの奥底にしまっている。

殺人事件の発生を受けて、今日は部活が停止になっていた。ちょうど家事がたまっていることもあって、私は下校時間になるや否や学校を出た。殺人事件の現場を見てみたい気持ちもあった。

橋は規制が解かれていて、それなりに人がいた。でも、一般人の野次馬みたいな人ばかりで、新聞記者やテレビなんかはきていないようだ。年間の殺人件数は未遂まで含むと千件。この程度は、些細な事件なのかもしれない。

私は欄干越しに河川敷を見下ろした。昨日ちょうど〝銭湯さん〟を見かけたあたりにテント型のブルーシートが張ってあり、その周囲を「立入禁止」と書かれた黄色のテープが囲っている。そのテープの内と外を、警察官が忙しそうに出入りしている。目熊新橋の向こう、二百メートルくらいのところに、もうひとつ大きな橋がかかっている。花井《はない》橋という橋だ。私はその下に、ホームレスの住居がいくつかあるのを見つけた。ホームレスには派閥があると、〝しのび〟が言っていた。あの下には、また別のグループが住んでるのかもしれない。

有益な情報は手に入らなそうだった。私は橋をあとにした。

家に帰りついて、私はまずスニーカーをチェックした。外出するときに使ってるスニーカーは、二足とも綺麗なままだった。自分の部屋に入り、クローゼットの中の服もすべて見たが、それも全部綺麗だった。下着までチェックしたところで、私はふーっと息をついた。大丈夫。マキが言ってくれた通り、私じゃない。犯人はどこかの誰かだ。マキにあれだけ言ってもらったのに、心の奥には不安が残っていたらしい。意味もなく笑いたくなるのをこらえて、私はベッドに寝転んだ。よかった。私は何もやってない。安心できるって、本当に素晴らしい。

私は机の上の充電器からスマホを取り外し、ニュースを検索する。大きな扱いではなかったけれどさすがに事件は記事にはなっていて、ツイッターを見ると地元の人らしき人々のツイートが相次いでいた。

〝銭湯さん〟の本名は、小田《おだ》切《ぎり》治《じ》朗《ろう》というらしい。年齢は六十六歳。死因は胸部の傷による失血死で、犯行時刻は昨晩。死体が発見されたのは、夜の二十二時ごろ、土手の上を犬の散歩で歩いていた人が火の手が上がるのを発見し、消防隊員がかけつけたところ死体があったとのことだ。犯人は捕まっていない。〝しのび〟がどこかから入手した死体の画像は、さすがにネットには上がっていなかった。

その第一発見者は、犯人を見たらしい。土手から河原を見下ろしていたところ、火の前にいた男性と目が合った。遠かった上に、火が影を作っていて顔は見えなかったけれど、男性は目撃者を見るや、いきなり走り寄ってきたそうだ。慌てて犬を抱えて逃げ切ったが、捕まっていたら殺されていたかもしれない。

〝しのび〟の言う通り、ホームレス狩りの犯行なんだろうか。〝銭湯さん〟を嫌っていた人は多い。誰でもいいから痛めつけたいような人にとっても、格好のターゲットだったはずだ。ひとりの人間が殺意を持って向かっていった場合、それを防ぐのは難しい。どっちにしても、私にはもう関係のない事件だった。私はスマホを置き、部屋着に着替えようとした。

そのときだった。スマホから、ラインの着信音が鳴った。

『新情報、新情報。とれたてほやほや新情報~』

〝しのび〟だった。メッセージとともに、写真が数枚添付されている。

写っていたのは、激しく燃える炎だった。〝銭湯さん〟の家が炎上しているのを、目熊新橋の上から撮っている。ビニールシートはポリエチレンでできていて燃えやすいはずだけれど、それにしても火の勢いがすごい。やはり灯油と木くずあたりの着火剤が撒《ま》かれているような気がする。

いくつか添付されている写真を、次々と見ていく。写真は火が中心で、〝銭湯さん〟の亡骸《なきがら》は特に写っていない。新情報という割に、たいしたことのない内容だった。

最後の一枚で、私は目を止めた。

最後の写真は、火じゃなかった。早朝の目熊新橋を写したもので、集まってきた野次馬が写されている。そこに、ひとりの男性が写っていた。

「なんで……」

思わず声が漏れていた。

こちらに背を向けた男性は、お兄ちゃんのように見えた。

写真をまじまじと見つめた。

欄干から河川敷を見下ろす三人の野次馬たちを、横から撮った写真だ。その中に、パーカーとジーンズの男性がいた。顔はよく見えないけれど、背格好も服装も、お兄ちゃんと全く同じだ。〝銭湯さん〟が殺された河原のほうを、見下ろしている。

おかしい。お兄ちゃんは今朝、駅前の店でパンを買って帰ってきた。駅と目熊新橋とでは、方向が正反対だ。わざわざ現場を見に行ったんだろうか？

――この犯人も、あいつらを掃除してくれればよかったのに……。

私は、立ち上がっていた。

夜の日記を、一度だけお兄ちゃんに見られたことがある。

半年前のことだった。しまい忘れて机の上に置いておいた日記を、お兄ちゃんが読んでいた。あのときの全身の血の気が引いていく感じは、いまでも覚えている。

――理子。なんだこれ？

お兄ちゃんは、面白いものを見つけたというように笑っていた。

――ホラー小説でも書いてるのかい？　こんな才能があったんだね。

お兄ちゃんはそう解釈したみたいだった。私は曖昧に頷き、その件はそれで終わった。

〝銭湯さん〟が殺されたとき、彼の家は放火されている。私が書いた通りだ。お兄ちゃんが、あのページを読んでいたとしたら？　お兄ちゃんは昨日、飲み会だと言って帰りが遅かった。そして翌朝、現場を確認しに行ったのだとしたら？

「まさかね」

妄想だ。そんなこと、あるはずがない。自分にそう言い聞かせながら、私は部屋の外に出て、階下の洗面所に向かう。

洗濯かごには、お兄ちゃんが昨日着ていた下着と、白のワイシャツが入っている。取り上げて見てみたけれど、ワイシャツの襟元に薄っすらと皮脂がついている程度で、特に目立った汚れはない。〝銭湯さん〟は刺殺されていて、服が血で染まっていた。白いシャツに一滴の返り血も浴びないように人を刺し殺すなんて、できるわけがない。

玄関に向かう。お兄ちゃんは革靴を三足交代で履いている。昨日使ったのがどれかは判らないけれど、残された二足を見ても、やはり汚れたりはしていない。

「何考えてんだろ、私……」

馬鹿馬鹿しい。自分の心配症には本当にうんざりする。私は手に持った革靴を、シューズラックに戻した。

そこで、白いナイキのスニーカーが目に入ってきた。

お兄ちゃんが朝の散歩に使っているものだ。私は手を伸ばし、それをひっくり返す。

「あ……」

思わず、取り落としそうになった。

スニーカーの裏側に、草と泥がべっとりと付着していた。

15

翌朝。朝食を作りながら、私はお兄ちゃんのノートを読んでいた。

前にも見たことがあるけれど、内容は本当に他愛ない。事件の当日も「飲み会がだるい」「アメリカに行きたい」とか、どうでもいい内容が書かれている。最初から最後までパラパラとめくってみても、仕事の愚痴が出てくる程度で物騒な言葉は見当たらない。

それよりも、私が注目したのは、たまに描かれている地図のほうだった。

地図は全部で九つ。どれもページの四分の一ほどを割いて描かれていて、縮尺はバラバラだ。川や線路があってどこを描いているのか判るものもあれば、十字路だけが描かれている曖昧なものもある。地図にはどれも○が書き込まれているが、本文に説明はなく、意味がよく判らない。

そのうちのひとつが、〝銭湯さん〟が殺された目熊新橋と重なっていた。

もう一度、いくつかの地図の○の位置を見つめながら、私はあっと声を上げそうになった。共通点がある。これはどれも、なんとなく書かれたものじゃない。

これらはすべて、殺人に向いている場所だった。

犯罪機会論的に、殺人に向いている場所には、ふたつの特徴がある。入りやすい場所であることと、見えにくい場所であることだ。自由に出入りができて、外部から見えにくい場所は、犯罪者も気持ちの面で犯行を起こしやすい。だから、こういう場所を街からなくしていくことが、犯罪の予防につながる。

〝銭湯さん〟が殺されたあたりは茂みが多く、殺人に向いている場所の特徴を満たしている。ほかに○がついている場所も、同じだった。塀で覆われている公園。細い路地。住宅地を描いた地図にも○が書かれているけれど、マンションや一軒家でも犯罪に向いている場所はある。

問題なのは、なんでこんな場所をメモしてるのかということだ。こんな場所をピックアップして、お兄ちゃんは何をやっている？

私は、昔のことを思い出していた。

四歳のころだ。家の中を歩いていたら、いきなりお兄ちゃんに後ろから突き飛ばされ、転んだところを仰向けにされてのしかかられたことがあった。

お兄ちゃんは、鬼みたいな顔をしていた。私の髪を摑んで、ゆさゆさと頭を揺らした。慌てて近くにいたママが止めてくれたけれど、私は泣くどころか、怖くて声も出せなかった。あとから聞いたら、お兄ちゃんの茶碗を割ってしまったことに怒ったらしく、きちんと謝ってくれた。でも、あの異常な表情は、いまでも忘れられない。お兄ちゃんの中には、凶暴な何かがいる――。

「ただいま」

お兄ちゃんが散歩から帰ってくる。私は慌ててノートを閉じ、食事の準備を再開した。

「今日はたまごサンドの気分だったけど、なかったよ。卵が切れちゃったんだって」

そう言いながら、冷蔵庫を開けてミネラルウォーターを飲み出す。お兄ちゃんはいつもどおりだ。気分が悪そうだったり、変に浮かれていたりするところはない。

「お兄ちゃん」

軽い感じで、私は声をかけた。

「河原のほう、大騒ぎだよね」

「河原？」

「そう。あの事件のせいで警察の人とかたくさんきてたし。まだ行ってないの？」

「ああ、そうなんだ。行かないよ。あんまり危ないところに行くなよ」

——嘘だ。

お兄ちゃんは、堂々と嘘をついた。そのまま私の頭を撫でようとするので、私は軽く手でよける。

　こちらを安心させるようなその仕草に、私の心は沈んでいった。

「考えすぎだと思うけどな」

　昼休みの図書館。二日連続で、私はマキと向き合っていた。

　連日の相談なのに、マキは嫌な顔ひとつせずに私につきあってくれる。それは期待通りだったけれど、彼女の好意を一方的に搾取している気がして、自己嫌悪に襲われる。

「普通に考えてごらんよ。人を殺すなんて、相当なことだよ。智己さんに、そんな動機があるとは思えないんだけどな」

　マキは小学生のころ、よく家に遊びにきていた。お兄ちゃんとも顔見知りだ。

「事件が起きた現場に○がついてた。靴の裏に草と泥がついてた。それだけだよね？」

「あと、川に行ってることを、なぜか秘密にしてる」

「野次馬をやってることを、恥ずかしいと思ったのかもしれないね」

「もうひとつ。お兄ちゃんは、〝銭湯さん〟のことを憎んでるみたいだった」

「教師なんだから、生徒の安全に関わると思って、嫌っていたのかもしれないよ」

「でも、死んだほうがいいとか言ってたんだよ」

「そんなの、クラスの男子もよく言ってる。死ねとか、殺すとか」

　マキは身を乗り出す。

「いい？　私だって〝銭湯さん〟のことはどうかと思ってた。でも、普通の人は、別に殺そうとなんか思わないよ。このふたつは全然違う」

「お兄ちゃんが普通の人じゃなかったら？」

「普通だよ。理子がよく知ってるでしょ」

　マキはお兄ちゃんの紳士的な顔しか知らない。それがもどかしい。

「ねえ。変なこと、相談していい？」

　マキが頷く。私は用意していたお願いを言った。

「聞き込み、に行こうと思うんだけど……」

「聞き込み？」

「河原に行って、その辺の人に聞き込みをするの。お兄ちゃんの写真を持って。あの日、お兄ちゃんを河原で見なかったか」

「それ、人手がないと難しいんじゃないかな。私たちが手当たり次第にやっても、目撃者なんか見つかると思えない」

「それは……その通りだと、思うけど……」

「警察に任せておこうよ。きっとそのうちに解決するよ」

　私は黙った。マキの言うことは正しい。そのことは判ってる。

「納得できない？」

私は頷いた。

「判ってるけど……でも、それくらいしないと、私、怖くて……」

こんなことを言っている自分が情けなかった。でも、言葉が止まらない。

「もっと情報が欲しいのに、調べても出てこないの……。色々考えたけど、もう、それくらいしか、できることがない……」

「理子……」

マキがふーっと息を吐く。ため息をつきたいところを、上手く普通の呼吸にごまかしてるような、そんな息だった。

「判った。一回だけだよ。つきあうよ」

「ごめん……」

「でも、私たちみたいな素人にできることは少ないと思う。期待はしないほうがいいよ」

「判ってる」

「うん。じゃ、週末に行こうか。時間はまた決めよう」

マキはそう言って、ぽんぽんと肩を叩いてくれた。その手から伝わってくる優しさが、少し痛かった。

16

夢だ、と判った。私はいま、夢を見ている。

私の前に、ひとりの少女がいた。背中を向けて、佇《たたず》んでいる少女。

あれは、〝私〟だ。いまの私よりも、ちょっと小さい。小学校高学年くらいだろうか。髪型はおかっぱで、あのころの私と同じ髪型だった。

――小学校高学年。

私はハッとした。空を見上げると、夜のように暗かった。ここは。この場所は。

「危ないよ、加奈子ちゃん……」

〝私〟は、不安そうな声をしている。

ここは、マンションの屋上だ。手すりが見えて、その奥に街が広がっている。

屋上に備えつけられた、巨大な四角い箱。あれは、貯水槽だ。このマンションの貯水槽は巨大で、ちょっとした小屋くらいの大きさがある。

「下りてきなよ」

〝私〟の声は、貯水槽の上に向けられている。

そこに、もうひとりの少女がいた。長くてふわふわの髪。太めの眉毛と、大きな目。

「加奈子……」

その声は〝私〟ではなく、私から漏れていた。

ぞわぞわと、鳥肌が立っていた。ここは、三年前のあの場所だ。

「理子ちゃんも、こっちにおいでよ」

加奈子は言った。猫が額を撫でられているときのような、甘えているような声だった。

「こっちは、気持ちいいよ」

「下りてきなよ、加奈子ちゃん。危ないから……」

「いつも上ってるから大丈夫だし。別に危なくないよ」

「でも……落ちたら……」

「理子ちゃん。なんでそんなこと言うの？　危なくないって言ってるじゃん」

〝私〟は黙った。加奈子にそう言われて、それ以上反論できる子はいない。でも。

私は動こうとした。彼女をこのまま、放置してはいけない。〝私〟が動かないなら、私だ。貯水槽に上って、加奈子を取り押さえないと……。

「判ったよ。理子ちゃん」

加奈子は少し呆《あき》れたように言う。

「全く、怖がりだなあ、理子ちゃんは」

加奈子はそう言ってはしごを下りはじめる。私はほっとした。〝私〟も、安心しているみたいに見えた。

「理子ちゃん」

突然だった。はしごを下りていたはずの加奈子が、私のすぐ目の前に現れた。

何……？

声を出したつもりだったけど、何も言えない。加奈子は私の目の前で笑っている。私の心の底まで見通そうとする、意地の悪い笑みだった。

これは、夢だ。だって、加奈子は……。

身体を揺さぶられた気がする。私は顔を上げた。

「昼休み、終わりだよ。大丈夫？」

司書さんだった。マキと別れてから、図書室で寝てしまったらしい。ありがとうございますと言いながら、慌てて立ち上がる。

不安が、濃い。

不安というのは、塩辛いスープみたいなものだった。塩分のきついスープが胃の中にたまっていると、体調に影響してくる。私の中にたまっている不安は、いま、とても濃い。

最近、加奈子のことをよく思い出す。

それは純粋に周期だった。加奈子のことをよく思い出す時期と、そうでない時期があって、その時期がきたら否応なく加奈子のことが頭から離れなくなる。メンタルが沈んでいる時期と、この周期が重なるというのはすごくキツい。

チャイムが鳴った。教室に、戻らないと。

「山根理子さん……？」

不意に、声をかけられた。私は振り向く。

――加奈子？

思わず、声を上げそうになった。夢の続きを見ているのかと思った。

そこに立っていたのは、男子だった。制服がまだ新しく、少しブカブカしている。まだ成長しきっていない身体――一年生だ。彼の纏《まと》う雰囲気は、加奈子に似ていた。

「山根理子さん、ですよね」

「そうだけど……」

「よかった。探してたんです」

綺麗な顔と、綺麗な肌をしていた。お下がりなのか、一年生なのに古びたスクールバッグを提げていて、反対側の手にはタオルを握っている。

「君は？」

私は聞いた。彼は友好的な表情で言った。

「一年生の、瀬戸《せと》悠人《ゆうと》です」

私は息を呑《の》んだ。彼の笑みが深くなった気がした。

「瀬戸加奈子の弟って言ったほうが、判りやすいですよね。山根理子さん」

まさか。何が起きている？　私は目の前の光景を上手く把握できなかった。

確かに加奈子には、弟がいた気がする。でも、一体彼が、なぜ……？

「姉が死んでから色々あって、しばらくこの街を離れてたんです。でも、帰ってきたので、ご挨拶《あいさつ》に伺おうと思いまして」

「それは、どうも……」

「あ、でも、それは軽いほうの理由です。本当の理由は、これです」

彼はそう言うと、握っていたものをおもむろに開いた。タオルだと思ったものは、軍手だった。それをはめ、スクールバッグの中に手を突っ込んで封筒を取り出す。

嫌な予感がした。彼は封筒の中に指を入れる。

出てきたものは、小さなビニール製の分包紙だった。中に、白い粉末が入っている。

「見たことがありますよね」

頷く必要はなかった。時間が止まった。がらがらと、足許が崩れていく気がした。

「姉の死の真相を知ってます」

悠人くんは私に顔を近づけて、小声で言った。

「あなたは姉を殺しましたね。山根理子さん」

第2章

1

「理子ちゃん。明日《あした》、暇？」

六年生のときだった。猫屋敷のおじいさんが死んでから、一年が経っていた。学校の廊下で、加奈子に声をかけられた。校内で彼女と話すのは本当に久しぶりで、私はどぎまぎとした。

「明日？　暇、だけど……」

「よかったら遊びにこない？　明日、私の誕生日で、パーティーをやるから」

私は驚いた。加奈子の家になんか行ったことがなかったし、そんなベタな催しを加奈子がやるとは思わなかったからだ。

加奈子は無邪気な顔をしていた。その表情を無邪気さのまま受け取れるほど、六年生になった私は物知らずじゃなかった。断ったら、何をされるか判らない。

「誘ってくれてありがとう。行くね」

そう、答えるしかなかった。

翌日は、不思議な日だった。雨が降っているわけでもないのに、朝から夜のように暗かった。

加奈子の家は駅の近く、十階建てマンションの七階で、まだピカピカに新しかった。

「ようこそ、理子ちゃん」

部屋に入って私は驚いた。パーティーの用意なんかなく、家の中には加奈子しかいなかった。テーブルの上にはグラスがふたつ並んでいるだけで、ケーキや料理もない。

「加奈子ちゃん。誕生会って……」

「いいから。入って」

「加奈子ちゃんの……パパとママは？」

「オレンジジュースでいいよね、理子ちゃん」

加奈子はオレンジジュースをグラスに注ぎながら、答えた。

「ママはいないよ。だいぶ前に離婚したから」

「え……そうなの？」

「もうひとりのほうは、今日は出かけてる。弟も追い出したよ」

加奈子は何事もないように答え、グラスを私のほうに差し出した。

「乾杯」

「あ、うん……。誕生日、おめでとう」

「お祝いしなくていいよ。誕生日じゃないから。ほかに誰も、こないし」

誕生日じゃない。じゃあ、私は何のために呼ばれたんだろう？

嫌な予感が胸を満たしていく。加奈子は平気な顔をして、オレンジジュースを飲んでいる。私も飲んだけれど、味がよく判らなかった。

家の中を見回した。綺麗《きれい》なのだけれど、殺風景なリビングだった。隣の部屋へのドアはぴったりと閉まっていて、壁にはカレンダーも絵もかけられていない。小さな箱の中に閉じ込められているような圧迫感があった。

しばらく私たちは、取り留めのない会話をした。何を話したかは覚えてない。それはトランプを配るみたいな会話だった。本題のゲームに入るための、手続きみたいな会話。

「いつだったかな……。ムンクの『叫び』の話をしたよね」

〝叫び〟に耳を塞ぐ男と通行人は、どちらがおかしいのか――。

唐突にそんな話題を振ってきた。前に、加奈子の好きな絵を聞いたときのことだ。

「私はね、あれ、男のほうがおかしいと思う」

加奈子は言った。

「『叫び』の男って、ほかの人には聞こえないものが聞こえてるんだ。それがうるさすぎて、気絶しそうになってる。そんな人って異常だよね。正常か異常かって、多数決で決まるから」

「そう……かもしれないけど……」

「でも、私は男のほうが好きかな」

「好き？」

「そう。何も聞こえない通行人なんか、ただのつまらない凡人だよ。変なものが聞こえて、ひとりでおかしくなってる人間。そういう人のほうが、面白いと思わない？」

「私は……ちょっと、よく判らない」

「知ってる？　ペットショップってさ、毒薬を持ってるんだよ」

いきなり話が変わる。私は混乱しながらも、会話にしがみつくように頭を切り替える。

「あー正確に言うとお店のほうじゃなくて、ホンシャっていうの？　会社のほう。理子ちゃんはペットショップ、行ったことある？」

「通りかかったことくらいは、あるよ……」

「ペットって可愛い子も不細工な子も、色々いるよね。可愛い子は赤ちゃんのうちに売れていくのに、駄目な子は一歳、二歳になっても残ってたりする。そういうペットは、どうなると思う？」

「どこか別の場所に売られてくとか……？」

「そんな場所あるわけないじゃん。店員さんが責任持って飼う？　そんなわけもないよね。余ったペットは、毒を飲ませて殺すんだよ」

加奈子はそう言って、テーブルの上に袋を出した。薬の分包紙で、つらなったたくさんのビニール袋に小分けになった白い粉が入っていた。

「理子ちゃんは、硝酸ストリキニーネって知ってる？」

「……知らない」

「これだよ。犬とか猫だけじゃなくて、人間にとっても猛毒なんだよ」

「なんで……こんなものを……」

「ペットショップに男がいるんだ。そいつにちょうだいっていったら、もらえた」

「男……」

「そう。理子ちゃんは彼氏いないの？　綺麗にしてればモテるよ、理子ちゃんなら」

加奈子はそう言って、微笑んだ。

「明日、給食に入れようと思ってるんだ」

加奈子が何気なく言った言葉に、私は驚愕《きょうがく》した。

「明日、ホワイトシチューじゃん。白い粉を混ぜても、目立たないなって思って」

「給食に？　どうして、そんな……」

「絵を、描きたいんだ」

「私は、〝叫び〟が聞こえる側の人なんだよね。教室のあいつらは、〝叫び〟の聞こえない通行人」

「絵？　絵って……」

加奈子はオレンジジュースを注ぎたして、一口飲む。

「つまんない凡人でも、ムンクが描いたみたいに、絵の材料にはなるよね」

「何言ってるの？　さっきから」

「判らないかなあ、理子ちゃんには。あいつらが苦しみながら死んでいって、魂がいくつもいくつも、天に昇ってく。とっても綺麗な絵になると思う。そう思わない？」

正気とは思えなかった。でも、加奈子の目の色はいつも通りだった。

「そんなの、駄目だよ……。先生に言うよ」

「言ってもいいよ。無駄だから。理子ちゃんの言うことなんか、誰も信じない」

確かに、無駄かもしれない。加奈子が毒薬を持っていて、みんなを殺そうとしている。そんなおかしな話を、誰が信じるだろう。

「理子ちゃん、知ってる？　硝酸ストリキニーネってね、バレない薬なんだよ」

「バレない？　どういうこと……？」

「これを飲んで死んでも、全部消化されちゃうから死体から出てこないんだよ。だから、みんなを殺しても判らない。食中毒で死んだって思われる」

「そんな薬、本当にあるの……？」

「あるよ。だって、おじいさんは自然に死んだってことになってるでしょ」

おじいさん。猫屋敷の、おじいさん。

「大事な絵を描くときは、下描きくらいするよね」

加奈子はそう言って、笑った。無邪気で、刃物のような薄く冷たい笑いだった。

「なんで私に……そんなことを言うの？」

「なんでって？」

「私を、助けてくれるの……？」

「だって、絵には見る人が必要じゃない」

加奈子はことも無げに言った。

「理子ちゃんは私の絵を好きって言ってくれたでしょ。だから、明日の絵は絶対に見ておいて欲しいんだ」

「加奈子ちゃんの絵は、好きだよ。だからやめてよそんなこと。普通に描いてよ……」

「普通じゃつまらない。私が明日描く絵は、きっと永遠に残るよ。小学生が毒でクラスメイトを全員殺したなんて、すごくない？ 理子ちゃんにもずっと覚えてて欲しいな」

ちょっとトイレ。加奈子は分包紙を棚にしまって、部屋の外へ出て行く。

悪夢のようだった。なーんてね、冗談だよと加奈子が言い出してくれることを期待していたのに、そんなことは起きなかった。

身体の震えが止まらない。かち、かち、かち、かち……。歯が震えて、鳴っている。

なんとかしなければならない。先生？　親？　警察？　どこかに言わなければならない。でも、私の言うことなんか、みんな信じてくれるんだろうか。加奈子が毒薬を持っている。クラスの全員を、それで殺そうとしている。猫屋敷のおじいさんも、加奈子が殺した。そんな話を……。

テーブルの上に目をやった。グラスがふたつ。加奈子のグラスには、オレンジジュースがなみなみと注がれている。

頭の中に、ひとつのアイデアが浮かんだ。

立ち上がり、加奈子が分包紙の束をしまった棚に向かう。静かに開け、全部で二十包くらいあるそれらを取り出す。

毒を、ほんのちょっとだけジュースに混ぜるのだ。強い毒かもしれないけれど、耳かき一杯くらいなら死ぬことはないと思う。加奈子は調子を崩して、自分がやろうとしていることがどれほど恐ろしいことなのかを知る。そうすればあんな計画、やめてくれる。

いいアイデアだと思った。加奈子を止めるには、それしかない。

でも、そんなことをやっていいのだろうか……。

迷いながら、分包紙の束を摑んだ。そのうちのひとつを、束の中からちぎる。

そのとき、何かが生まれた。

指先に、炎が灯《とも》った気がした。炎は瞬く間に燃え上がって、私の全身を焼いていく。

「私は悪くない」

自分に言い聞かせるように呟《つぶや》いた声が、自分のものじゃない気がした。

「私をこんな目にあわせるほうが、悪いに決まってる」

その言葉は、麻酔のように効いた。気がつくと、私は分包紙を破っていた。

テーブルに戻る。耳かき一杯だけ入れるつもりだったのに、私は気がつくと、毒薬を一袋加奈子のオレンジジュースに入れていた。ストローでかき混ぜる。何回もしつこく混ぜて元の場所に置いたところで、加奈子が帰ってきた。

「理子ちゃん、屋上に行かない？」

「屋上？」

「このマンションの屋上、見晴らしがいいんだよ。行こうよ」

突然の提案だった。ジュースはどうするんだろうと思った矢先、加奈子はグラスを摑んで、ジュースを半分ほど飲んだ。変な味はしないのだろうか？　溶け残りが口に残ったりしないか？　私の不安をよそに、加奈子はさっさと部屋を出ていってしまう。

なんだか、現実感がなかった。ほんの五分前までは、こんなことになるとは考えてもいなかった。ふわふわとした非現実感を抱えたまま、私は、加奈子のあとに従った。

屋上に出ると、暗がりに落ちた街に、キラキラと光が灯っていた。

「あの上がいいんだよ」

加奈子が指差したのは、巨大な貯水槽だった。意味がよく判らないでいると、加奈子は持ち前の運動神経でするするとはしごを上り出す。

「危ないよ、加奈子ちゃん……」

「この場所、好きなんだよね」

加奈子は私の忠告なんか聞く様子もなく、街に向かって手を振ったりしている。

「理子ちゃんも、こっちにおいでよ。こっちは、気持ちいいよ」

加奈子は私を見下ろしながら笑った。

毒薬はどうなったんだろう？　加奈子は気持ちよさそうに、貯水槽から街を見下ろしている。両手を広げて、鳥のように風を浴びている。

――そうか。

あれは、加奈子の冗談だったんだ。いくら加奈子でも、毒薬をみんなに飲ませるなんてことをするはずがない。あれは私をからかっただけなんだ。だって、毒を飲んだのに、加奈子はまだ生きている。

少し気が楽になる。私も上ってみようかなと、足を一歩踏み出した。そのときだった。

「あれ……？」

加奈子が突然、ガクガクと震え出した。

背筋が、凍りついた。

「なんで……？」

がくんと、加奈子の身体がくの字になった。

「加奈子ちゃん！」

叫んでも無駄だった。加奈子はその場に倒れ込む。全身が天板に激しく打ちつけられ、その勢いのまま転がり、貯水槽から転落した。

「加奈子ちゃん！」

世界が無音になった。

大きなゴム風船が割れるような音が響いた。悲鳴が、地上のほうから聞こえた。

力が抜けて、その場にへたりこんだ。加奈子がいた場所には、夜のように暗い空が広がっているだけだった。

2

放課後。私は家に荷物を置いてから、駅のほうに向かった。

待ち合わせの場所は、駅の近くにあるマクドナルドだった。店内は空《す》いている。二階に上がると、野球帽をかぶった悠人くんが手を挙げる。

「改めまして、お久しぶりです」

悠人くんはコーラをすすっていた。買ってきた紅茶をテーブルに置いて、私は彼の正面に座る。警戒を解かずに言った。

「前に会ったこと、ある？　君と―」

「姉の葬式で会いましたよ。僕が一方的に見たのを、会ったといえばですけど」

悠人くんは、微笑んだ。無垢《むく》な微笑み。その中に、私は加奈子の面影を見た。加奈子と同じで、悠人くんの笑顔は、染みひとつないシーツのように真っ白だった。

加奈子が転落したあと、私はすぐに路上に向かった。そこは大騒ぎになっていた。人だかりの中心に何があるかは判ったけれど、怖くて目を向けられなかった。

そのあと、警察で事情を聞かれた。私は、加奈子がひとりでバランスを崩して転落したと言い続けた。暗かったけれど日中だったこともあり、加奈子がひとりで転落するところを見た人は何人かいた。加奈子があの場所を好んでいたのは本当だったようで、貯水槽の上にいる加奈子は近所でもよく知られた存在だったらしい。

加奈子の死は事故として処理され、私は何の罰も受けなかった。その代償なのかもしれない。私はそれからずっと、加害恐怖に怯《おび》え続けている。

葬儀のことは、よく覚えていない。瀬戸家の人とは、ほとんど話さなかったと思う。悠人くんのことも、正直覚えていなかった。

「それで……私に、何の用なの？」

「そんなにそっけなく、しないでくださいよ」

「忙しいの。帰って家事をしないといけないから。私を呼び出した理由は、何？」

「じゃあ、単刀直入に言います」

悠人くんは少し強めに言った。

「山根理子さん。あなたは僕の姉を殺しました。そうですよね」

返事ができなかった。肯定したくない気持ちもあったし、何をどこまで知っているのか探りたい気持ちもあった。

「黙っても駄目です。僕、あの日、リビングの隣の部屋にいたんです」

私は思い出していた。隣には部屋があって、扉が固く閉じられていた。

「あの日、姉は僕に家から出て行けとしつこく言ってました。姉がそんなことを言うのは珍しい。だから、残ってずっとふたりの会話を聞いてたんです。姉は、毒薬を学校の給食に入れるつもりだと言っていて、山根さんは絶句してました。それからしばらくして山根さんたちは出ていった。追いかけたかったけど、姉に見つかるのは嫌だった。そうこうしてるうちに、外が大騒ぎになりました。姉が落ちたからです」

「あれは、事故死だよ」

「リビングを調べたら、使用済みの分包紙がありました。あの流れで、姉が使うわけがない。山根さんが使ったんです」

「加奈子ちゃんは毒で死んだんじゃない。貯水槽から落ちたんだよ。毒を飲んだのなら、その場で死ぬはず」

「ストリキニーネが効いてくるのは、三十分後らしいですよ」

悠人くんが得意そうに言う。

「こういうことでしょう。姉は屋上で、貯水槽に上った。そして、そのタイミングで、毒が効いてきて、足を滑らせた。運がよかったですね、山根さん。姉がたまたま貯水槽に上ってなければ、あなたが毒殺したのが判っていたはずです」

胃が、きゅっと痛くなった。すべてバレている。

「でも、もし君の言ってることが本当でも、もうそれを証明することはできない」

「なんですか？　開き直りですか」

「事実を言ってるだけだよ。実際に、加奈子ちゃんの身体からは、毒なんか検出されてないはず」

「司法解剖っていうんでしたっけ？　姉はそんなもの受けなかったですからね。そこまで言うなら、袋に残っている指紋の鑑定くらいやってみましょうか。専門家に頼んだらやってもらえるそうですよ」

「その袋に私の指紋がついてたとしても、何の証明にもならないよ。加奈子ちゃんが見せたときに触っただけかもしれない」

「でも、実際に姉は死んでます。使用済みの毒薬があり、その家でひとりの人間が変な死にかたをした。毒を飲まされたと考えるほうが自然ですよね」

悠人くんは続ける。

「確かにもう状況証拠しかない。警察に行っても取り合ってくれないでしょう。でも、社会的に罰することはできます」

「どういうこと？」

「山根理子は殺人者だ。そのことを黙って生きてきた、卑怯《ひきょう》な人間だって、ネットに書いたらどうでしょう？　きっと、大騒ぎになりますよね。山根理子……それなりに、珍しい名前です。一生ついて回るかも」

胃が、見えない手で摑まれたくらいに痛んだ。強烈な不安がこみ上げる。そんなことになったら、私は……。

「君は私に、何を求めてるの……？」

肯定はしない。自分なりに、その一線を守りながら話す。

「君が言ってることが本当だとして……謝罪、して欲しいの？」

「謝罪？　そんなこと求めてないですよ。大体、僕は姉によくいじめられてましたし」

「そうなの……？」

「ていうか、姉から聞いてません？　うちの家庭のこと」

「加奈子ちゃんはあんまり、家のことは話さなかったから」

「そうですか」

前置きをして、悠人くんは続ける。

「うちの家庭は、ちょっと色々おかしいんです。姉はあんな感じでしたし、龍馬《りょうま》……あ、これは父親の名前なんですが、こいつが最悪な男でして」

「最悪？」

「まあ簡単に言えば、家庭内暴力をしてくるんです」

悠人くんは世間話でもするように言う。

「子供のころから、僕も姉もよく殴られてました。姉のほうがひどかったかな。姉があんな性格だったのは、龍馬のせいも大きかったと思いますよ」

「児童相談所とか……行ったほうがいいよ、そんなの」

「行きましたよ。目熊の児相は全然駄目ですね。一時保護って制度があるんですけど、それすらしてくれませんでした。結局相談したことがバレて、余計にひどくなっただけ」

「お母さんは、助けてくれなかったの……？」

「むしろ共犯でしたよ。ごめんね、悪い人じゃないの。いまは耐えて……。それが口癖でした。そんな母も、僕が八歳のころに離婚して出て行きました。勝手なもんです」

「でも普通、親権って母親が取るって聞くけど……」

「いえ、龍馬が取りました。どういう話し合いしたのか知りませんけど、たぶん龍馬は自分の持ちものが持っていかれるようで、嫌だったんじゃないかな。母も弱い人間でしたから、戦ってまで親権取ろうって気がなかったんだと思いますよ」

悠人くんはそう言うと、身を乗り出す。

「山根さんって、コーヒーは好きですか？」

「コーヒー？　飲まないけど……」

「コーヒーって、家族みたいなもんだと思うんです。コーヒー粉をドリッパーに入れてお湯を注ぐと、コーヒーになって垂れてきます。黒い粉を通すと、綺麗な水も黒く染まっていく。家族も同じです。黒い家族の中にいる人間は、黒くなっていく。それが僕です」

　悠人くんはそう言って、にこりと笑う。黒さとは程遠い、無垢な笑みだった。

「本題です。姉を殺したことは別にいいんですが、それで僕は結構困ってるんです。龍馬に虐待を受けるのが、僕ひとりになっちゃいましたから」

「そんなの、知らないよ。私は……」

「それ以上に困ったのは、姉がやろうとしてたことができなくなったってことです」

　悠人くんは少し真面目な顔になった。

「姉は一度、龍馬を刺してるんです」

「え？」

「小五のころに、包丁で。でもかすり傷を負わせただけで終わって、あとはボコボコに殴られました。でも姉は、諦めてなかったと思うんですよね。姉のことだ。そのうち、成功してたかもしれない。その可能性も、もうなくなりました」

「でも……それは私のせいじゃない。加奈子ちゃんは、事故で……」

「もうそんな話はやめてください。時間の無駄です」

　私は唾《つば》を飲んだ。悠人くんが身を乗り出す。

「姉を殺したのが誰かなんて、どうでもいい。大事なのは、僕が姉の代わりを探しているということです。山根理子さん。あなたには瀬戸加奈子になってもらう」

「加奈子ちゃんに……」

「そうです。断る権利はありません。僕に従ってもらいます」

悠人くんの顔から、笑みが消えた。

「龍馬を殺す。それを、手伝って欲しいんです」

3

いつ眠ったのか、どうやって眠ったのか、よく覚えていなかった。気がつくと朝になっていて、私はベッドの縁に腰掛けていた。目覚まし時計が鳴っている。私は手を伸ばして、それを止めた。

机の上を見ると、瓶が置かれていた。ゴディバのチョコレートリキュールだった。以前、お菓子を作ったときにお兄ちゃんに買ってきてもらったものだ。不安なことがあったとき、これをくっと飲んだら気分が楽になった。それ以来、たまに栓を開けて飲んでいる。瓶の脇には空のグラスも置いてあり、底に乾いたリキュールがこびりついていた。思い出せないけれど、昨晩飲んでしまったのだろう。

〝銭湯さん〟が殺された日も、私は飲んでいた。『オニリム』が楽しすぎたのと、家に自分しかいなかったことで、テンションが上がってしまったのだ。マキに言った「睡眠薬」の正体はこれだった。当たり前だけど、酔っ払うと記憶も曖昧《あいまい》になる。

起きて一階に行く。冷蔵庫を開け、食材を確かめる。昨日買い出しに行く元気がなかったので、あまり物しか残っていない。ソーセージを茹《ゆ》でる。わかめを水で戻す。お湯を沸かして中華スープを溶かし、ごま油を垂らす。密度の薄い食事を並べていると、お兄ちゃんがパン屋から帰ってきた。

「ただいま」

あまりに貧相な食事にお兄ちゃんは一瞬ピクリとしたけれど、食卓に座って食べはじめた。お兄ちゃんだけがいつもの日常にいる感じがして、心が落ちつく。全く、都合のいい人間だ。昨日までお兄ちゃんへの不安で頭が一杯だったのに、もう頭の中には別のものが詰まっている。

私は一口も食べる気が起きず、着替えて家を出た。

「理子……大丈夫？」

教室に入ると、マキが私の異常に気づいたようだった。私は手を振って答えた。

「大丈夫。ちょっと、寝れなかっただけ」

「寝れないって……何時くらいに寝たの？」

「二時くらいかな」

適当に答えた。そもそも何時に寝たのか、本当に寝たのか、お酒のせいでよく判らない。マキはますます心配そうな顔になる。

「理子は眠り浅いんだから、早くベッドに入らないと駄目だよ」

「判ってる……つもり」

「いや、判ってないよ。やっぱり理子、前に言った件、考えてくれないかな。ほら、一緒に病院を探す件……」

〝病院〟から先の台詞《せりふ》は小声になる。私は珍しく、マキのことが面倒くさくなった。彼女は本気で私のことを気遣ってくれている。でも、それが重くて、息が詰まる。

「大丈夫。ありがとう」

私は適当に返事をして、自分の席に向かった。

今日も私に話しかけてくる子はいない。こういうときに私のポジションは楽だ。無理にテンションを上げて誰かと話す必要はない。

午前中、私は授業も聞かずに考え続けていた。これからどうすればいいのか。考えても答えなどないと判っているのに、思考が止まらない。悠人くんの依頼を断ったら、私は社会的に破滅する。でも、あんな依頼を、受けるわけには……。

「山根さん、お客さん」

昼休み。悶々《もんもん》と考え込んでいると、益子くんに声をかけられた。

教室の外を見ると、悠人くんがこちらに向かって手を振っていた。ただでさえ暗かった気持ちが、ずーんと重くなる。私は立ち上がり、そちらに向かう。

「あんまり教室にこないで」

「教室にこないと、会えないじゃないですか」

「会いにこないでって言ってるの」

「いいんですか、そんなこと言って」

悠人くんは帰ろうとしない。私はクラスのほうが気になった。みんなはきっと、私のことを見ているだろう。山根には男がいる。どうも、あの瀬戸加奈子の弟らしい……。そんな噂、立てられるところを想像するだけで恐ろしい。

「判った。部室棟の裏で話さない？」

校庭の外れに、一階建ての長屋みたいな部室棟がある。その裏は校舎から死角になっていて、人の寄りつかない場所だった。悠人くんもそれを知っているのか、すぐに頷く。

「じゃ、五分後くらいに」と言って立ち去っていった。

どうすればいいんだろう。このゲームは、私がやるにしては難しすぎる。彼と話し合うことが、本当に正解なのだろうか。

私はため息をついて、歩きはじめた。


部室棟の裏に行くと、まだ悠人くんはきていなかった。

私は地面を見回した。石。枝。武器になりそうなものを、足で隅によける。悠人くんとは、どういう話になるか判らない。話の流れによっては、私が彼を傷つけてしまうかもしれない——そのことも怖かった。

人影が、部室棟の表のほうからやってくる。

「遅いよ」

声をかけたところで、私は固まった。

現れたのは、沙苗だった。

「何してんだよ、ここで」

沙苗の後ろから、彼氏の岡見くんも現れた。彼は少し驚いた表情になり、すぐに目を伏せる。私たちが視線を交わしたのが伝わったのか、沙苗は一気に不機嫌な顔になった。

「何してんだって聞いてんだよ」

「何って……ちょっと、その、待ち合わせ」

「はあ？　友達いないだろ、お前。誰？　宮野？」

「いや、マキじゃないけど……」

沙苗は面白そうな表情になった。

「男？」

私は口ごもった。沙苗はそれを、肯定と取ったようだった。

「嘘だろぉ？　きもっ。どんなやつだよ。でっかいゴキブリかなんか？」

「違う。男なんかじゃないよ……。ごめん、もう行くから」

歩き出そうとした私の手を、沙苗が摑んだ。彼女の長い爪が、手首に食い込む。

「調子乗んなよ、山根の分際で」

「そんな、その……」

「最近調子乗ってるよな、お前。この前も、〝しのび〟が話してるとき、割って入ってきただろ。あれ私、押されて倒れそうになったんだよ。どうしてくれんだよ」

フレアスタック。沙苗の強い目で睨《にら》まれていると、私はとても不安になる。あらかじめ武器になりそうなものを、遠ざけておいてよかった。目を伏せて、お気に入りの靴を見ることに集中する。

爪先に痛みが走った。沙苗が、私の足を踏んでいた。

「痛い。やめてよ」

「こっち見ろ」

顔を上げた。沙苗は私の靴を踏んだまま、足をどかそうとしない。靴と一緒に心を踏みにじるように、にやにやと笑う。

「慎吾ぉ。面白いもん見せてあげるよ」

沙苗はポケットに手を突っ込み、あるものを取り出した。それは、小さな鋏《はさみ》だった。

これから何をされるかに気づき、背筋がぞっとした。

「持て」

沙苗は鋏を差し出してくる。

「持て」

沙苗は無理やり私の手に鋏を持たせ、ぎゅっと握らせる。すぐに離せ。こんなものを持ってたら、私は……。

頭の中の警告とは逆に、私は鋏を握りしめていた。これを手放さないといけない。頭が全力で警告を鳴らしているのに、身体が上手《うま》く動かない。

「超ウケる。慎吾、知ってた？　刃物持つと、こいつぶるぶる震え出すんだよ」

岡見くんが、表情のない目で私を見つめている。震えが、激しさを増す。

「何こいつ、バイブでも仕込んでんの？　変態かよ」

頭の中が真っ赤に染まる。捨てろ。放せ。命令だけが虚《むな》しく頭の中に響く。

私は沙苗を見た。

沙苗は、勝ち誇った目をしていた。憎い相手をおおっぴらに踏みにじることができることへの喜びが、目の中に凝縮されていた。

鋏を握る手に、力が入った。その目を見ていたくなかった。このままじゃ、私は……。

「何してるんですかあ？」

そのとき、沙苗たちの後ろから悠人くんが現れた。沙苗が舌打ちをして振り返る。

「君、一年生？　いまお姉さんたちは大切な話し合いの最中なんだ。帰ってくれる？」

「なんですか、急に。なんでそんなことを言われないといけないんですか」

「帰れっつってんだろ、ガキ」

沙苗が凄《すご》む。クラスのトップにいるだけあって、すごい迫力があった。でも悠人くんは平然とそれを受け流す。

「帰れ帰れって、ここは先輩がたの土地ですか？　それでしたら帰りますけど、僕の記憶が確かなら、学校の敷地ですよね、ここ」

「なめてんな、お前」

沙苗が岡見くんに目で合図をする。岡見くんは少し戸惑いながらも、悠人くんに向き合った。

「おい、いいから帰れよ。取り込み中なんだ」

「先輩がたが行けばいいじゃないですか。図書室でも屋上でも、どこでも空いてますよ。あ、それかもしかして、図書室じゃできないことでもやるつもりだったりして？」

「何が言いたいんだよ」

ちゅっちゅっ。悠人くんが、下品な仕草で唇を鳴らした。

「お前なあ」

温厚な岡見くんも、さすがに怒ったらしい。悠人くんのほうに一歩足を踏み出す。

岡見くんは大きい。体格の差は歴然だった。それでも、悠人くんはにやにやしたまま突っ立っている。この子は、自分がどういう状況にいるのか、判っているのだろうか？

次の瞬間だった。

鈍い音が鳴るとともに、岡見くんが地面に倒れ込んでいた。

「あーすみません、レバー入っちゃった」

一瞬遅れて、何が起きたのかを理解した。悠人くんが岡見くんを蹴《け》りつけたのだ。

「でもまあ、急所むき出しで近寄ってくるほうも悪いですよ、先輩」

悠人くんはそう言って、うずくまっている岡見くんをもう一度蹴り上げた。岡見くんは鈍い悲鳴を上げる。悠人くんは何度も執拗に、岡見くんを蹴りつける。私も沙苗も、突然の成り行きを黙って見つめるしかなかった。

悠人くんはポケットからスマホを取り出すと、倒れ込んでいる岡見くんにカメラを向ける。パシャリと、シャッター音が響く。

「その女の人。この意味、判りますよね」

悠人くんは沙苗に向かって言った。

「ここでのことは秘密ね。チクったら、こいつのみっともない写真ばら撒《ま》きますから」

悠人くんはそう言って、無垢に微笑む。

「返事」

悠人くんの声に、沙苗が弾《はじ》かれたように頷いた。現実感がなかった。沙苗が踏みにじられる瞬間を、私は初めて見た。

愉快だとは思わなかった。こんなことを平気でできる瀬戸悠人という少年が、心底恐しかった。

かたんと、音がした。下を見ると、握っていた鍬が地面に落ちていた。

4

——今日、〝ボー研〟寄ってかない？

五時間目の終わりに、マキから誘われた。今日から部活が再開されるらしい。

私は行くことにした。家事がたまっているのは気になったけれど、最近色々なことがありすぎて心が安らぎを求めていた。

雑談をしながら、マキと歩く。マキとは最近、殺人事件の話ばかりしていた。何気ない話に笑い合いながら歩くだけの時間が、こんなに癒《い》やしになるなんて。

「お疲れー」

「お疲れ様です！」

中に入って挨拶をすると、元気のいい返事がくる。教室を見回したところで、身体が固まった。

「マキ先輩、理子ちゃん先輩、入部希望者ですよー」

笑里が言う。そこには、椅子に座った悠人くんがいた。

「えーと、君は……？」

マキが問いかける。悠人くんは無邪気な笑顔でそれに答える。

「一年の瀬戸悠人です。いろんな部活を回ってまして。よろしくお願いします」

「うん、よろしくね。ようこそ、ボードゲーム研究会へ。私は部長の宮野マキ。彼女が、副部長の山根理子」

「よろしくお願いします、宮野さん、山根さん」

　薫と目が合った。何かを言いたげに私を見ている。そう言えば、一年生が私のことを探しているという話を、薫から聞いていた。彼はとっくに、ここまできていたのだ。

「ところで……」

　悠人くんが口を開く。

「この部活で一番ゲームが強い人って、どなたですか？」

　唐突な質問だった。みんながさっとマキのほうを見る。視線を集めたマキは、空気をかき回すように手を振った。

「ちょっと待った。ボードゲームに強いも弱いもないよ」

「どういうことですか？」

「ボードゲームはそもそも、強い弱いっていう格付け自体があやふやなんだよ。ゲームによって、やることが全然違うから。技術も運も、どっちも大事」

「でも、みんな宮野さんのほうを見ましたよ」

「それは、まあ、部長だからだよ」

「そうですか？　なんだかんだ言っても、宮野さんが一番強いんじゃないですか？」

　マキはうーんと唸《うな》った。悠人くんの言っていることはその通りだ。ただ、ボードゲームの曖昧さを愛しているマキが、彼の言うことを認めたくないのも判る。

「まあ、いいです、それは。じゃあ宮野さん、相手をしてください」

「相手？」

「はい。どれくらい強いのか見てみたいんです。勝負してください、僕と」

薫の表情が曇るのが見えた。マキに対する不躾《ぶしつけ》な態度を、薫は何よりも嫌がる。

「うん、いいよ」

マキが言った。薫をなだめることも兼ねたような口調だったけれど、ただ単純に新しい人とゲームをやれて嬉《うれ》しい気持ちもあるようだった。

「できれば、頭の勝負でけりがつくみたいなやつがいいですね」

「頭の勝負か。となると、オセロ、将棋、囲碁……」

「将棋と囲碁はできないです。オセロはできるけど、あれって定番の打ちかたみたいのがあるんですよね。そういうものは知らないので、たぶん勝てません」

「その辺が無理だと、どうしようかな。知力だけで勝負する系のゲームって、あんまり多くないんだよね」

「あれがいいんじゃないですか。神経衰弱・衰弱」

薫が口を挟む。少し攻撃的な口調だった。「ああ、いいかもね」マキは同調に聞こえないように努めているのか、からっとした感じで言った。

「神経衰弱ですか？　確かに知力だけの勝負ですけど……」

「ううん。神経衰弱・衰弱。私たちが考えたゲーム。普通の神経衰弱よりも頭を使うから、こう名づけた」

　マキは机の上に置いてあるトランプを持った。

「ルールは簡単。プレイングカード……つまり、トランプを二組以上使う神経衰弱。普通の神経衰弱はトランプを一組使って、数字が二枚揃ったら得点になる。神経衰弱・衰弱はトランプを二組以上使って、同じ数字が出ているうちは、何回めくってもいい」

「どういうことですか？」

「例えば、二組のトランプを使うと、エースのカードは四かける二で八枚になるよね。プレイヤーがカードをめくって、エース、エース、エースと出たとする。普通の神経衰弱だとそこで二枚受け取ってターン終了だけど、このゲームでは続けて引くことができる。三枚目、四枚目とエースが出たら、そのカードを全部と、おまけにボーナスが受け取れる」

「ボーナス？」

「そう。三枚目は二枚、四枚目は四枚、五枚目は八枚と、二の倍数ぶんだけ相手の取り札から奪い取れる。だから、あえてカードを拾わずに置いておいて、逆転を狙うみたいな戦法も使える。ただし、違うカードが出た時点で、カードは全部裏に戻さないといけない。この辺は神経衰弱と同じ」

「一枚だけ残ってるカードはどうなるんですか？　エースが七枚取られていたら、一枚だけ場に残りますよね」

「その場合は例外で、一枚めくったら得点になる。ただ、一枚目を引いたタイミングでそのことを申告しないと駄目。申告した上で場に二枚以上残ってる場合、ミスになってターンは終わる。ちなみにジョーカーは使わない」

「なるほど。何が何枚残ってるか、きちんと頭に入れとかなきゃいけないんですね。これは確かに神経が衰弱しそうです。ぜひ、手合わせをお願いします」

「薫、手伝って」

マキはそう言って、トランプを一束薫に渡した。ふたりは慣れた様子でシャッフルをはじめる。マキの行うヒンズーシャッフルは洗練されていて、プロのディーラーも顔負けだ。薫のシャッフルも充分に滑らかで、この一年でかなり上達したのが判った。

床にシートを敷き、カードをその上に配置する。神経衰弱・衰弱は最低でも二組・百四枚のカードを使うので、机の上では狭くてできない。マキと悠人くんは座布団に座り、カードを挟んで向かい合う。

「先攻と後攻、好きなほうを取っていいよ」

悠人くんは「じゃあ、先攻で」と間髪を容《い》れずに言った。

このゲームは、四回やったことがある。結果は、すべてマキの圧勝だった。とにかくマキは記憶力がよく、特に中盤以降、カードが少なくなってきてからはミスがほぼなくなる。悠人くんの記憶力は知らないけれど、勝つのは相当難しいはずだ。

悠人くんの先攻。カードを一枚めくると、スペードの5が出た。悠人くんは間を置かず、無造作に次のカードをめくる。

「お」

意外そうに呟く。それは、ハートの5だった。

「おお？　いきなりラッキーですね」

「いきなり数が揃うことも、結構あるよ。普通の神経衰弱だと、初手でワンペアが揃う確率は五一分の三で五・九パーセント。でも二組トランプを使うと、一〇三分の七で六・八パーセント。一パーセントの差っていうのは、少ないように見えて結構大きい」

「なるほど」

悠人くんはそう言いながら、次のカードをめくろうとする。「三枚目に行くの？」マキが怪訝《けげん》そうな声で聞いた。悠人くんは頷く。

無造作に選んだ二枚目と違い、悠人くんは三枚目を選ぶのに時間をかけた。マキは、少し困惑している。まだすべてのカードは伏せられたままで、いくら時間をかけたとしても、5を引けるか引けないかは運次第だ。

「これ、かなあ」

悠人くんは一枚のカードを指差して、マキのほうを見上げる。

「どう思います？　これだと思いますか？」

「判らないよ、そんなの。まだ一枚もめくられてないんだし」

「じゃあこのカード、5だったらどうします？」

「どうって？」

「三枚目までいきなり揃う確率って、結構低いですよね」

「〇・四パーセントくらいかな」

「つまり、すごい確率です。どうでしょう。これが5だった場合、僕の勝ちになるっていうのは」

悠人くんの提案に、マキの表情が曇った。

「このゲームに、そんなルールはないよ」

「もちろんただでとは言いません。このカードが5以外だった場合は、宮野さんの勝ちでいいです。九九・六パーセント対、〇・四パーセントの勝負。オッズは平等。破格の条件だと思うけど、どうですか」

どう考えても暴挙だった。だけど、悠人くんの言葉は自信に満ちている。

嫌な予感がした。悠人くんは、イカサマをするつもりじゃないだろうか。

それはマキが、もっとも嫌悪することだった。何をしてもいいけど、イカサマだけはしないで。〝ボー研〟に入部する新入部員は、最初にそんな訓示を聞かされる。

マキは首を振った。

「ルールにないことは、私はやらないよ」

「念のために言いますけど、イカサマなんかしてないですから」

「そんなことは心配してない。勝ち負けなんかどうでもいいから言ってるんだ。お互いに真剣に勝負をして、ゲームの時間を楽しめればいい。そんな二分の一の賭《か》け、面白くもなんともないでしょ」

「面白いのになあ」

　悠人くんはそう言いながら、カードをめくる。

出てきたのは、ハートのＫだった。

「あれ、おかしいな。引きがきてるはずだったんですけどね」

「じゃあそっちの二枚はいただくよ」

　マキは何事もなかったように言い、悠人くんが裏返した二枚の５を取った。

　勝負は予想通り、マキの優勢で進んだ。

ただし、そこまで大差ではない。知力での勝負を言い出すだけあって、悠人くんは健闘していた。取れる局面では確実にカードを取るし、説明のつかない運の強さもあって、めくられていない札から二枚、三枚のカードを取ってしまう芸当もやってのける。残りは二十枚ほど。ポイントはマキの優勢だったけど、まだ逆転の余地はあった。

　ゲームに集中しているマキとは対照的に、薫はいらついているようだった。勝ち負けはどうでもいいとマキは言ったけど、薫にとっては負けて欲しくないのだろう。笑里も、真剣な表情で場を見つめている。

　マキがカードをめくる。クラブの７。

「7はもう七枚めくられてるから、これはそのままもらうよ」

マキが取ろうとする。それを遮るように、悠人くんが言った。

「待ってください。7は、まだ六枚しか取られてないです。場には、もう一枚ある」

確信に満ちた口調だった。マキが眉《まゆ》をひそめる。

「違うよ。これは、八枚目の7」

「いや、七枚目です。こういうふうに揉《も》めたときは、どうやって解決するんですか？」

「お互いに取ったカードを見せ合って確認する。誤申告でも、ペナルティはない」

「じゃあ、第三者に確認してもらいましょう」

悠人くんはそう言って、持っているカードを私に差し出す。「7は二枚入ってる」と言いながら、マキは薫にカードを渡した。

私は悠人くんのカードのなかから、7を抜き出していった。「二枚です」薫はカードの束を確認し、スペードとクラブの7を取り出していた。

薫よりも遅れ、ようやく確認が終わった。悠人くんの持っていた7。その枚数は……。

「四枚」

「ほら」

悠人くんは勝ち誇ったように言う。

「だから言ったじゃないですか。それは、七枚目の7です」

悠人くんは嬉しそうだった。私はマキに目をやる。そこで、息を呑んだ。

マキは、いままで見たことがない表情をしていた。

悔しさや怒りじゃない。大事なものを傷つけられたみたいな、痛ましい表情だった。

「それは駄目だよ。それは、やっちゃいけない」

マキの声は、氷のように冷たかった。

「一枚、取り札から場に戻したね。君は7を五枚取っていた。私は覚えてる」

「そんなことを言われても……。実際、四枚しかなかったんですよね。こんなに大勢が見てる前で、取り札を場に戻すなんて、そんなことできないですよ」

「やりかたはある。実際に君はやった」

「無茶苦茶だなあ。誰か、覚えてますか？　7が何枚取られていたか」

誰も声をあげなかった。カードが矢のように飛び交うこのゲームにおいて、傍観者が残り札を正確に記憶しておくのは難しい。それに、一連のプレイは録画されているわけじゃない。覚えていたとしても、何の証明にもならない。

困惑する私たちをよそに、マキは取り札を場にぶちまけ、ぐちゃぐちゃにかき混ぜてしまった。「あらら」悠人くんの間の抜けた声が響く。

「何してんですか。自分が間違ってたからって、こんなことしていいんですか」

「瀬戸くん。ひとつ言っておくよ」

マキは言った。毅然《きぜん》とした声だった。

「勝った負けたというのは、そんなに大事なことじゃない。この部は、そんなことは追求してないんだ。汚い手を使ってでも相手を負かしたいなら、そういうことをやってる部に行ったほうがいい。どこがやってるかは、知らないけど」

「負けそうになったからってそんなこと言うのは、説得力がないですよ」

「君がイカサマをしたことを、私も君も知ってる。それがすべてだよ。外法を使ってしのいでも、軽蔑《けいべつ》と後悔しか得られない」

「外法を使ってゲームをめちゃくちゃにしたのは、そっちですよね」

「部長として言う。君の入部は認めない。出て行ってもらえるかな」

同じ土俵に上がろうともしない。マキは徹底的に悠人くんを遮断していた。悠人くんからも、いつもの人を小馬鹿にしたような態度が消えている。

「判りました、帰ります。でも、言っとくけどいまの勝負、僕の勝ちですからね」

自分に言い聞かせているように聞こえた。マキはもう、何も答えようとしなかった。

5

悠人くんが出て行ったあとも部活動は続いた。だけど、みんなどこか集中力を欠いていて、ゲームを進めるために機械的に手を動かしているだけという感じだった。

「ごめん。ちょっと散歩して帰るから、今日は先に帰ってくれるかな。明日には立て直すからさ」

マキにそう言われては仕方ない。私はひとりで帰ることにした。

楽しみにしていた〝ボー研〟の時間がひどいものに終わり、私は少し腹を立てていた。あの場所をぶち壊した、瀬戸悠人という少年に。

でも、彼を招き入れたのは、私なのだ。ただでさえマキに迷惑をかけてるのに、〝ボー研〟にまでそれを広げてしまった。それを考えると、いたたまれない気分になる。

「ただいま」

「おかえり」

まだ十八時だったのに、珍しくお兄ちゃんが帰宅していた。「ごめん。いまご飯作るから」声をかけて二階に向かう。

着替えてキッチンに入り、冷蔵庫を開けたところで気がついた。今日も、食材の買い出しをしていない。

「お兄ちゃん、ごめん」

ソファに座っているお兄ちゃんに声をかける。

「ああ、食材のこと？　あれじゃあ、卵かけご飯くらいしか作れないね」

「ごめん。最近、ちょっと忙しくて」

「ピザでも取ろうか。和風ピザなら、母さんも食べられると思うし」

お兄ちゃんはスマホを取り出して注文用のアプリを操作しはじめた。

その様子に、違和感を覚えた。こういうとき、お兄ちゃんは必ずリクエストを聞いてくれるのに、どんどんひとりで注文を進めてしまう。何を頼んだかも教えてくれないまま、お兄ちゃんはスマホをポチポチと操作して、すぐに片づけてしまった。

「理子、忙しいのは判るけど、家事は理子の分担だよね」

珍しく、説教口調で言ってくる。

「俺は仕事で忙しいし、母さんはあの調子だ。役割を守らないと組織は回らないよ？」

「うん、ごめん」

「同じミスを繰り返さないように。成長のもとにしないと、失敗はただの失敗だ。そんなことを繰り返してたら、ろくな人生にならないよ」

話を打ち切るように私に背を向け、テレビをつける。冷たい態度だった。テレビではお兄ちゃんの好きな野球のナイターがはじまっている。

反省と困惑が渦巻く。家族に迷惑をかけてしまったのはその通りだけど、ここまで言われるようなことだろうか。

「あとさ」

お兄ちゃんが、テレビに目を向けたまま言う。

「俺のノート、見たよね？」

不意打ちに、言葉が詰まった。

私の位置からだと、お兄ちゃんの背中しか見えない。野球の試合に向かっているはずのその視線が、なぜかこちらに向けられているように思えた。

「ページが少し折れてたよ。なんでそういうことをするかな？」

「ごめん、食事の準備に邪魔だったから」

「邪魔ならよければいい。中を見る必要はない」

「ごめん、つい」

お兄ちゃんが怒っていたのは、そのせいだったのか。

テレビからトランペットの音が鳴り響く。お兄ちゃんは私に背中を向けたまま、黙っている。激しく動悸《どうき》がして、心臓が口から飛び出そうだった。野球の喧騒《けんそう》をすべて打ち消すほどに、お兄ちゃんの沈黙は重たかった。

「二度とするなよ」

お兄ちゃんは、突き放すように言った。

夕食を終えて部屋に入り、机に倒れ込んだ。自分を支える気力が残っていなかった。鍵《かぎ》を差し込み、キャビネットの一番下の引き出しを開ける。中に入っているものは、ふたつだ。夜の日記。そして、ゴディバのチョコレートリキュール。グラスにそれを注ぎ、くっと飲むと、甘く危ない香りが舌の上に広がった。

――それは駄目だよ。それは、やっちゃいけない。

マキの声が聞こえた気がした。

――外法を使ってしのいでも、軽蔑と後悔しか得られない。

私はもう一杯リキュールを飲んで、ふーっと息を吐いた。体温が上がっている。どくんどくんと心臓が高鳴る。自分の身体がコントロールできない感じ。不安定は嫌いなのに、お酒による酩酊《めいてい》は好きだ。重苦しい自分から、解放される感じがするから。

もう一杯飲もう。私は瓶に手を伸ばした。

「わ――――っ！」

驚いて顔を上げた。家の外から、絶叫が聞こえた。

「わ――――っ！」

それは、聞き覚えのある声だった。

私は立ち上がり、階段を駆け下りた。「なんだ、いまの声？」リビングにいたお兄ちゃんが声をかけてくる。「ちょっと見てくる」と言って、クロックスをつっかけた。

外に出ると、そこにいたのは、悠人くんだった。

「何してるの、こんなところで」

暗がりの中、街灯に照らされた悠人くんは不敵な笑みを浮かべていた。でもいままでと違って、不思議と怖くはない。お酒が私を支えてくれている感じだ。

「姉のクラス名簿を見ました。昔の名簿って住所も書いてあるんですね。物騒な話だ」

「君みたいなことをする子が、いなかったからでしょ」

強気に答えた。その反応に、悠人くんは少し面食らったようだった。

「ま、いいや。ちょっと話しましょう」

「明日じゃ駄目なの？　同じ学校なのに」

「学校じゃ話せないでしょう。ボードゲーム研究会には出禁食らっちゃいましたし」

「理子ー？」

家の中から、お兄ちゃんの声がした。

「ちょっとコンビニ行ってくる！」

私は声をかけ、悠人くんの背中を押した。

肩を並べて夜の街を歩く。繁華街から外れた住宅地は街灯の灯《あか》りも暗く、いま何かをされたら、誰も助けてくれないかもしれない。客観的にそのことは認識していたけれど、お酒のせいか、怖くはなかった。

「考えてくれましたか。龍馬を殺すことについて」

私は彼のほうを少し睨んだ。

「本当に人を殺そうなんて考えてるの？」

「考えてます。本気です」

「なら、ひとりでやればいいでしょ。私はただの女子中学生だよ。何もできない」

「あなたに断るっていう選択肢はありませんでしたよね」

「加奈子ちゃんのこと、言いたければ言えばいいよ。私だって、君がお父さんを殺そうとしてるって、君のお父さんに言ってやるから」

悠人くんは探るように私を見る。いつになく強気な私に、戸惑っているみたいだった。

私はその目を睨み返した。

「睡眠薬を、使おうと思うんです」

悠人くんが言った。

「龍馬は毎晩、ひとりで晩酌をしてます。そこに睡眠薬を混ぜます。睡眠薬は、薬局で売ってる睡眠導入剤を使います」

殺人の計画のようだった。勝手なことを話しはじめた彼に対し、私はさらに苛立《いらだ》った。

「龍馬は深く眠ります。そこで、僕は何か用事を作って出かけます。入れ替わりで山根さんが入ってきて、龍馬を殺す。僕のアリバイはできますし、龍馬は寝てますから、簡単に殺せると思います。包丁かナイフは、こちらで準備します」

「そんな話、聞きたくない」

「ナイフに抵抗があるなら、スタンガンを使うという手もあります。龍馬を眠らせるところまでは一緒です。あとは胸のあたりに水をこぼしておいて、電気が流れやすい状態にして、そのあとにスタンガンで胸に電流を流す。スタンガンは、数万ボルトという高圧電流が流れます。それを食らったらひとたまりもない」

私はふーっとため息をついた。

「それが君の計画なの？」

「微調整は必要だと思いますけど、基本的にはそうです。龍馬は強いですし、一対一で戦ったら勝ち目はない。僕が眠らせる。誰かが殺す。こういう役割分担にすれば、上手く行くと思います」

「馬鹿じゃないの」

悠人くんは驚いたようだった。もうどうにでもなれだ。私は続けた。

「まず、君のお父さんが飲んでるお酒は何？」

「えーと、焼酎《しょうちゅう》ですけど……」

「君がお酌をしてるの？」

「いえ、ひとりで飲んでるだけですけど……」

「焼酎は何を飲んでるの？　瓶の容量は？」

「そのときによってまちまちです。容量は……大きなペットボトルのやつです。三リットルくらい入るやつ」

「ひとりで飲んでるってことは、コップの中に睡眠薬を仕込んで、君がお酌をする際に溶かすという技が使えない。つまり、あらかじめボトルの中に睡眠薬を混ぜておかないといけないよね。三リットルの焼酎の中に、何錠混ぜるかはきちんと計算した？　たくさん混ぜなきゃいけないから、睡眠薬の量も多くなる。そんな数を中学生が薬局で買ったら、怪しまれるよ」

「それは、まあ。そうかもしれませんけど」

「後処理もしないといけない。睡眠薬がボトルの中に残ってたら、怪しすぎるでしょ。警察は近所の薬局に聞き込みに行って、睡眠薬を大量に買った人を探す」

「ボトルは洗うつもりでした」

「そんな都合よくボトルが洗ってあったら、もっと怪しい。それに、少し洗ったくらいじゃ、いまの警察の科学捜査だと見つかっちゃうと思うよ」

私は続けた。

「そもそも、お酒を睡眠薬と併用しちゃいけないことくらいみんな知ってる。そんな人がたまたま通り魔に殺されたなんて、警察じゃなくても計画的犯行を疑うよ。殺された夜に君が都合よく外出しててアリバイもあるっていうのも、疑ってくれって言ってるようなもんでしょ。大体、君はいままで派手な行動をしすぎて、私とつながってるってみんなに判っちゃってるから、私のところにまで警察がくるかもしれない。そこで計画は破綻《はたん》。私がプロ相手に黙秘を通せるわけがない」

話しているうちに、脳が興奮してくるのが判る。私は続けた。

「あと、スタンガン？　君、感電死のことを何も知らないでしょ。オームの法則とか勉強しなよ。いくら高圧の電気を流しても、電流の量が少なければ人は死なないんだよ」

「スタンガンの話は、例に出しただけで……」

「そういう練られてないものを持ってこないで。いい？　感電死って言うのは、電圧じゃなくて、流れる電流の量が大事なんだよ。電圧と電流の違いは判る？　ホースで言えば、水の勢いが電圧、流れる水の量が電流。どうして感電死が起きるかというと、人の身体は電気信号で動いてるの。そこに大量の電流を流すと、回路がおかしくなって信号を上手く送れなくなって心臓や肺の活動が止まる。スタンガンは高圧電流を流すけど、電流の量は少ない。水鉄砲をどれだけ撃っても、木を倒したりできないでしょ。鹿よけの電気柵《さく》と同じ仕組みだから、調べなよ」

悠人くんはもう返事すらしなかった。私は続ける。

「それに、私がその龍馬さんを殺すとしても、鍛えてる大人の男性を刺し殺すなんて、無理だよ。相手が起きてきたら、いくら泥酔してても勝てない。騒ぎになったら警察を呼ばれるかもしれない。つまり、結論はひとつ。君の計画は穴だらけ。センスない。諦《あきら》めたほうがいいよ」

「山根さん」

悠人くんが言った。まくし立てた私に対して、少し引いているみたいだった。「何？」反発するように、私は言った。

「言いたいことがあるなら言ってよ」

「すごいです」

「え？」

「すごい、どうしてそんなことが考えられるんですか」

彼は興奮したように言った。その目には、少しだけど、尊敬の色が浮かんでいた。

「すごい、本当にすごいです。言われるまで、全然そんなことに気づかなかった。山根さん、何者なんですか。中学生のふりをした殺し屋とかじゃないですよね」

「何言ってんの？　無茶苦茶、言わないでよ……」

「すごいすごい、本当にすごい。正直、この計画が上手く行くのか不安だったんです。まさか山根さんがこんな人だったなんて。すごい、尊敬します」

悠人くんの目の中にある興奮の色が、みるみるうちに濃くなっていく。私は……。

「尊敬なんて、そんな……」

私は、嬉しかった。

強烈に、強烈に、嬉しかった。

こんなことを感じていることに、自分でもびっくりしていた。自分の中の汚いどろどろ。誰にも見せずに引き出しの中にしまっておこうと思っていたもの。

それを認めてもらうのが、こんなにも嬉しいなんて。

「変でしょ、こんなことに詳しいなんて……」

お酒の勢いは飛んでいた。悠人くんの称賛の顔。それをこれ以上見ていると、嬉しすぎて、気持ちがおかしくなりそうだった。

悠人くんは何かを言っている。もうそれは私の耳には届いてこなかった。

6

週末の土曜日。私はマキと〝くまそう〟を歩いていた。

マキの家から河原に行こうとすると、目熊総合公園を通るルートになる。午前十時。空気がまだ新鮮で気持ちいい。

「理子と休日に出かけるのって、久しぶりだよね」

今日は河原での聞き込みの日だった。私が無理を言って連れ出しているというのに、マキはどこかうきうきとした様子だった。

マキのこういうところを見るたびに、私は少し怖くなる。幼馴染《おさななじみ》とはいえ、マキと私はとても釣り合っている関係じゃない。いつも私が彼女を巻き込み、振り回す。マキはそんな私に、優しくつきあってくれる。

頼りない私への同情から、マキは優しく接してくれているのかもしれない。私はマキの負担でしかないんじゃないか。そんなことを考えだすと、悪い想像が止まらなくなる。

「懐かしいね、ここも」

四月の〝くまそう〟は、いつも地元の人で賑《にぎ》わっている。桜はもう散ってしまったけれど、新緑が景色を覆い尽くしていて、芝生もふかふかとしている。

「桜、今年も見れなかったな」

遊歩道に入る。加奈子がスケッチをしているのを見た場所だった。木がたくさん植えられていて、私たちの背丈よりもちょっと高いくらいの桜が花びらを撒き散らしていた。

「来年は一緒に見にきたいね」

「うん……そうだね」

「理子は高校、どこ行こうって考えてるの？」

「まだ、特に考えてない。ママが倒れてから、あんまり余裕なくて」

「智巳さんに聞いてごらんよ。できれば、一緒の高校に行きたいねえ。高校でもボードゲーム研究会作りたいから、理子がいてくれると嬉しいな」

そうだねと呟いて、私は目を伏せた。

マキも判っているはずだ。私と彼女とでは、成績が二ランクくらい違う。まず一緒のところには行けないだろう。

マキは一緒に進学することを望んでくれていると思う。でも、自分から断ち切るべきなのかもしれない。別々の高校に行くのなら、関係も疎遠になっていくはずだ。そうすれば、彼女に迷惑をかけることもなくなる。早めに私も、進路を決めなければ……。

「あ、でも、この花は咲いてる」

マキが指差した方向には、少し低めの木があった。黒みがかった濃い緑の葉の中に、ぽつぽつと白い花が咲いている。

「この花、桜に、ちょっと似てるね」

「桜じゃないよ。樒《しきみ》だよ、これ」

「へえ。理子、植物詳しかったっけ？」

私は口をつぐんだ。また不用意なことを言ってしまった。

樒の生えている根元に、木札が植えてある。マキはそれを覗き込んだ。その表情が、一瞬で凍りついた。

「理子、これ……」

私が樒について知っていた理由を、マキは察したようだった。

「そうだよ。猛毒なんだよ、これ」

前に、毒について調べていたときに見つけた木だった。樒は全ての部分に毒性があって、特に果実に多く毒が含まれている。毒劇法で規制されている、唯一の植物だ。

「最悪死ぬから、食べちゃ駄目だよ」

冗談めかして答える。マキは黙って一点を見つめている。動揺したときの、彼女の仕草だった。心のさざ波が収まるのを、そうやって待っている。

「こんなところに、普通に毒の木なんかが生えてるんだね。ちょっとびっくりした」

マキは言った。私は声のトーンを少し上げる。

「うん。毒を持った植物って、結構多いんだ。法律でもほとんど規制されてないし。だからその辺に生えてるもの、勝手に食べちゃ駄目だよ」

「食べないよ。そんなこと、するわけないでしょ」

マキはそう言って、かすかに笑う。

束の間訪れた気まずさを、私たちはふたりでごまかした。

悠人くんなら、なんて言っただろう——私はそんなことを考えていた。

河原に着く。事件から四日も経つとそろそろ風化がはじまるのか、橋の上にいた野次馬はほとんどいなくなっていた。現場を覆っていたブルーシートも、黄色い立入禁止テープも、綺麗さっぱり撤去されている。

「さて、どこからどうしようかね」

マキが呟く。河原は散歩をしている人や、自転車に乗ったサイクリストが行き交っているが、片端からお兄ちゃんの写真を見せて回っても効率が悪そうだった。

「とりあえず現場を見てみたい」

私の提案に、マキは頷いた。

〝銭湯さん〟が殺害された現場は、もうあらかた片づいていた。燃えていた段ボールハウスもなく、事件の名残は、壁に残る黒いすすくらいだ。マキが私のほうを見る。

「凶器って、見つかってたっけ？　この事件」

「見つかってない」

「智己さんが犯人だとして……理子の家には、凶器みたいなものはあったの？」

「刃物ならある。包丁とか、果物ナイフとか」

「それは事件のあとにチェックした？　血がついてるかとか」

「したよ。おかしなところはなかった」

私は、荒川の流れのほうに目を向けた。関東でも有数の水量をたたえた川はゆったりと流れていて、凶器を捨てるのにはもってこいだ。上手く流れに乗ってくれれば、海の底まで流れていってくれる。

「理子」

マキが言う。その目は、向こうの花井橋のほうに向けられていた。

「聞き込みの相手、いたよ」

橋の下に、ホームレスが家を構えている。

「マキ。まさか……」

「一番の目撃者は、どう考えてもあの人たちだよ」

「でも……危ない目にあったら……」

「日中だし、大丈夫だよ。ああいう人たちだって、色々事情があってたまたまあそこにいるだけの、普通の人だよ。話せば通じる」

「でも……そこまでやらなくてもいいよ……」

「今日きちんと聞き込みをしたいんでしょ？　なら、きちんと済ませよう」

もう方針を決めたあとの口調だった。部を新しく作ると言いはじめたときと同じで、こういうときのマキは引かない。歩き出した彼女に、私は従った。

橋の下には、三つの「家」があった。ブルーシートで囲われたそのひとつに、マキは声をかける。

「あのー、すみません」

反応はない。「すみません、ちょっとお話が」留守のようだった。さすがにシートを開けてまで声をかけるつもりはないようで、マキは次の家へと向かう。

「すみません、ちょっといいですか」

二軒目。声をかけると、シートの隙間から男性が顔を覗かせた。初老の男性だった。頬が痩《や》せこけ、肌は黒ずんでいる。「なんだよ」その声には、警戒心が貼りついていた。

「数日前にここで殺人事件があったと思いますが、それについて調べてます」

「殺人事件？　そんなのあったか」

「ええ。向こうの橋のほうで……。よろしければ、お話……」

「よろしくねえよ。とっとと帰れ」

「あの、少しだけでいいんです。決してご迷惑は……」

「帰れって言ってんだろ！」

男性は突然、唾を吐いた。唾はマキのスニーカーに当たり、ぴちゃっと音を立てる。

マキの顔が凍りついた。男性は馬鹿にするように笑い、首を引っ込めた。

動悸が収まらない。マキに向けられた男性の敵意を傍観していただけで、全身が恐怖でこわばる。

「マキ……。大丈夫？」

マキは青ざめた顔で頷くと、ティッシュを取り出し、唾を拭《ふ》く。

「こういうこともあるよ。ちょうど靴、洗おうと思ってたとこだから」

マキはそう言って、少し離れたところにある段ボールハウスに向かう。もういいよ。

その言葉を呑み込んで、私はその後ろについた。

マキが向かった先は、家というよりも、段ボールで仕切りが作ってあるだけの場所だった。シートが被《かぶ》せられているわけでもなく、仕切られた段ボールの中に短髪の人が仰《あお》向《む》けに寝ている。

「あの、ちょっとお話、聞かせていただけませんか」

マキが話しかけると、その人は目を開けた。私はそこで気づいた。

「なーに？」

女性だった。髪はボサボサだけれど、まだ若い。三十歳にもなっていなそうだ。目をつぶっていただけらしく、すぐに身体を起こすと、少しだけ酸っぱい臭いが漂った。

「今週の頭に起きた殺人事件について伺いたいんです。話を聞かせていただけませんか」

「おたくら、行政ー？　んなわけ、ないか」

「中学生です」

「学生証」

女性はさっと手を差し伸べる。マキは臆《おく》することなく学生証を取り出して、彼女に渡した。女性はそれとマキをじろじろ見比べて、マキの手許《てもと》に返す。

「そっちも」

私に向かって手を出す。私はためらった。やんわりと間に入るように、マキが言う。

「この子は、私が連れてきただけなんです」

「だから何？」

「私のだけで、勘弁してもらえないですか」

女性はマキと私を交互に見て、軽く頷いた。

「まあ別にいいよー。ちょうど寝るのも飽きてたところだし」

「ありがとうございます」

マキの気遣いに、胸がちくりとした。ここにつれてきたのは、私なのに。

「ハナコって呼んで。本名じゃないけど。ね、宮野マキ、ちゃん」

ハナコさんはそう言ってあぐらをかいた。マキは相手と目線を合わせるように、その場にしゃがみ込んだ。私も慌ててマキにならう。

「で、事件のことって、何が聞きたいのかなー？」

「目撃者を探しているんです。知り合いが、事件に関わってるかもしれなくて」

「知り合いって？」

私はスマホにお兄ちゃんの画像を映して、マキに渡した。

「この人です。私の知人でして」

「んー」ハナコさんは目を細めて、じっくりとスマホを見つめた。

「あれ、この人……、なんか見覚えある気がするな」

「見覚えあるんですね。どこで見たんですか？」

「どこだろー？　ちょっと記憶力悪くてねー。昨日のこともよく思い出せないから」

「あの晩ですか？」

マキが身を乗り出して聞く。ハナコさんは、ボリボリと頭を掻《か》いた。

「判らないなー。あの日は寝てたんだよね」

「事件に気づかなかったんですか？　大騒ぎになってたと思いますけど」

「そりゃ最終的には気づいたよ。でもそれ、もう治朗さんが死んで、家が燃えたあとのことだよ。あの日は大騒ぎだったから、誰を見たとか見てないとか全然覚えてないんだよね。夜だったし、現場もちょっと離れてるしね」

治朗さん。確か、〝銭湯さん〟の本名がそれだった。

「思い出してください。この人は、よく河原にくるんですか？」

「よくはこないと思うよ。朝方ジョギングしてる人とかは、さすがに覚えてるからさー。んー、どこだっけ？　ちょっと思い出せないな」

「思い出せないということは、最近じゃないんですね？　少なくともあの夜じゃない？」

「たぶんね。もう年寄りいじめるのは勘弁してよー」

ハナコさんはヘラヘラと笑う。もう少しで証言が出てきそうなのに、もどかしかった。

「警察にも聞かれたかもしれませんが、犯人に心当たりはありますか？」

「最近ホームレス狩りのガキンチョがよくきてたから、そいつらじゃないのかなー。それか、この辺の住民とか？　敵が多かったからなー、治朗さんは。変な行動してたし」

「裸になって川で身体を洗ってたことですよね」

「あれはね、銭湯代わりにしてたっていうより、性癖だね。露出狂だよ。あたしが近くにいると、これみよがしに見せてくるからねー。たいして立派なものでもないのにねー」

ハナコさんはそう言いながら、私たちがさっきまでいたハウスのほうを指差した。

「あそこにいた安田《やすだ》さんって人は、治朗さんの天敵でね。よく喧嘩《けんか》してたんだよ」

「そうなんですか」

「安田さん、気難しいからねー。でも、安田さんは犯人じゃないと思うよ。あの人、ああ見えて臆病だからさ。弱いもの相手にしか、威張れないから」

マキの予想通り、曖昧な証言しか出てこない。一番情報を持っていそうな人々に聞いてもこれなのだから、闇雲に聞き回っても有力な証言を手に入れるのは難しい気がした。

「君ね、ちょっと動かないで」

ハナコさんは突然、脇にあった鞄《かばん》の中からスプレーを取り出した。「ちょっとじっとしてて」と言いながら、スプレーをマキの靴に吹きつける。

「あの……？」

「消毒液。路上生活の必需品だよ。さっき、安田さんにやられてたでしょ。最低だよねー。ごめんね、迷惑かけて」

ハナコさんはガーゼを取り出して、マキの靴をぬぐった。優しさを感じさせる、丁寧な手つきだった。マキの目が、少し揺れるのが見えた。

「あの……ありがとうございます」

「いいっていいって。あたしたちこそ、街のみんなに迷惑かけてる存在だから、これくらいしないと」

「そんな、迷惑なんて」

「もうこんなとこきたら駄目だよー、宮野マキちゃん」

「あの」

マキが、真剣な声音になった。

「色々お話を聞かせてくださってありがとうございます。でも、ちょっとハナコさんのことが心配です。人が殺されてるのに、こんなところで生活してて大丈夫ですか」

「どこに行くところもないからねー、あたしみたいな人間はさー」

「そんなこと、ないと思います」

話の雲行きが怪しくなってきた。マキは、決意した目になっている。

「お話ししたところ、ハナコさんはかなりしっかりしたかたに見えます。優しいかたにも思えます。こういう生活から抜け出すことは、できると思います」

「そうかなー？　あたしなんか、何もできないよー？」

「できると思います。さっきの説明も、判りやすかったですし」

「いやー、そういう問題じゃなくてね」

私は指先でマキの肩を叩《たた》いた。マキの悪い癖が出ていた。でも、こうなると止まらないのが宮野マキだ。

そのとき、パトカーの音が遠くから聞こえた。ハナコさんは少しだけ顔をしかめる。

「サイレンの音って、嫌だよねー。あたし、大嫌い」

ハナコさんはにこっと笑った。

「あたしねー、前科持ちなんだよ。こう見えても」

「前科、ですか？」

「そーそー。大したことないんだけどさ。もともとはね、あたし、事務職の会社員だったんだけどねー」

ハナコさんは恥ずかしそうに続ける。

「そのころ、変な男にハマっちゃってさー。まあそいつヒモでさ、頑張って給料貢いでたんだけどそれでも足りなかったらしくて、結局会社のお金を横領する羽目になっちゃってね。判る？　横領」

「会社のお金を、使い込むことですよね」

「そーそー、売上金から少しずつ抜いてたら結局バレて首になって、挙句の果てに男にはお金全部持ち逃げされた。そのあと、逮捕されちゃってねえ。最悪だよね」

「それは、大変でしたね……」

「執行猶予って判るかな？　それがついて刑務所には行かなくて済んだんだけど、仕事なんかないわけね。あたしさあ、実は本名が日本にあたししかいないレベルで珍しいんだよ。で、ネットで調べられると逮捕されたときの記事が出てくるから、そこでアウト。平凡な名前に生まれたかったなー」

「でも、根気よく探せば……」

「ひとつだけ見つかったよ。そこは社長がいい人でさー、人間は仕事を持たないと犯罪に走るとか考えてる偉い人で、私の境遇に同情してくれて雇ってもらったんだけど、結局駄目だった。社員が検索するんだよね、ネット」

「ああ……」

「社長はよくても、社員がよくなければ結局追い出されるんだよねー。なんかもー色々嫌になってね。それで、この生活になったのね」

「いまはお幸せなんですか。この生活で」

「まあ、気楽だよ。危ないこともあるけど」

「じゃ、やっぱり普通の生活をすべきではないですか。差し出がましいようですけど」

「マキ」

もう一度口を挟む。マキは首を振った。何かスイッチが入ってしまったみたいだった。

「私はボードゲームが好きなんです。ボードゲームは、正しい手続きを踏んでいくことが大事です。人生も、同じだと思ってます」

「マキ。行くよ」

「すみません、一社が駄目でも、ハナコさんを受け入れてくれるところがあるんじゃないですか。私はもちろん、働いたことはないですけど……ひとつひとつ、正しい手続きを踏みさえすれば、生活をよくしていける気がするんです。ハナコさんなら」

「買いかぶりすぎだよー。あたしはもう終わったの。こうならないように頑張ってね。俺の屍《しかばね》を越えていけー」

「でも……」

「子供は帰った帰った。宮野マキちゃん」

「マキ、行くよ」

私はマキの手を引っ張った。マキは未練がましそうにしていたけど、結局私に従った。

イライラする。

マキのこういう一面は、好きだった。どうにもならない現実で、それでも最善を求めて頑張る。マキのボードゲームに対する哲学を聞いて、感動もしたはずだった。

それなのに、今日はなんだかものすごく嫌だ。ハナコさんが抱えているような大人の事情を、私たちが解決できるわけなんかない。きっと、マキの言動はハナコさんの目にはすごく滑稽《こっけい》に映っただろう。

そんなこと、マキは気にしない。その強さが、嫌だった。

そして、私は自分自身に対してうんざりしていた。時間を使って手伝ってくれたのに、私はマキに嫌な感情を持っている。なんて身勝手なんだろう。

自分を責めながら、私はマキの手を引っ張り続けた。

7

マキと微妙な感じで別れたあと、私は悠人くんの家に向かっていた。

すでに私たちは、会っているところを多くの人に見られている。これ以上見られることは避けたほうがいい。色々考えた結果、私たちは彼の家で会うことにした。

「龍馬は土日仕事に出ていて、まず家には帰ってきません。打ち合わせにはちょうどいいです」

指定されたのは、駅から少し離れた団地だった。小学生のころに行った加奈子の家は、駅前の新しいマンションだったはずだ。悠人くんが言うには、加奈子が死んだころから、父親の仕事が急激に上手く行かなくなったらしい。それに合わせて、生活のレベルも下がったようだ。

団地の敷地に入り、指定された棟の三階まで上がる。そこが悠人くんの家だった。

ドアの前に立つ。私はそこで、ぎょっとした。

〈訓告
この家の主、瀬戸龍馬は泥棒につき、近隣の皆様も、決してこの家のものに金を貸してはならない。即刻、全額を返済せよ。返済期限については相談可〉

そんな文字が印刷された紙が、ドアに貼ってある。なんだこれは？　私は戸惑いながら、チャイムを鳴らした。

「ちょうどくるころだと思ってました」

顔を覗《のぞ》かせた悠人くんが、笑いながら言う。私はドアの紙を指差した。

「ああ、借金取りですよ。休みになるとくるんです」

「借金してるの？」

「よく知りませんけどね。こういうの貼るのって、犯罪って聞きますけど、やばい筋なのかな。まだその辺うろついてるかもしれませんけど、子供相手には何もしてきませんから、大丈夫です」

「大丈夫って……」

「入ってください。あ、僕も何もするつもりはないですから、安心してください」

「別に、そんな心配、してないよ……」

強がりじゃなかった。計画を話そうというのに、余計なことをするわけがない。

中に入ると、左手がすぐにキッチンになっている。食器は片づいているけれど、シンクからは生臭い臭《にお》いがした。少し掃除したくらいでは拭《ぬぐ》えない、年月をかけて染みついたような臭気。

正面にある扉を開けると、和室になっていた。布団が敷かれ、焼酎のペットボトルが枕元に置いてある。

「龍馬の寝床です。ここを触るとキレられるんで、あまり触らないでください」

奥の和室が、悠人くんの部屋のようだった。

散らかり放題だったさっきの部屋に比べ、悠人くんの部屋は片づいていた。六畳一間の和室に、丸いちゃぶ台が置いてある。ものの少ない部屋で、隅っこにダンベルが転がっているほかは、段ボールに本や小物が入っているくらいだった。

「いつ引っ越したの？　前は駅前に住んでたよね」

「去年です。あちこち転々として、いまはここに」

「仕事はどうしてるの？　お父さんは」

「龍馬は小さい会社をやってるんですよ。一応、芸能事務所っていうのかな。タレントみたいな女を何人か抱えてて、それに仕事をさせてるらしいんですけど、ほら、震災とかなんとかで一気に仕事がなくなったみたいで」

「倒産ってこと？」

「まだやってます。でも、結構危ない仕事もやってるみたいなんです」

「危ない仕事って？」

「人に言わないでくださいよ。裏ポルノってやつです」

悠人くんの発言は、予想を超えていた。

「特殊な性癖に合わせて、いろいろエグい映像を作るらしいんです。で、それを裏のルートで売る」

「そんな仕事、本当にあるんだ……」

「何年か前からやってるみたいです。そのころから、借金取りみたいな、やくざみたいな、そんな連中が家にくるようになりました。あいつらの情報網はすごいですよ。引っ越してもすぐにバレちゃう。でも、いまさら遠い土地にもいけませんしね」

どういう顔をしていいか、判らなかった。こんな問題に、私はいままで衝突したことがない。悠人くんはおちゃらけたように言う。

「別に同情なんかしなくていいですよ。いまの生活はひどいけど、もうすぐ終わります。龍馬さえいなくなれば、施設でもどこでも、自由に行ける」

「お母さんのところとか……」

「母のところなんか行くわけないじゃないですか。僕を捨てた人ですし、母も僕なんかに興味ない。家族なんかちょっと近い他人ってだけで、激しくどうでもいいですよ。利用価値がないなら、切り捨てればいいんです」

――家族がいいってのが、一番だ……。

パパの声が聞こえた。いままで私は、その声を絶対的な真理のように聞いていた。でも、悠人くんと話をしてると、その声が少し遠くなる感じがする。

「本題に入る前に、ひとつ相談していい……？」

言う予定じゃなかったのに、私は口を開いていた。

「家族が犯罪を犯してたら、悠人くんはどうする？」

「犯罪ってなんですか」

「まあ、万引きとかなんだけど……」

「軽犯罪ですね」

悠人くんはへっと鼻で笑う。

「本人にやめろと言って、それでもやめなかったら警察に通報する、かな」

「説得に失敗して、さらに私も通報したくないとしたら？」

「事件を公にしたくないってことですか？　山根さん、世間体気にする人なんですね。なら、ひとつですよ。口止めです」

「口止め？」

「ええ。弱みを握って脅す。それでもやめないなら、さらに弱みをつかむ。そうしているうちに、音を上げますよ。普通なら」

ことも無げに言う。マキの口からは絶対に出てこない台詞だった。

「でも、できるかな。そんな、脅迫なんて……」

「山根さんはそれ以上のことを、もうやってるでしょ。いまさら脅迫くらいなんですか」

　加奈子の顔が、頭の中に浮かぶ。私は少し気持ちが重くなった。

「加奈子ちゃんは、悠人くんにとって……どういう人だったの？」

　加奈子について話すことは、ずっと、誰ともできなかったことだった。口に出してみて、それを望んでいたことに気づかされた。

「少なくとも、いい姉じゃなかったですよ。よくいじめられてましたし。だから死んだときも、特にどうとも」

「加奈子ちゃんはもともと、そんなに悪い子じゃなかったと思う。怒り出すと手がつけられないところは、あったけど……」

「まあ昔はそうだったかもしれませんけど、親が離婚してからはひどかったですよ。特に死ぬ前のころは、毎日のように荒れてましたから」

「死ぬ前……」

　私は少しずつ、思い出していた。加奈子について、疑問だったことを。

「加奈子ちゃんはどうして、クラスメイトを皆殺しにしようとなんか、したんだろう？　暴力的な子だったけど、そんな意味のないことをする子じゃなかった」

「なんか言ってませんでした？　綺麗な絵を描きたいとか、なんとか」

　――私が明日描く絵は、きっと永遠に残るよ。

　確かに加奈子はそう言っていた。でも、よく考えるとこの言葉も加奈子らしくなかった。彼女は確かに絵を描いていたけれど、その場で見せてくれる程度で大切に取っておいたりはしなかった。

「なんで、お父さんを狙わなかったんだろう？」

私は呟いていた。

「だって加奈子ちゃんは、一度君のお父さんを襲ってるんだよね？　今度はストリキニーネがあるんだし、もう一度襲えばいい」

「僕に聞かれても判らないですよ」

「あと、加奈子ちゃんはこんなことを言ってた。ストリキニーネは、検出されない毒だって。でも、これもおかしいよ。普通に司法解剖されたら、検出されるはず」

「勘違いしてたんじゃないですか？　まだ小学生でしたし」

私は首をひねった。当時は判らなかったけれど、いまの知識で振り返ってみると、どうもしっくりこないことが多い。

「猫屋敷の事件のこと、覚えてる？」

悠人くんは頷く。

「加奈子ちゃんはおじいさんに、ストリキニーネを飲ませたって言ってた。絵を描くための下描きだって」

「そう言ってましたね、そう言えば」

「でも、もしストリキニーネを飲ませたのなら、警察にはすぐに判ると思う」

「死ぬ前に暴れまわったような痕跡《こんせき》が残るはずだし、死体も普通のものにはならないはず」

「でも、姉が死んだときも、判りませんでした」

「あれは事故死として処理されたからだよ。おじいさんの場合は、孤独死だった。死因に不審なところがあったら、捜査をされるはず……」

「うーん」

悠人くんは首をひねる。

「まあ、何か理由があるんじゃないですか。警察も忙しいから詳しく調べなかったのかもしれませんし。ていうか、いまさら姉のことをほじくり返しても意味ないですよね」

「まあ、そうだけど……」

「もういいですか？　そろそろはじめましょうよ。第一回、龍馬殺害会議」

私は頷いた。加奈子のことをもっと聞きたかったけれど、今日の本題は別だ。

「その前に、ひとついいですか。いまのお話もそうでしたけど、山根さん、どうしてそんなに殺人について詳しいんですか？　殺人マニアとか？」

「マニアってわけじゃないんだけど……」

私は、リュックに手を入れた。これを家の外に持ち出すのは、初めてだった。

リュックの中から、私は夜の日記を取り出した。

「すげえ……」

悠人くんは日記を見ながら、心底感心したようにため息をついた。

「本当にすごい知識です。プロ顔負けじゃないですか……」

「プロって、何のプロよ。そんなプロ、いないよ……」

「これこそ僕の求めていたものです。すごい、宝箱を掘り当てた気分です。山根さん、本当にすごいです」

「やめてよ、そんな……」

私はうつむく。嬉しさで赤くなっているだろう顔を、彼に見せるのが恥ずかしかった。日記を家の外に持ち出すのは、初めてだった。さすがの彼も、こんなものを見たら引くかもしれない。悠人くんの反応は、そんな私の恐れを一発で吹き飛ばしてくれた。

私は加害恐怖のことを説明した。日記を書くのを暴露療法の代わりにしていることも。

「そんなものを書いてる自分のことが、すごく嫌いなの。何度破って燃やそうと思ったか、判らない。でも、それを書いてないと、不安で……」

「捨てることなんかないですよ。すごい才能じゃないですか。これだけ殺人に詳しい中学生なんか、山根さんしかいないですよ」

「才能って言っても、使い道ないし……」

「ありますよ。僕には、山根さんの才能が必要です」

どうしてこんなに嬉しいことを言ってくれるんだろう。悠人くんのまっすぐな言葉が、心に刺さる。私は腿《もも》をつねり、顔がにやけそうになるのを必死でこらえた。

「じゃあ、これを踏まえて話し合いがしたいんですが……」

悠人くんがそう言ったときだった。

どん、どん。玄関のドアが荒々しく叩かれる音がして、背筋に緊張が走った。

「大丈夫。借金取りです」

悠人くんは立ち上がる。「隠れててください。そこに座ってれば大丈夫です」悠人くんはそう言って、部屋から出て戸を閉めた。

ドアが開く音がする。こちらを恫喝《どうかつ》する男の声と、それをなだめる悠人くんの声。むき出しの敵意というのは、いつ触れても怖い。私は耳を塞《ふさ》ぎ、時間が過ぎるのを待った。

「大丈夫。帰りました」

悠人くんが戻ってきた。蠅でも追い払ったみたいに平然としている。

「あいつらが龍馬を刺してくれれば話は早いんですけどね。あ、どうですか。あいつらの仕業に見せかけるってのは」

私は深呼吸をした。身体の震えが収まるのを待って話す。

「誰かの仕業に見せかけるっていうのは、難しいと思う。その誰かも罠《わな》にかけなきゃいけないし、ああいう本職の人を相手に私たちがそれをできるとは思えない」

「そうですか。いいアイデアだと思ったんですが」

悠人くんはそう言って、床に腰を下ろした。

「そろそろ本題に入りましょう。まず、前提です。僕に疑いがかかるのは避けたいけど、龍馬が殺されたら真っ先に疑われるのは僕です。どうすればいいと思いますか」

私は瞬時に答えを弾《はじ》き出す。

「やりかたはふたつ。事故に見せかけて殺すか、誰かに殺してもらうか」

「どっちがいいと思いますか？」

「事故に見せかけて殺す」

即答した。

「さっきも言った通り、第三者に罪を押しつけるのは無理だと思う。私が直接手を下すのも、避けたほうがいい。私たちは、もう多くの人に一緒にいるところを見られてる」

「じゃあ、どうすればいいんですか？」

「いくつか方法がある。一番簡単なのは、交通事故に見せかけること。例えば駅のホームで、電車が入ってくるのに合わせて、後ろから突き飛ばす」

「バレないんですか、そんなことして」

「時間と場所を選べばね。人のいない時刻、死角になるような場所に潜んで、そこで押す。人間は正面からの力には強いけど、後ろからの力には弱い。都市伝説だけど、これを職業にしている人もいるって聞いたことある」

「でも龍馬、電車なんか乗りませんよ。いま借りてる仕事場も自転車で通ってますし」

「大丈夫、これはひとつの例。実際にやるわけじゃない。専門の技術もノウハウもない私たちが、それをやって上手く行くとは思えないから」

するすると言葉が出てくる。喋《しゃべ》っているのが自分じゃないみたいだ。

「素人がやっても成功率が高い方法といったら、ふたつだと思う。ひとつは、火事」

「放火ですか」

「そう。火は失火に見せかけやすいし、殺傷力が高い。悠人くんにはこれから徐々に、家の中を散らかしていって欲しい」

「散らかすって、何をすればいいんですか」

「本や新聞紙、段ボール、綿や麻の服。そういう燃えやすいものを、少しずつ買い足して家の中に配置して欲しいの。特に、玄関にものを置いておく」

私はそちらのほうを指差した。火を放って殺すのなら、退路を塞ぐ必要がある。

「寝床のあたりにも、可燃性のものを置いておく。それから、火をつける」

「火をつけるって、どうやるんですか？」

「君のお父さんは、煙草を吸う？」

「ええ。ヘビースモーカーです」

「ライターは何を使ってる？　百円ライター？」

「えーと、ジッポーですね」

「マッチだとベストだったんだけど、ジッポーでもいい。火をつければ、蓋《ふた》を閉じるまで消えないからね。火は玄関からつける。新聞紙の束でも置いといて、ジッポーに火をつけて放置する。不審火に見せたいから、煙草の吸殻も近くに置いといて。火が燃え広がれば、出口が一箇所しかないこの家の構造だと逃げられない」

「ベランダがありますよ」

悠人くんは、玄関と反対の方向を指差す。そこには小さなベランダがある。

「三階だよ。ここから飛び降りたら、ただじゃ済まない」

「でも部屋が燃えてるなら、一か八かで飛び降りますよ。龍馬なら、絶対にそうします」

「そう……？」

予想していない意見だった。私は反論の言葉を頭の中で探す。

「なら、ベランダにも荷物を出しておいて逃げ道を塞ぐ。大きめの家具とか」

「そんなもの、この家にはないですよ。ベランダを塞ぐほどの大きな家具を放置しておくのって変だし、仮にそれを置けても、確実じゃないでしょう。玄関とベランダ、両方から燃やせばいいのかもしれないですけど、そうすると事故には見えない気がします」

反論できない。そもそもここから飛び降りるという発想自体、私の中にはなかった。

「もうひとつの案も、聞いてくれる？」

「もちろんです。何を使うんですか」

「毒ガス」

意外な言葉だったのか、悠人くんが目を丸くした。私は気持ちを立て直す。

「毒ガスって言っても、マスタードガスとかサリンとか、そういうものじゃない。ああいうのは作るだけでもとても大変だから。もっと私たちの生活の中にあるものを使う」

「なんですか、それは」

「私が考えてるのは、三つ。塩素ガス、硫化水素、一酸化炭素」

悠人くんがちゃぶ台の上にあった紙とペンを摑み、メモをする。「あとで捨てといてね、それ」と言って私は続ける。

「この三つは、どれも私たちの日常にあるもので作れる。塩素ガスは一番簡単。〝混ぜるな危険〟って言葉、知ってるでしょ」

「えーと、洗剤か何かでしたっけ？」

「そう。酸性洗剤と、塩素系洗剤を混ぜると、塩素ガスっていうのが出る。手軽だけどかなり危ないガスで、死亡事故もたくさん起きてるし、第一次世界大戦でも武器として使われた。硫化水素も知ってるよね？」

「名前くらいは聞いたことがあります」

「一時期、このガスで自殺をするのがブームになってた。君のお父さんが寝ている部屋で、このどちらかを発生させることができれば……」

「でも、それって事故には見せかけられなくないですか。不審火と違って、たまたまガスが出たりはしないでしょう？」

「話は最後まで聞いて。このどちらかを発生させることができれば、君のお父さんを殺せると思う。でも、このふたつは致命的な弱点がある。ふたつとも臭いが強烈なんだ。異臭がするっていうことは、危険を察知されやすい。すぐに換気をされちゃったら、たぶん殺せない」

「駄目じゃないですか」

「だから、一酸化炭素を使う」

私は指を一本立てた。

「一酸化炭素は猛毒なんだけど、臭いはしない。これを発生させるのが、一番いい」

「どうやって発生させるんですか」

「化学の勉強、してないね。一酸化炭素は、不完全燃焼が起きてるときに発生するんだよ。ガスストーブが上手く燃えなかったりとか」

「でも、うち、暖房あれですよ」

悠人くんが壁の上のほうを指差す。そこには古いエアコンがあった。

「これじゃ駄目だね。エアコンは空気を交換してるだけだから。ガスストーブをどこかから手に入れてほしい」

「どこからですか？　親戚《しんせき》づきあいとかないですよ、うち」

「なんとかねだって買ってもらうことって、できないかな？」

「無理ですね。エアコンあるんだし、買う必要ないです」

「じゃあ、七輪でもいい。焼肉をやったふりをして木炭を不完全燃焼させれば……」

「山根さんの家ではやるんですか？　七輪で焼肉」

どうも口が滑りすぎたようだった。悠人くんはかさにかかるように続ける。

「それに、山根さんの計画は周りに迷惑がかからないですか？　放火って、この建物をまるごと燃やすってことですよね」

「下手したら、そうなると思う」

「僕は大量殺人がやりたいわけじゃないんです。毒ガスも、そんな人が死ぬくらいのガスが出たら、ほかの部屋にも漏れたりしないですか。密閉してるとはいえ」

もっともな反論だった。硫化水素で自殺者が相次いだときには、隣人がガスを吸って中毒を起こしたという事故をよく聞いた。

「一戸建てに引っ越しなよ、もう」

少しやけっぱちになって言った。悠人くんの表情に、わずかに失望の色が見える。

私はそっと、彼から目を逸らした。いまの私が、もっとも見たくないものだった。

難しい。自分ではそれなりに仕上がったと思っていたのに、これでは悠人くんの計画と同じだ。嬉しさで目が曇っていたのだろうか。それとも、計画とはこういうもので、他人の目から見たらあらが目立つのだろうか。

夜の日記を書いてるときは、必要な道具を登場させるのは簡単だった。暴力団から拳《けん》銃《じゅう》を仕入れることも黒色火薬で爆弾を作ることも、なんでもできる。でも、現実の私たちは、ただの中学生だ。ガスストーブどころか、包丁一本買うのも大変なのだ。

どん、どん。

玄関から音がした。「またかよ……」悠人くんが立ち上がる。少し白けていた空気が、一層白々しいものになった。

「そこに座っててください」

悠人くんが言ったそのときだった。がちゃりと、ドアがひらく音がした。

彼の顔が、青ざめる。玄関のほうから、荒々しく、暴力的な足音が聞こえた。

「なんだお前……？」

入ってきたのは、熊のように大きな男だった。

短い髪がぺっとりと海苔《のり》のように頭を覆っていて、大きな円形の禿《はげ》があった。上はTシャツ、下はハーフパンツで、おなかがぼってりと膨らんでいる。単に太っているというよりも、筋肉も脂肪もたっぷりと身体についていて、その総量がとても多い——そんな体格だった。

言われずとも判った。この男が、瀬戸龍馬だ。

「おかえり、父さん」

悠人くんのこんな声色を、初めて聞いた。怯《おび》えや遠慮だけじゃない。その声には、媚《こ》びがあった。

「あら、悠人くんじゃない。今日は家にいるのお？」

瀬戸龍馬の後ろから、派手なメイクをした女性が顔を見せた。若作りをしているけれど、結構年が行っているようだ。目がとろんとしていて、昼間なのに酔っ払っている。

「なんだ、その女」

目が合った瞬間、私はぶるっと震えた。私の心をまっすぐ突き刺すような、直線的な強さを持つ目だった。

「初めてだな。お前が彼女を連れ込むなんて」

「いや、彼女とかじゃないけど……」

「窓開けろ」

窓？　私が疑問に思う間もなく、悠人くんはきびきびと動き、窓を開けた。瀬戸龍馬は私を見て、にやりと笑う。

「お前、処女だろ」

何を言われたか判らなかった。瀬戸龍馬はますます嬉しそうな顔になる。

「処女の臭い、苦手なんだよ。換気しないとな」

笑っているけど、冗談じゃなさそうだった。悠人くんが私の横に座る。瀬戸龍馬は私から目を離さない。

「どこで知りあったんだ、お前ら」

「中学の先輩なんだよ」

「ほう、ナンパでもしたのか、悠人」

「いや、部活で知り合ったんだけど」

「部活？」

瀬戸龍馬の声に、棘《とげ》が交ざった。

「部活なんかいつはじめたんだ」

「先週から、だよ。ボードゲーム研究会っていう部活」

「聞いてねえぞ。誰がそんなことを許可した？」

「言いそびれてた、ごめん。でも結局入部しなかったから、言う必要もないと思って」

「入部しなかった？　なら、この女はなんだ。なら、なぜここにいる」

瀬戸龍馬の声が刺々しさを増す。悠人くんは答えられなかった。

「お前、何を隠してる」

「隠してない。本当だよ。この人は部活の先輩で……」

ばちん。

巨大な風船が割れるような音がした。悠人くんが吹っ飛び、壁に叩きつけられた。

「嘘つきが。そんな風に育てた覚えはねえぞ」

倒れ込んだ悠人くんは、少しだけ身体を起こす。その髪の毛を、瀬戸龍馬が摑んだ。

「この女はなんだ。お前のこれか？」

小指を立てる。悠人くんの口の端から、だらりと血が垂れる。顎《あご》を伝う紅が、不思議と綺麗なものに見えた。瀬戸龍馬の近くにいた派手な女性は、にやにやしながらことの推移を見守っている。瀬戸龍馬は眼球を圧迫するように、立てた小指を悠人くんの左瞼《まぶた》に押し当てる。

「早く答えろよ」

「だから……部活で知り合った、ただの先輩なんです。そういう関係じゃありません」

「じゃあ、なぜ家にいる」

「そこの部長とトラブっちゃって、謝れないか相談してたんです。学校とか外とかで会うと、同級生に見つかったときに彼女だって勘違いされるから、家にきてもらって」

「女の家にいけばいい。なんで俺の留守の間に、女を連れ込む必要がある」

瀬戸龍馬が私を見る。こんな目は、見たことがない。睨まれただけで、全身が石になったみたいに動かなくなる。

「お前。いまから、何をするつもりだった？」

声が出せなかった。

「処女を捨てるつもりだったか？　俺の息子で」

何も言えない。口の中が渇いている。

瀬戸龍馬が一歩近づく。その目が、少し大きくなる。

「やるなら、横から撮らせろよ。処女のセックスは、貴重だ」

「何それ、社長。ウケる」

瀬戸龍馬の連れの女性が、爆笑する。瀬戸龍馬は、つまらなそうに顔を歪《ゆが》めた。

息が苦しい。呼吸ができていないのか、過呼吸なのか、それすらも判らなかった。どう呼吸をすればいいか、よく判らない。

ちゃぶ台を見た。悠人くんがさっきメモを取っていたシャーペンが、目に留まる。

イメージが浮かぶ。シャーペンを持ち、瀬戸龍馬に飛びかかる。やるなら、目しかない。ペン一本で致命傷を与えるなら、そこだ。

目を狙うのは難しい。おそらく、簡単に避《よ》けられてしまうだろう。でも、それがやれるのは私しかいない。警戒されていない、私しか……。

「ねえ社長、あんまりいじめたら可哀想だよ」

連れの女性の声が聞こえた。

「悠人くんさあ、私たちこれから忙しいから、外に行ってくれるかな？　ね、社長」

瀬戸龍馬はしばらく沈黙したあと、悠人くんを解放し、私から視線を逸らした。糸の切れた凧《たこ》になった気分だった。自分を縛りつけていた強い力から、一気に自由になったのを感じる。

「俺たちは忙しい。早く出てけ」

「行きましょう」

悠人くんが私の手を摑む。逃げるように、私たちは玄関に向かった。

8

「山根さん……すみませんでした」

私たちは「いちごファーム」のカフェテラスで、向かい合っていた。

いちごファームとは、街の外れにある小さなスーパーだ。目熊市の名産であるいちごをはじめ、地元の農家が作った野菜や果物など普通のスーパーでは買えない地のものが手に入る。隣にある大きなカフェは、それらを使ったデザートやお茶が飲める人気店だ。ただアクセスがかなり悪く、学区からもかなり離れたところにあるので、学校の関係者はほとんどいないはずだった。

「たぶん……大丈夫……」

答えてはみたものの、まだ手足が微妙に震えていた。酸素が足りない気がするけれど、闇雲に息をして過呼吸になるのも怖かった。私はゆっくりと、深呼吸を繰り返す。

「本当にすみませんでした。あいつ、土曜は仕事に出てるはずだったんです。まさかあんなことになるなんて……」

「無理だと、思う」

私は言った。

「あの人を殺すのは、無理だと思う」

さっきから考えていたことだった。

　体格差とか年齢とか、そういう問題じゃない。生物として、まるで違う感じがした。もしも私が男性で、彼と同じ年齢・体格だったとしても、無理だ。草食動物が食物連鎖の壁を越えられないのと同じで、食われるのは私のほうだ。

「まあまあ、そんなに早まらないでください」

「できないものはできない。もっと強力な助《すけ》っ人《と》を探したほうがいいよ」

「どこにいるんですか、そんな人」

「ネットの……闇サイトとか？」

「適当なこと言わないでくださいよ。山根さん以上のパートナーはいないですよ」

　悠人くんは持ち上げるようなことを言って、ボリボリと頭を掻く。

「でも、かっこ悪いところ、見せちゃいましたね。恥ずかしいな」

「そんなことないよ。あんな人を前にしたら、誰だって怖いと思う」

「怖い、っていうのもあるんですけど……」

　ふーっと、悠人くんはため息をついた。

「面と向かって話してると、やっぱり気持ちが疼《うず》くんです」

「どういうこと？」

「あんなのでも、父親ですから。楽しかった記憶なんか何もないし、毎日虫けらみたいに踏み潰《つぶ》されてるのに、面と向かっちゃうと、殺す気持ちみたいのが萎《な》えてくるんですよ。こうやって山根さんと話してると、殺さなきゃって思うのに。やっぱり家族って、本能的なつながりみたいなものがあるんですかね。んで、そういうものをあいつに感じると、めちゃくちゃ落ち込むんです」

　ハッと、テーブルに目を下ろす。震える手で、悠人くんが私の手の甲を握っていた。

「ごめんなさい」

　一瞬で離す。私は、ざわざわとしていた。悠人くんの手は、死人みたいに冷たかった。

　泣き言を言っている場合じゃない。

　あんなに強い悠人くんが、なぜ私を頼ってきたのか、判った気がした。殺意を後押ししてくれるパートナーが欲しかったのだ。ひとりであの男の前に立ったら、できないことが判っているから。

　さっきまでのもやもやが吹き飛んでいた。私の脳裏に、瀬戸龍馬の熊みたいな全身が浮かんでいた。

　ひとつだけはっきりしたのは、真正面から挑んで勝てる相手じゃないということだ。

　悠人くんは眠らせたところを叩くということを考えていたけれど、それでも無理かもしれない。

　目を閉じた。殺人について考えていると、気持ちが凪《な》いでくる。

「毒しか、ないかな」

　私は言った。

「毒は弱者の武器って言われる。私たちが使うのに、ちょうどいい。弱者の中には、女性全般のことも入るしね。毒殺魔の女性は、実際に歴史上にもたくさんいる」

「いいじゃないですか。なんで最初からそれを言ってくれなかったんですか」

「毒は入手が難しいの。例えば、漫画によく出てくるシアン化カリウム……青酸カリは、メッキ工場とか産廃の業者にあるらしいけど、管理は相当厳重だと思う。たまに盗まれたってニュースが流れるけど、私たちじゃ無理」

「農薬とかはどうですか。毒が混ざってるって聞いたことがあります」

「いまの農薬はかなり安全になってるって聞くし、もし手に入れられたとしても、私たちが農薬なんかを買ったら、目立つよ。農家の人ならともかく」

私は指を組む。

「入手が難しいっていうのは、入手することが目立つってことでもある。どこかから無理やり調達することは、ネットを使えばできるかもしれない。でも、あまり流通してないものを用意しようとすると、足がつきやすい」

「ストリキニーネはどうですか」

悠人くんは名案を思いついたように言う。

「まだ残ってます。ストリキニーネ」

「それを使ってもいいんだけど……でも、やっぱり足がつくんじゃないかな。もともとは加奈子ちゃんが手に入れたものだし」

「でも、三年前の事件のときは上手くいきました」

確かにそうだった。いまから考えてみたら、あれは完全犯罪だった。毒を飲ませた直後に加奈子が貯水槽に上り転落したせいで、私は疑われもしなかった。

毒を飲ませながら、毒殺じゃないと警察に思わせる方法。それが考え出せればいい。でも、加奈子が死んだときのような状況を、狙って作ることができるのだろうか？　そんな上手い方法が……。

「山根先輩？」

そのとき、背後から声をかけられた。

「薫……？」

振り返ると、薫が立っていた。こんなところで会うとは思わなかった。薫はジャージを着て、竹刀のケースを担いでいる。反対の手には、買いもの袋があった。

「あれ……君は、この前の……」

悠人くんを見ながら呟く。薫は何かを察したような表情になる。

「すみません、お取り込み中でしたか。お邪魔しました」

「いや、お取り込み中じゃないよ。ちょっと、その……」

「別に隠す必要ないですよ。私にも、そのくらいは判ります」

いやいや、先走り過ぎだ。私は頬をかきながら言う。

「薫の家、この辺だっけ？」

「いえ、道場が近くにあるんです。帰りはここで買いものして帰るようにしてまして」

「そんなにたくさん？」

　薫の買いもの袋はパンパンにふくれていて、小さな米袋まで入っているようだった。

薫はそれを軽々と持ち上げて言う。

「こんなの軽いほうです。いちご祭りのときはもっと買いますよ」

「いちご祭り？」

「毎月やっている特売です。私、特売マニアなんです。情報、お教えしますよ」

薫はそう言って、私から目を逸らす。その目が、一点で止まった。

「君、どうした。その顔」

　ひやりとした。薫の目は、悠人くんの腫《は》れた頬に向けられていた。悠人くんはにやっと笑う。

「さっき歩いてて転んだんですよ。それで、ここを打って」

「転んで顔面を打つのはおかしい。人間は普通、倒れるときに手をつく。貧血で失神したとかじゃなければ」

「まさにそうです。貧血で失神したんです。それで、顔を」

「誰に殴られた？」

　薫の声が鋭さを増す。悠人くんはにやついたまま答えない。

「先輩。彼は誰に殴られたんですか」

薫は私のほうを見る。

「先輩じゃないですよね。性格的にも物理的にも、山根先輩にできるわけないです」

「だから、転んだんですよ。なんで判らないかなあ」

「校内暴力ですか。家庭内暴力ですか」

私は表情を消すことに努めた。薫は特別頭の回転が速いわけじゃないけれど、動物的な勘を持っている。ボードゲームをやっていても、説明のつかない手筋で勝ちをさらっていくことが何度もあった。わずかな表情の変化も、出すわけにはいかない。

薫の表情が、ますます険しくなる。

「山根先輩。見た以上は放置できませんよ」

「ねえ、先輩。余計なお世話って言葉、先輩の辞書にはないんですか。よく使う言葉ですから、書き加えといたほうがいいですよ」

「校内暴力なら、風紀委員として見逃せない。家庭内暴力なら、早く役所に相談しなさい。児童相談所とか警察とか、知らない？　教えてあげようか」

「いい加減にしてくださいよ」

がたっと音を鳴らし、悠人くんが立ち上がった。薫はその瞬間、後ろに飛び退《すさ》って荷物を地面に置く。素早い動作で竹刀ケースを肩から下ろし、ファスナーに指をかける。

「怪我人だからって、手加減できないよ。私、不器用だし」

薫はそう言って、竹刀ケースのファスナーを少しだけ開けた。

ふたりは、テーブルを挟んで向かい合う。

悠人くんは不機嫌そうに、薫を睨みつけている。獣のような殺気だった。一方の薫からは、余計な感情は出ていない。いつでも竹刀を出せる体勢を取りながら、相手を観察するようにじっと悠人くんを見つめている。

ふたつの対照的な視線。その間に、私はいた。私の脳裏には、蹴りを食らって倒れ込む岡見くんの姿が浮かんでいた。薫が剣道の有段者といっても、所詮《しょせん》は女の子だ。悠人くんが本気でかかったら、ただじゃ済まない。

悠人くんが動いた。私の身体が、びくっと反応する。

「女は殴りません、僕は」

彼は、薫に向かっていかなかった。大きな音を立て、椅子に座り直した。

薫はその様子を見て、竹刀ケースのファスナーをゆっくりと閉めた。

「……とにかく、余計なことはしないでください。迷惑です」

「判ったよ」

薫は竹刀ケースをかつぎなおして言う。

「でも、きちんとしかるべきところに行きなさい。校内暴力なら、私のところにくれば相談に乗る。口外もしない。判ったね」

「判りません」

「山根先輩、お邪魔しました。今度こそ、帰ります」

薫は礼をして去っていった。

「なんなんですか、あの人」

悠人くんは鼻を鳴らして言った。

「事情も知らないのに、あーだこーだと。なんであんなに無神経なんですかね。宮野さんでしたっけ。あの人もそうだったけど」

「マキのことは、君が悪いよ。あの子、イカサマとかすごく嫌いだから」

「イカサマは僕が悪いですよ。そうじゃなくて、なんだろう」

悠人くんは考え込むように腕を組む。

「強い人間」

「え？」

「強い人間、苦手なんです、僕」

「君も充分強いでしょ。岡見くんを叩きのめしちゃったし」

「そういうことじゃないです。困難があったら、正攻法で乗り越えればいい。そんな風に考える人間が、嫌いなんです」

悠人くんの言葉に、私はハッとした。

「反対から考えてみると、正攻法で乗り切れる程度の壁しか、あの人たちの人生にはないんだと思います。あの人たちの親は、龍馬じゃない」

「そうかもね」

「外法を使わないとどうしようもない問題だって、あるでしょう」

私は目を逸らした。そっけなくしてないと、悠人くんを肯定しすぎてしまう気がした。

マキの言う正論。それに従えないことが、ずっと後ろめたかった。

悠人くんの言葉は、救いのようだった。私も同じだ。加奈子と向かい合ったとき。あのとき、どんな正攻法があったのだろう。

「弱い人間だって、いるもんね」

私は言った。言葉にした瞬間、少しだけ、何かから解放された気がした。

9

いちごファームでついでに買い出しを済ませ、家に帰ったら夕方になっていた。

いちごファームには、近所のスーパーでは見ないようなものが色々と置いてある。調理用トマトとハバネロ、近所の農家で燻製《くんせい》したという自家製のベーコン。珍しい食材を色々買うことができたので、少し辛めのミネストローネでも作ろうと算段しつつ、キッチンに入った。

「理子」

お兄ちゃんがソファに寝そべっていた。ビールの空き缶が二本、テーブルに置かれている。テレビでは野球がついていて、試合の合間なのかマスコットが踊っている。

「ちょっと待って。おつまみ作るから」

「気が利くね、ありがとう」

お兄ちゃんは休日だけお酒を飲む。好きな野球も見られて、機嫌がいいみたいだった。

私はキャベツとソーセージでコンソメ炒《いた》めを作り、お兄ちゃんの前に置く。

ふと、考えが浮かんだ。マキに対するわだかまりはあったけれど、お兄ちゃんの機嫌がいいいまは、部活のことを相談するチャンスだ。この前怒られたことも、水に流してくれるかもしれない。

「お兄ちゃん。相談があるんだけど……」

「ん？　何？」

「私、部活に戻りたいなって思ってて」

「ああ……。そういえばやってたね。ボードゲーム部だっけ？」

「ボードゲーム研究会。この半年で家事にも慣れたし、いまなら両立できるかなって思ってて。この前みたいなことはしないから、部活に戻っていい？　ママは、反対するかもしれないけど……」

「いいと思うよ。別に」

お兄ちゃんはことも無げに答える。

「人間、好きなことをやるのが一番だしね。やることさえきちんとやってくれれば」

「うん、判ってる」

「ただ、母さんを怒らせないようにね。調子、悪いんだからさ」

頷いた。ここで反対されていたら、完全に希望の芽が消えていたところだった。積極的な賛成じゃなくても、お兄ちゃんの了解が取れたのは大きい。

ありがとう。そう言おうとした瞬間だった。

「理子さ」

お兄ちゃんが口を開く。

「河原で、何してた？」

その言葉に、背筋が凍りついた。

「午前中、河原にいたよね。散歩？」

「やだ、見てたの？　声かけてくれればいいのに……」

「見てたっていうか、たまたま通りかかってね」

たまたま、なんであんなところを通りかかったんだろう？　疑問に思っていると、お兄ちゃんが顔を上げた。

冷たい目をしていた。口元や頬は緩んでいるのに、目だけが冷徹に私を見据えている。お酒のせいだけじゃない気がする。いつか私に襲いかかったときと同じ、お兄ちゃんの中にいる何かが、私を見つめている気がした。

「ホームレスと話してたよね。あれ、何やってたの？　絡まれてた？」

「絡まれてなんか、ないよ。たまたま、ちょっと話す流れになっただけ」

「たまたまそういう流れになるって、どういう流れ？」

執拗《しつよう》な追及に、私は唾を飲み込んだ。

「理子。なんで隠すんだよ？」

私の内側に入り込むような声だった。心の中を、優しく撫《な》で回されている感じがした。

「河原を散歩したくて、歩いてたら話しかけられたの。それで、ちょっと話しただけ。そんなに変？」

「ふーん」

　お兄ちゃんは黙った。何かを考えるように、少し遠くを見る。

「そう言えば……一緒にいた子、あれ、マキちゃんだよね？」

　突然、マキの名前が出てきた。子供のころによく家にきていたマキは、お兄ちゃんとも顔見知りだ。

「そうだよ……。マキだよ。それがどうかした？」

「あの子とはあそこでたまたま会ったの？」

「いや……。デートしてただけだけど……」

「ふーん。大きくなったね、マキちゃんも」

　お兄ちゃんは私に背を向けて、野球をやっているテレビのほうに視線を移した。話は終わり、のようだった。

　私はキッチンを出て、階上に向かった。晩ご飯を作らないといけないのだけど、一旦《いったん》気持ちを落ち着けないと、作業に取りかかれない。

お兄ちゃんは、どうしてあんなことを聞いたんだろう。というよりも、河原で私たちのことを見かけたというのは、本当に偶然なんだろうか。私は出かけてからマキの家に直行し、その足で河原に向かった。お兄ちゃんが、尾行をしていたとしたら……？

部屋に入り、ベッドに倒れ込む。キャビネットの一番下が見えた。その中には、チョコレートリキュールが入っている。喉《のど》がごくりと鳴ったけど、晩ご飯の前に飲むわけにはいかない。

「え……？」

思わず、声が出た。

部屋の中にあるものの配置が、微妙におかしくなっている感じがした。

立ち上がる。机の上を見回す。机の上は散らかっているけれど、私の知っている混沌《こんとん》じゃなかった。混沌をかき混ぜて、なんとか元の位置に戻そうとした。そんな意志が漂っていた。

「お兄ちゃん……」

たぶん、間違いない。お兄ちゃんが、忍び込んだのだ。

でも、なんで？私がお兄ちゃんを調べていることに気づいたのかもしれないけれど、何もしていなければ気にする必要なんかない。お兄ちゃんが私の部屋に踏み込んだということは、何かを隠している証拠なんじゃないだろうか……？

ドアのほうを見た。お兄ちゃんに盗み聞きをされている気がして、私は息をするのも怖くなってしまった。

10

週が明け、また学校での時間がやってきた。

相変わらず教室では、私は空気だ。いてもいなくても、あまり気にする人はいない。ただ、ここ数日でより空気度が上がった感じがした。原因は、沙苗の態度だ。沙苗は私を見ると、少し怯えたような表情を見せるようになった。私に向けられていた憎悪の炎は、油田が涸《か》れたように消えている。

部室棟の事件のことは、公にはならなかった。悠人くんの脅しが利いているのだろう。彼氏が一年生にボコボコにやられたなんてことが広まったら、岡見くんだけでなく、沙苗自身の評価にも傷がつく。おとなしい沙苗を見ていると、ことあるごとに彼女に突っかかられていたことがそれなりにストレスになっていたことに気づく。いまの私の状況下で、教室がより静かな忘却《リンボ》になったことは、正直ありがたかった。

放課後、ボードゲーム研究会に向かうと、新しい顔があった。

「新入部員の真田修《さなだおさむ》です。よろしくお願いします」

ちょうど先週の月曜日、マキと将棋を指していた一年生だった。

「入部したんだ。将棋部と兼部するの？」

「いえ、こっちだけです。もともと将棋部も、そんなに真面目にやるつもりはなかったですし、もっと強い人と指せる場所がありますから。ここなら、なんか別の角度から将棋を考えられるかなって思いまして」

「将棋部よりもうちのほうが強くなっちゃったね、これで」

「宮野さんもいますしね」

真田くんが言うと、マキをはじめ全員が笑う。その中には、薫の姿もあった。

薫は真田くんの暴言の数々を、許したようだ。私がくる前に、真田くんからきちんと謝罪があったのだろう。薫は自分にも他人にも厳しいけれど、そういう点ではつきあいやすい。こちらが誠実に接すれば、誠実に接してくれる。

「じゃあみんな集まったところで、五人でできるゲームでもやろうか」

マキが声をかけ、笑里がそれに応じる。

「賛成ー。じゃあじゃあ、『ノイ』とかどうですか、マキ先輩」

「『ノイ』か、いいね。カードゲーム入門にもちょうどいい」

確かに、『ノイ』はいいチョイスだ。

『ノイ』はカードゲームだ。ルールは簡単で、まず手札として数字の書かれた三枚のカードを持つ。

プレイヤーは順番に一枚ずつカードを場に捨て、山札から補充する。ルールはシンプルで、場の数字の合計が百一を超えないこと。例えば、場のカードの合計が九十五のとき、七以上のカードしか持っていないと、出せるカードがないのでその人は負けになる。

　マキはカードを取り出し、シャッフルをはじめる。その鮮やかな手つきに、真田くんが見とれる。

　カードが配られる。手札を開くと、1、50、PASSの三つだった。PASSは手番を飛ばせるカードで、場の合計が百のような危険な状況が回ってきたときに、爆弾を次の人に押しつけることができる。

　先手はマキ。捨てたのは、9の札だった。私は50の札を捨て、新たに10の札を引く。

薫、真田くん、笑里と手番が回り、場に数字が積み重なっていく。

『ノイ』は手札がたった三枚というのが肝だ。選択肢は常に三つで、どのカードをどう処理していくかに戦略性が求められる。最善手を打ち続けていても、悪いカードを引くと負けになってしまう。戦略と運。面白いゲームは、このふたつのバランスがいい。

「はい」

　私は10を捨てた。場の合計はちょうど百になる。次の手番は薫だ。彼女が1以下のカードを持っていなければ、負けだ。

「じゃあ、これで」

　薫はそう言って、PASSのカードを出す。手番が次の真田くんに回る。

「さなぴょん、降参かな」

笑里が挑戦的に笑う。真田くんはさなぴょんになったらしい。

「ちっちっ、甘いです」

真田くんが出したカードは、TURNだった。場の流れを逆回りにさせるカードだ。次の手番は、薫になる。薫は手札をすべて机の上に広げた。

「やるじゃん、将棋男」

「さなぴょん、ナイスプレイ」

笑里がそう言って、ハイタッチを求める。真田くんは少し照れつつも、それに応じた。

いい感じだ。かなり癖の強そうな子だったので心配していたけれど、薫と笑里の面倒見のよさがその懸念を抑えてくれている。真田くんはこの部に馴染《なじ》むかもしれない。自分たちが作った部で後輩が仲よくするのを見るのは、嬉しい。

マキがカードを回収し、切りはじめる。『ノイ』はワンゲームに費やす時間が短い。中毒性が高く、次のゲーム、次のゲームと盛り上がってなかなか終われなくなる。

「さなぴょんは、小学校はどこに通ってたの？」

配られたカードを広げながら、笑里が聞いた。

「小学校は、ちょっと離れてます。久喜《くき》のほうですから。最近、親の転勤でこっちに引っ越してきまして」

「道理で見たことがないと思ったよ。普通、あれくらい将棋が指せる子なら、嫌でも目に入ってくるからさ」マキがカードを捨てながら言う。

「でも僕は〝宮野マキ〟のことは知ってましたよ。この中学にいることも」

「そりゃ知ってるだろ」薫が口を挟む。

「宮野先輩は有名人だぞ。『月刊ボードゲーム』にも載ってんだぞ」

「いやそんな雑誌、知りませんけど……」

「いま知れ。バックナンバーあるから、全部読め」

無茶なことを言いながらカードを捨てる。こういう風に、あれこれ話しながらゲームができるのも、カードゲームのいいところだった。会話とプレイスタイルの両面から、その人の内面を知ることができる。学校の授業でもカードゲームをやれば、生徒同士でもっと仲よくなれるのに。

「さなぴょんはさあ、彼女はいるの？」

笑里が聞いた。彼女は三度の飯よりも恋バナが好きだ。薫が眉を寄せる。

「初日に聞くなよ、そんなこと。お前の頭の中はそれしかないのか、村井」

「薫ちゃんには聞かないよ。薫ちゃんの彼氏は日本刀だもんね」

「斬り殺すぞ、お前」

「あ、木刀のほうだっけ」

「殴り殺す」

薫は言いながらカードを捨てる。マキが嬉しそうにふたりのじゃれ合いを見ている。

「彼女、いないです」

真田くんが答える。

「でも、いいなと思ってた子は何人かいました」

「へえー、さなぴょん、意外。将棋しか興味がないんだと思ってたー」

「でも、いつも上手くいかないんです。片思いのまま終わっちゃったり、告白もしたことなくて」

「小学生だもん、仕方ないよね。でもそこはガツンと、男子のほうから行かないと！」

「村井、うるさい」

薫が冷たく言い放っても、火がついた笑里は止まらない。マタタビにかぶりつく猫みたいに、目が爛々《らんらん》と輝いている。

「行こうと思ってたんですよねえ」真田くんは呟くように言った。

「去年、ちょっと好きだった子がいたんです。僕、囲碁将棋クラブの部長をやってて、副部長だった子が気になってて」

「いいねいいね、部長と副部長なんて、ときめくなぁ」

「もちろん宮野先輩ほどじゃないですけど、その子も結構将棋が強くて、お互いに尊敬してたんですよね。でもその子、夏休み明けくらいだったかな、学校にこなくなっちゃったんです」

「えっ、それはなんで？」

「結局詳しくは聞けませんでした。その子、中学は遠くに行ってしまって、それっきりです。でも、噂は聞きました。その――道端で襲われたって」

「襲われた？」

「〝ピース〟って知ってます？」

ピース？　ピースサインのことだろうか。私も薫も笑里もキョトンとする中、マキだけがぴくりと反応した。

「それ……　〝ちょき〟のこと？」

「あ、こっちではそう呼ばれているんですか？」

「うん。真田くんが住んでたほうにも、出てたんだ……」

〝ちょき〟の話は、もちろん知っている。何年かに一度出没する、変な痴漢のことだ。

「その子から聞いたわけじゃないんですけど、夜、塾の帰り道で〝ピース〟に会ったみたいなんです。暗い道でいきなり路地裏に連れ込まれて、後ろから抱きかかえられて、ピースサインをしてきて……それで」

「目をよこせって、言ってくる？」

真田くんは頷《うなず》いた。やはり、〝ピース〟と〝ちょき〟は、同じ人物らしい。

私の知っている話は、こうだった。〝ちょき〟は女の子を暗がりに連れ込んで、まずピースサインをする。そして身体を触りながら、「目をちょうだい」と言って、両方の指を、目に突っ込んでこようとする。

抵抗しても、許してくれない。何度も「目をちょうだい」と繰り返して、目をほじくり出そうとする。それでも諦めずに抵抗し続けていると「じゃあ身体のどこかをちょうだい」と、鋏《はさみ》を出してくる。何かを切らせてあげると、ようやく解放される。

「その子は、髪の毛を切らせたみたいです。綺麗なポニーテールだったんですけど、ばっさり切られちゃったみたいで、それで表に出られなくなっちゃったみたいで」

「ひどいね」

　マキは、沈痛な面持ちになっていた。

　ゲームは進行しているけれど、その上を飛び交う会話は〝ちょき〟の話ばかりになる。

私の知り合いも被害にあった。さすがに目をあげた子は聞いたことない。あげるわけないのに、目を欲しがるなんて馬鹿だよね。十年前くらいからあちこちでやってるみたい。なんで捕まらないんだろうね。期間と場所を分散してやってるから、難しいって聞いたよ。

「〝銭湯さん〟が〝ちょき〟だったって説も、ありますよね」

　笑里が言った瞬間、マキの顔がこわばった。

「河原で〝ちょき〟に襲われた人、何人かいるって。〝銭湯さん〟、ほら、刃物とか持ってるらしいじゃないですか」

　さすがに笑里は耳ざとい。私はハラハラしながら、彼女の口元を見つめた。

　四年前、小学五年生のころ、マキの友人の松田聡美が河原で事件にあった。それの犯人が〝ちょき〟だったのだ。

聡美も髪を切られ、ずっと帽子をかぶって登校していたが、周りからの気遣いにだんだん耐えられなくなってしまったのか、その後一年くらい休んでいた。最後のほうは復帰できて卒業式は一緒に出られたけれど、いまは別の学校に行ってしまって消息はよく判らない。

「笑里、あまりそういうこと言わないほうがいいよ」

「え、なんでですか」

「証拠はないでしょ。冤罪かもしれないし、よくないよ」

「判ってます。判ってますけど……あ、ひょっとして〝銭湯さん〟が殺されたのって、そのときに恨みに思った人が……」

「やめて。傷ついてる人もいるんだよ」

マキはそこで、持っていたカードを全部場に放り投げた。「駄目、負け」出せるカードがなくなったようだ。マキは続けざまにカードを集めてシャッフルをしはじめるが、その音がいつもより鋭い。笑里は申し訳なさそうに眉を寄せていて、薫もむっつりと黙り込んでしまった。真田くんは少し気まずい表情になっている。

――嫌だな。

せっかくのゲームがおかしな空気になってしまったのが、残念だった。新しい子もきたし、さっきまで全員で楽しんでいたのに。何より――。

「マキ、駄目だよ」気がつくと、私は言っていた。

「部長がそんな顔したら駄目。マキのそんな顔、見たくない」

「理子……」

「どこの誰かも判らない変人のせいで、私たちの時間が汚されるなんて、嫌だよ。このゲームを楽しまないと、〝ちょき〟に負けたことになる。私たちはもっと強いでしょ？ね、楽しくやろう？」

　空気を変えたいと思って言ったが、みんな、私の言葉を真剣に聞いてくれたみたいだった。笑里はうるうるとした目で私を見ている。

「理子、ありがとう」

　テーブルを見つめていたマキは、吹っ切るように言って、シャッフルを再開した。その音は、いつも通りの安定した綺麗な音に戻っていた。

「山根先輩」

　薫が親指を立ててくれる。私は微笑んで、彼女に応じた。

11

　その後の時間は盛り上がり、私は充実した気持ちで家に帰っていた。

　最近、マキや薫とは色々あった。でも、一緒に机を囲んでいるとよく判る。ふたりとも、やっぱりいい子なのだ。私が、ふたりにきちんと向き合えていないだけで――。

「理子ちゃん先輩、このまま復帰してくれるんですよね？」

カードゲームをやっている最中、笑里にそう言われた。

「やっぱり理子ちゃん先輩がいると、空気が柔らかくなるんですよねー。なんか、ライオンの檻《おり》に猫がまざる感じっていうか。受験までしか出られないかもですけど、復帰して欲しいなあ。だよね、薫ちゃん？」

「お前の比喩《ひゆ》はよく判らんがな」

薫は突っこみながらも、真面目な表情で頷いた。

自宅に帰り、部屋に入る。ベッドに寝転がり、楽しかった時間を頭の中で反芻《はんすう》する。やっぱり〝ボー研〟はいい。身の回りのゴタゴタを落ち着けて、早く戻りたい。もうすぐ受験勉強がはじまってしまう。私に、あまり時間はないのだ。

でも、このゴタゴタが落ち着くときなんか、くるのだろうか――。

がたん。

そのとき、隣の部屋から音が聞こえた。

「お兄ちゃん？」

声をかける。まだ時刻は十七時だ。お兄ちゃんが帰ってくる時間帯じゃない。

廊下に出る。お兄ちゃんの部屋の前に立つと、中から何か物音がした。人の気配はなく、ノックをしたけれど、返事がなかった。

「ちょっと、入るよ？」

声をかけながら、ドアを開ける。鍵はかかっていなかった。

中を覗くと、戸締まりを忘れたのだろうか、窓が開いていた。風が入ってきていて、窓の近くに置かれた小物入れが床に散らばっている。さっきのは、どうやらこれが落ちた音みたいだ。

「だらしないなあ」

ものを直すために、中に入る。そこで私は、あることに気づいた。

これは、チャンスなんじゃないか。

窓を閉めるという名目で、お兄ちゃんの部屋に入ることができた。ならばそのついでに、色々なものを調べてしまえばいい。

「お互い様、だよね」

私もやられたことだと自分に言い聞かせ、私はドアを閉めた。

お兄ちゃんの部屋は、几帳面《きちょうめん》な性格らしく整然としていた。整理整頓《せいとん》のできない私と違って、お兄ちゃんはどこに何を置くのか、全部配置を決めている感じがする。

まず私は、クローゼットに向かった。

引き出しを開けた。下着やシャツがきちんと畳まれて並んでいる。闇雲に手をつけたら、お兄ちゃんには判るだろう。配置を崩さないように注意しながら、中を調べていく。

おかしなものはなかった。泥のついたシャツ、インナー、ジーンズ。そういうものはない。どれも知っている服ばかりで、見慣れない服がいきなり現れたというのもない。

次に、机に向かった。机の上には仕事用のファイルがある程度だ。机の下にあるキャビネットを、上の段から開けていく。凶器。殺人の計画書。報道の新聞記事。そんなものがないか探してみたけれど、文房具や書類しか入っていない。上から三段目にアダルトDVDが入っていて目のやり場に困ったけれど、それも成人男性にとっては特別怪しいものではないだろう。

一番下の引き出しに、モーニングページのノートがあった。だらだらとした記述の中に、地図の書き込みがひとつ増えている。どこだか判らないけれど、怪しいものといえばこれくらいだ。私はスマホを取り出し、写真を撮った。

ひと通り部屋を見てみたけれど、殺人の証拠どころか、それを匂わせるものすら何もない。処分してしまっただけかもしれないけれど、人をひとり殺しておいて、ここまで綺麗に痕跡を拭い去れるものなのだろうか。

「やっぱりか」

今回も、いつものあれだ。過剰な不安。取り越し苦労。何回も繰り返している、お馴染みのやつだった。お兄ちゃんが、殺人犯？　その言葉を頭の中で唱えて、改めて馬鹿馬鹿しさに気づいた。そんなことがあるわけない。

もう終わりにしよう。「ゴタゴタ」のひとつは、これで解決だ。私はそう決め、床に転がった小物入れを拾うために腰をかがめた。

そのとき、ベッドの下に、何かがあるのが見えた。

床とシングルベッドの間の、狭い空間。その奥に、黒いビニール袋があった。

――なんだろう？

スーパーの袋くらいの、小振りなものだ。整然とした部屋の中にあって、その黒い袋は、真っ白なシャツに落ちた一滴の墨汁みたいな強い存在感があった。昔のゴミ袋は黒かったと聞いたけれど、いまあんなものはあまり売ってない気がする。

私は立てかけてあったフローリングワイパーを摑み、かがみ込んでベッドの奥に伸ばした。上手く操ることができず、ふらふらとした柄の先がカンカンとベッドの底や床を叩いてしまうけれど、なんとかビニールに届く。

かちゃりと、金属の音がした。ワイパーを操って引き出すにつれ、カチャカチャと金属が当たる音が響く。

――何、これ？

ビニール袋は固結びで縛ってあって、手に取ってみても正体が判らない。金属の音がしていたから、中に工具みたいなものが入っているのかと思ったけれど、手に取ってみるとふわふわとしている。金属製の何かと一緒に、綿のようなものが大量に詰め込まれている感じだ。

袋を開けて、もとに戻せるだろうか？ ビニールは紙と違って、折り目がずっと残ったりはしない。破らなければ、たぶん大丈夫だろう。

私は、爪の先を結び目にかけた。

「理子」

どくんと、心臓が跳ねた。

「そこ、あなたの部屋じゃないでしょ」

顔を上げて振り向くと、青白い顔をしたママが立っていた。

咄嗟《とっさ》に、ビニール袋をベッドの下に滑り込ませた。ママは私の背後から声をかけてきた。私が持っていたものが何か、死角で見えていないはずだ。

「何やってるの？　早く出なさい」

ほっと息をつきそうになった。上手くごまかせたみたいだ。

「いや、窓が開いてて、小物入れが散らばってたの。それで……」

ママは虚《うつ》ろな目で私のことを見ている。私は立ち上がり、ごまかすように続けた。

「ほんとだよ。ベッドの下まで入り込んでたから、つい」

「この家を支えてるのは、誰？」

ママは、唐突に呟いた。

「あんたは中学生。私はあんたのせいで身体を壊して休んでる。そんな私たちを支えてくれてるのは、誰？」

「……お兄ちゃん、だと思う」

「だと思う、じゃない。智己だよね。この家を支えてるのは」

私は頷いた。何が言いたいのか判らなかった。

「智己の邪魔をしないで。あの子に何かあったら、この家は終わりなの」

「邪魔って……？」

ママは返事をせずに、去っていった。

――どういう意味だろう？

心臓が、どっどっと鼓動を打っている。意味が判らなかった。邪魔？　いまの会話はなんだ？　私は、何を言われた？

立ち去るママの後ろ姿を、私は見つめているしかなかった。

12

「こんな夜遅くに、抜けてきていいんですか」

二十時過ぎ。私は悠人くんと、目熊総合公園の一角でベンチに並んで座っていた。昼間は人で賑わう〝くまそう〟も、夜になるとほとんど誰もいなくなる。

「ごめん。ちょっと、相談に乗って欲しくて」

「電話でいいじゃないですか、相談くらい」

「電話だと、ほら、記録が残ったりすると、嫌だから……」

言い訳をしている、と思った。悠人くんを呼び出したのは、もっと単純な理由だった。

私は彼に、会いたかった。面と向かって、話を聞いてもらいたかったのだ。

「それで、なんですか。相談って」

「前にちょっとだけ話した……家族のこと」

「ああ。万引きをしてるってやつですか。その後直りましたか、それは」

「あれ、万引きじゃないんだよね……」

悠人くんなら受け止めてくれる。私は、信じた。

「殺人、なんだよね……」

「まさか」

「先週、河原でホームレスの人が殺された事件あったでしょ？　あれ、私のお兄ちゃんが犯人なんじゃないかって、思ってるんだけど……」

夜の〝くまそう〟は、暗いこともあってひと気が少ない。どれほど小声で話しても誰かに聞かれてしまうような気がして、私は声のボリュームを限界まで絞った。

ここまでのことを、私は悠人くんに話した。お兄ちゃんがホームレスに対し憎しみを持っていたことと、次々と出てくる状況証拠。ママが言っていた、智己の邪魔をするなという言葉。子供のころからお兄ちゃんがたまに見せてくる、凶暴性。

「うーん」

話し終えると、悠人くんは難しそうな表情になる。

「ちょっとどうなのか判らないですね。それだけだと」

「直接的な証拠が、ないってこと?」

「はい。正直、話を聞いてるだけだと疑問です。何か知られたくないことはあるのかもしれませんけど、殺人ってのは……。大体、そのベッドの下の袋って、なんなんですか?」

「あれは、コットンだと思う」

私の中に、仮説があった。

「〝銭湯さん〟の家は、火がつけられていた。ビニールシート自体はポリエチレンだから燃えるかもしれないけれど、すごい炎の勢いだったから、何か着火剤が撒かれていたはず。それが、コットンなんじゃないかと思う」

「そんなもの、着火剤になるんですか」

「コットンにワセリンを塗ると、雨の中でも燃えるくらい強い着火剤になるんだよ。犯人は灯油と木くずとかを撒いたんだと思ってたけど、コットンのほうが使いやすい」

「ちょっと待ってくださいよ」

落ち着けというように、両方の手のひらを向けてくる。

「それ、山根さんの想像ですよね? 中身が判らない以上、何も言えませんよ」

「でも、お兄ちゃんが変な動きをしてるのは事実だよ。それに、袋の中には、ふわふわしたコットンみたいなもの以外にも、何か金属が入ってた。あれがナイフだったとしたら、〝銭湯さん〟を刺した凶器かもしれない」

「それも想像だ」

「なら、何をあそこに隠してるの？　黒いビニールを縛っておいてまで」

「それは判りませんけど……逆に聞きますけど、もしそれが凶器なら、なんでそんなものを隠してるんですか？」

「え？」

「凶器なんて、とっとと捨てればいいだけでしょう。取っておく必要はない」

確かに、言われてみるとそうだ。そんな危険なものを保管しておく必要はない。

私が考えすぎなのだろうか。悠人くんの言う通り、いまのところは状況証拠があるだけだ。お兄ちゃんが〝銭湯さん〟を殺した犯人だなんて、客観的に見たら馬鹿馬鹿しいことを考えているのかもしれない。そんな冷静な論理を心にぶつけてみたが、心は静まってくれなかった。

「納得しませんか」

悠人くんが慰めるように言う。

「じゃあ、調べてみましょうよ」

「調べる？」

「お兄さんは朝方パンを買いに出かけるんですよね？　それを追いかけてみるとか、学校を出たところをつけてみるとか。犯人は犯行現場に戻るって言いますし、変な行動を取っていたら判るかもしれません」

「そんなの、すぐに判っちゃうよ。兄妹《きょうだい》だよ、私達……」

「もちろん、僕がやります。僕なら顔は割れてないはず」

暗がりの向こう。微笑んだ悠人くんの白い歯が見えた。

「一応体力づくりはしてますから、おじさんの徒歩を追いかけるくらいはできますよ」

「おじさんって……。二十六だよ、お兄ちゃんは、まだ」

「とにかく、やってみましょうよ。お兄さんの行動パターンが判ったら教えてください。なるべく動きますから。ね？」

悠人くんは励ますように言ってくれる。彼の言葉を聞いていると、気持ちが安らぐ。

「でも、どうするんですか。お兄さんが犯人だったとしたら」

それは、私にも答えが出ていない問題だった。お兄ちゃんがいなくなったら、家庭は崩壊するだろう。ママとふたりでやっていくのは精神的につらいし、そもそもお金がなくなってしまう。世間体の問題もあるだろう。殺人犯の家族として暮らすことがどれほど大変か、なんとなくだけど判る。お兄ちゃんを告発しても、私には何も得はない。

ひどいことを考えている。人が死んでいるというのに、私は、自分のことばかりだ。

「殺してあげましょうか」

「え？」

「前に口止めすればいいって言いましたよね。究極の口止めはなんでしょう？　口自体を消すことです」

悠人くんは弁解するように言う。

「いや、僕の計画を一方的に手伝ってもらうの、前から悪いって思ってたんです。交換殺人ならフェアです」

「何言ってんの……。冗談でも、そんなこと言わないで」

「なんでですか。僕は本気ですよ」

悠人くんはそう言って、スクールバッグの中から、何かを取り出した。

それは、小さなスプレー缶だった。

「前からあげようと思ってたんです。防犯スプレーです」

「これは……ＯＣガス？　実物は、初めて見た」

「さすが、ご名答。護身術なんか習うより、よっぽど役に立ちますよ。お兄さんに何かされそうになったら、使ってください」

私はそれを手に持つ。手のひらに収まるくらいの小さなものだったが、これは紛れもなく武器だ。手が、小刻みに震える。

「怖いですか？」

「うん……ちょっと、ね」

「大丈夫。思い切り押し込まないと、出ないようになってますから。鞄の奥のほうとかに隠しておけば安全です。あ、練習はしといてください。いざというときに身体が動きませんから」

悠人くんは少し真剣な表情になる。

「家族に恵まれない人間は、家族を捨ててもいいでしょう？」

「悠人くん……」

「山根さんはお兄さんに愛着があるみたいですけど、僕に言わせるとひどい人だと思いますよ。妹を不安にして。まあ、望むときがきたら言ってください。僕がやってあげます。ひどい家族を持つ、同志として」

私たちは、間違っている。世間話でもするような感じで、人を殺す話をしている。

でも、悠人くんの言葉は、私の心に染みた。私が欲している言葉だった。

手のひらの中の防犯スプレーを見つめる。月の光を受けて、金属の部分が少し輝いている。私を不安にさせるはずの凶器が、少しだけ、味方みたいにも見えた。

13

火曜日。私は学校に向かっていた。

家を出るまで、悠人くんからの連絡を待っていたけれど、尾行に関する連絡は特になかった。今日は上手くいかなかったのかもしれない。

教室に入ると、マキの周りに珍しく人だかりができていた。

「すごいね、マキのお父さん。知らなかったよ」

「名人戦って、あの名人戦なんでしょ？　有名な大会なんだよね」

「超応援してるよ。パパにも言っといて」

どうもマキのお父さんが将棋の名人戦に挑むことへの激励のようだった。その輪の中で、マキは少し戸惑ったような恥ずかしいような、微妙な表情をしている。

「マキもついていくの？　地方でやるんだよね」

行かないよ、と思った。昔から、お父さんが大きな対局のときは、お母さんが遠征についていってマキは留守番だ。

うんざりする。みんな普段は将棋なんか興味ないくせに、こういうときだけ関わろうとする。表舞台にいる人と間接的にでもつながることで、自分の価値を高めようとしているんだ。そんな下心が透けて見えて、嫌だった。

でも、一番嫌なのは、こんなことを考える自分だ。誰かを嫌うと、その嫌いが光の反射みたいに自分に跳ね返ってくる。いつもそのことに傷つくのに、やめられない。

「ねえ、山根さん」

隣の席から、益子くんに声をかけられる。

「一限の国語、ちょっと先週のノート見せてくんない？」

「ええ、また？」

「朝弱くてさあ、なんか寝ちゃうんだよね。すぐに返すからさあ」

そのとき、教室の外の廊下に、見知った顔が現れた。真田くんだった。私と目が合い、軽く手招きをしてくる。

「ちょっと待ってて」

私はそう言って、教室の外に向かった。

「真田くん。どうしたの、こんなところまで」

「すみません、宮野さんにお借りした本、読み終えたので返しにきました」

『月刊ボードゲーム』のバックナンバーだった。マキの書いた文章が載っている号だ。

「今週、ちょっと親の実家のほうで法事がありまして、明日からいないんです。なので、今日中にお返ししようと思いまして。宮野さんは……」

「いま、ちょっと忙しいみたい。私から渡しておくよ」

「ありがとうございます」

真田くんはぺこりと頭を下げる。偏屈に見えて、打ち解ければ可愛い子だ。

「来週戻りますから、またゲームしてください。楽しみにしてます」

「また〝ボー研〟でね」

去っていく真田くんの背中を、私は好もしく見送った。変な発言も多いけど、彼は素直なだけなのだ。思ったことをすぐに言ってしまうだけで、基本的にはいい子なのだと思う。私はその背中が消えるのを見届けて、席に戻ろうとした。

「お待たせ、益子くん……」

その言葉が、途中で止まった。

益子くんが、ノートを広げている。それは、彼のノートじゃなかった。ノートには、私の文字がびっしりと書き込まれている。

彼と、目が合った。

「何、これ？」

益子くんが広げているノート。それは、夜の日記だった。

なんで、どうして？

私の頭はパニックになった。

益子くんが、漁《あさ》ったのだ。授業のノートを求めて、私のリュックを、勝手に。

突き動かされるように、手を伸ばした。まだノートは、益子くんしか見ていない。すぐにノートを奪い、言い訳と口止めをする。そうすれば、まだ、まだ——。

「私は昨日、三輪《みわ》えりかを殺しました！」

益子くんが大声で言った。クラス中のみんながびっくりして、益子くんのほうを見た。

「えりかは陸上部の短距離ランナーです！　逃げられたら私が追いつけるはずがありません！　だから逃げる前に殺すか、逃げられないように拘束をする必要があります！」

血の気が引いた。益子くんは面白がるように続ける。

「走るという動作は、とても複雑な動作です！　筋肉ひとつ怪我すれば、人間はろくに走れなくなると聞きます！　なので、まずポケットナイフで足を刺すのがいいでしょう！　走れなくなったえりかを殺すのは、たぶん簡単です！」

最後のほうは、ほとんど叫ぶような声だった。クラス中の生徒が、異常を察知して集まってくる。蜜《みつ》に群がる虫のような集団を、呆然《ぼうぜん》と見ているしかなかった。

「いや、俺じゃないよ。山根さんがこんなノート書いててさあ！」

ますます大声になる。クラスの中心になれているのが、嬉しいようだった。「みんなも見てよお！」実力で勝ち取ったトロフィーを見せびらかすように、日記を掲げる。それを、みんながひったくるようにして読んでいく。

三輪えりかと目が合った。陸上部にいる、物静かな子だ。彼女は怯えたような表情になり、教室の外へ走っていった。えりかの友達が、私を睨みつけてから、慌ててそのあとを追う。

ノートが人から人へと渡る。クラスメイトが次から次へと私に目を向ける。私はその光景を、ただ見つめているしかなかった。裸の写真よりも見られたくないものが、ひとり、またひとりにと見られていく。

またひとり、目が合った。沙苗だった。

その目に、しばらく消えていた炎が灯りはじめたのが見えた。

「どういうことですかこれは。説明してください、山根先輩」

放課後。一年二組。私の前には、薫がいた。彼女の手には、夜の日記のコピーがある。情報が広まるのは、あっという間だった。主犯は沙苗だ。彼女は学校中のネットワークを使い、コピーされた夜の日記をばらまいた。

薫からは、怒気を通り越して殺気が放たれている。その横にいる笑里は心配そうな表情をしながらも、私の側に立っていないことは明らかだった。真田くんは、ここにはいない。新入生には重すぎる話と、マキが判断したのだろう。

「薫。ちょっと落ち着こう」

マキが横から口を挟む。薫は、私から目を逸らさない。

「宮野先輩にこんなことを言うのは申し訳ないのですが、落ち着いてます。山根先輩、どういうことか、いちから説明してください」

――今度は、村井笑里を殺そうと思う。

薫の前には、そう書かれたページが開かれている。私の筆跡で書かれた文字が。

「リハビリ、みたいなものなの……」

私の喉から、ようやく声が出た。自分でも驚くくらい、声から温度が失われていた。

小学生のころに加害恐怖を患い、人を傷つけてしまうかもしれないという強迫観念に長年苦しんでいること。誰かを殺す。絶対に起きて欲しくないことを無理やり考え、ノートに書き記すことで、自分の心を癒《い》やしてきたこと。

情けなさのあまり、涙が出てきた。詰まりながらもなんとか最後まで説明する。

「その……病院には、行かないんですか？」

質問をしたのは、笑里だった。

「行ったよ。だいぶ早い段階に。でも、そこで医者に、仮病扱いされて。こんな症状、見たことないって」

「でも、実際にある病気なんですよね？　その……加害恐怖っていうものは」

「うん、ある。でも、診断できない医者も多い」

「いやいや、そんなの、診断できる医者に当たるまで探し続ければいいだけですよね」

薫は当たり前のように言った。

「私、こういう性格なので、曖昧にお茶を濁したりすることができないんです。山根先輩がノートをつけていた理由は判りましたけど、率直に言って気持ち悪いですし、私や村井のことを殺すとかなんとか書いていたのは、不愉快です」

「ごめん……」

「それに、医者にも行かずにこんな方法で治そうとしてるなんて、おかしいと思います」

「それは、判ってるけど……」

「そもそも、なんで加害恐怖を患ったんですか？　その原因を教えてください」

――加奈子。

私の脳裏に、光景が蘇《よみがえ》る。貯水槽に上った加奈子。彼女の震える足。あの日の、真っ暗だった空……。

言えない。それだけは言えない。

「どうしたんですか。何か原因があったんですよね」

「薫。もういいじゃない。色々あったんだよ、理子にも」

「山根先輩」

マキですらも、薫の怒りの防波堤にはならないようだった。

「理子……。無理にとは、言わないけど……」

マキがこちらを見る。困ったように、私を見つめてくる。

その目に、私はぞっとした。

マキの目は、優しさに満ちていた。不気味なものを見るような目でも、まっすぐな嫌悪を突きつけてくる目でもない。私の心の奥にある汚いどろどろを吐き出して、きちんと清算しよう。それで、終わりにしよう。正しい道を、優しく促してくる目だった。

「ごめん」

私は立ち上がっていた。その目を、これ以上見ていたくなかった。

「ごめん。本当に、ごめん」

「逃げるんですか、山根先輩」

私は踵《きびす》を返した。「理子！」飛んでくるマキの声を振り切るように、私は走った。

14

目熊総合公園。

公園の中の丘。その上にあるベンチから公園全体を見下ろしていると、なんだか気持ちが安らいでくる。丘に広がる緑の芝と、その向こうにある緑の木々。遅咲きの桜がまだ残っていて、緑の中にピンクが交ざっているのも綺麗だ。その色彩のすべてを、夕日の赤が美しく染め上げていく。

人が周りにいないのがいい。ここで景色を見ていれば、誰とも関わらなくて済む。

「ひどい顔してますね、山根さん」

声をかけてくる子がいた。悠人くんだった。

「花粉症だったっけ？　悠人くん」

悠人くんはマスクをしていた。「まあ、そんなところです」と言って、横に腰掛ける。

「一年まで例の件で大騒ぎでしたよ。なんであんなことになっちゃったんですか？　ノート、持ち歩いてたんですか」

私はため息をついて答える。

「君に見せるために持ち歩いてたんだよ。それが、リュックの中に残ってた」

「家に帰った時点でしまっておくべきでしたね。迂闊《うかつ》ですよ、山根さん」

「勝手にリュックを漁られるなんて、思ってもなかったんだよ」

「それでも、鞄が盗まれる可能性だってあるかもしれない。やっぱり持ち歩いてたのはよくないですよ。あんな爆弾を」

反論するのも面倒だった。私は大きくため息をついた。

「でも、これでかなりハードルが上がっちゃいましたね」

「ハードルって？」

「山根さんは普通の女子中学生に見えて、殺人にとても詳しかった。そんな女子と仲よくしている一年生の親が、ある日突然殺された。どう考えても怪しくないですか」

「まあ、その可能性はあるかもしれないけど」

「まずいなあ。これで、もう絶対に事故死に見せかけなきゃいけなくなりました」

「あのね、君」

さすがに腹が立った。

「こうなったのは、悠人くんのせいでもあるよ。君がこんな話を持ってこなければ、私は日記を持ち歩くなんてことはしなかった」

「僕のせいにしないでくださいよ。持ち帰ったその日にしまえばよかったんです。山根さんが迂闊だったからでしょう」

「私はもう、君には協力しないよ」

「協力しないなら、バラしますよ。山根さんがうちの姉を殺したことを」

「バラせばいいでしょ。もう私は終わりだよ。〝ボー研〟にも戻れないし、何もないよ」

「やけにならないでくださいよ」

落ち着いてなんかいられるか。他人《ひと》ごとみたいな言い草に、心が波立つ。

「姉がね、この公園、好きだったんですよね」

悠人くんが、遠くを見て言った。

「よくここにきて、色々スケッチをしてたみたいです。自分からは見せてくれませんでしたけど、姉のスケッチブックを盗み見るのは好きでした。絵の才能、あったと思うんですよね。僕も子供のころ絵を描くの好きだったんですけど、姉の絵を見てやめたんです。姉とは仲よくなかったけど、絵を描いてる姉は嫌いじゃなかったな」

「だから何？」

「元の元をたどってみましょう。こうなったのは、山根さんのせいですよ。姉が生きてれば、僕は龍馬の殺害を誰かに頼む必要はなかったんです。いまの僕と姉なら、龍馬にも勝てたはずです。いや、ほっといても、もう姉が龍馬を殺してたかもしれません」

「そんな保証、どこにもない」

「今日あったことは不幸な事故でしたけど、前向きに考えてくれませんか。殺人計画」

「嫌。もう、殺人のことなんか、考えるのも嫌」

「お願いしますよ」

悠人くんはそう言って、マスクを外した。

「僕が殺されても、いいんですか」

その下から出てきたものに、私は息を呑んだ。

「あんまり顔は狙わないんですけどね、龍馬。判りやすいところに傷があると、虐待してるのがバレるから」

左頬、マスクに隠されていた部分が、赤黒く腫れ上がっていた。夕日の透明な赤との対比で、悠人くんの頬の赤は、とても禍々《まがまが》しい色に見えた。

「山根さんがきた日から、あいつ余計に凶暴になってるんです。女子を連れ込んだのが気に食わなかったみたいで。まあ、仕事が上手く行ってないのもあるんでしょうけど」

「私のせいに、しないでよ……」

「してません。山根さんを家に呼んだのは、僕ですし。でも、あいつが一段と暴力的になってるのは事実なんです。このままだと、本当に殺されちゃうかも」

「そんなこと言われても、困るよ……」

「ですよね」

悠人くんは自嘲《じちょう》するように笑う。

「僕が殺されれば、山根さんは自由の身です。龍馬も捕まって罰を受けるでしょうし、全員得です。どう考えてもそれが一番いい」

悠人くんは卑屈に笑った。胸が苦しい。彼のこんなところは、見たくない。

「山根さんが手伝ってくれないなら、もうひとりでやっちゃおうって思ってるんです」

「警察に捕まりたいの？」

「捕まっても、まだ刑務所に行かなくていい年齢です。逆に、やるならいまってことなのかもしれません。寝てるところにスタンガンを撃ってナイフで刺せば、殺せると思うんですよね。失敗したらやられるでしょうけど」

悠人くんの身体能力を考えれば、可能だと思う。でもそれをやった場合、彼の人生は確実に終わる。そんなことをさせて、いいのだろうか。私は、後悔しないだろうか。

――嫌だ。

私の中で、何かが定まった気がした。

「山根さん……？」

私は彼の手を握っていた。離すとどこかへ飛んでいってしまう、風船を掴むように。

「笑わなくて、いい」

私は、言っていた。

「そんなに、笑わなくていい。少なくとも、私相手には」

悠人くんの表情から、へらへらとしたものが消えた。悠人くんは再びマスクを着ける。

「手伝ってくれるんですか」

「アイデアは出す。考えよう。私と、君で」

「ありがとうございます」

とくんとくんと、悠人くんの手から脈拍が伝わってくる。悠人くんの脈拍は弱かった。

それを感じるように手を摑み続けると、悠人くんがぽりぽりと頬を掻く。

「まあ、同情作戦成功ってことで。ちょうど、怪我しててよかったなあ」

「だから、そんな言いかたはしなくていい。もう言わないよ」

悠人くんは顔をしかめた。嬉しいのにそれを素直に表現するのが嫌みたいだ。本当に、へそ曲がりな子だ。

その困惑の中に、私は加奈子の影を見た。あの子も、絵を褒められると却《かえ》って不機嫌を装ってみせたりしたものだ。この公園でシロツメクサのスケッチを褒めたときも——。

私は、かつて加奈子と話した遊歩道のほうに目をやる。最初に公園で見たとき、加奈子は一心不乱に絵を描いていたっけ。

「あ——」

奇《く》しくもそこは、この前マキと歩いた道だった。私の目に一本の木が飛び込んできた。

「樒……」

「なんですか？」

何かが、頭の奥で点灯するのを感じた。

「毒草……」

15

翌朝。私は普段通り、朝食を用意した。

スクランブルエッグのベーコン添え。ミニトマトとレタスのサラダ。昨日の残りの味《み》噌《そ》汁《しる》。調子がいいのかママも食卓に現れて、もそもそと朝食を食べていた。

昨日の夜。園田先生がうちにやってきて、ママとお兄ちゃんに何か話をしていた。夜の日記の件だろう。先生が帰ったあと、ママは汚いものでも見るように私を見ていた。

――理子が何を考えてるのか知らないけど、どうして周りに迷惑ばかりかけるんだ？

お兄ちゃんは、怖いくらい冷淡だった。ママから部屋に入ったことも聞いたのか、ずっと私に対して冷たい。

「仏壇」

食事を終えて立ち上がったときに、ママが言った。

「昨日も今日も、仏壇にお供えがされてない」

「あ……ごめん、ママ」

「謝るならパパに謝りなさい」

ママはそう言って、自分の部屋に戻っていく。皿の上の食事は、半分くらい残っていた。お兄ちゃんは無言でご飯を食べている。私はご飯と水を仏壇へ供え、軽く手を合わせてから自分の部屋に向かう。着替えてリュックを持ち、外に出る。

学校に行くのが怖い。

そんな恐怖を、私は殺人計画を考えることで追い出すことにした。

毒性の植物を使った殺人。そこに光明がある気がする。根拠はないけれど、直感がそう囁《ささや》いている。

毒性植物は、シアン化カリウムなどと違って入手しやすい。法律で取り締まられていないものがほとんどで、危険な植物も驚くほど普通にネットで買えたりする。

実際に過去にも、毒性植物を使った殺人事件は何度も起きている。一番有名なのが、一九八六年に沖縄で起きたトリカブト殺人事件だ。トリカブトから抽出された毒でひとりの女性が殺され、その後五年もの間、死因は心筋梗塞《こうそく》だと思われていた。このときは解剖も行われていたのに、それでも毒殺だと判らなかったのだ。たぶん、いまでも自然死だと勘違いされている毒殺事件は、かなりの数あるんじゃないだろうか。そのトリカブトも、普通にネットで買える。

だからといって、同じ手口をそのまま使えるとは思えない。この事件は、いまから三十年も前の話だ。警察の科学捜査も進歩してるだろうし、もういまは毒殺をしたら発覚すると考えたほうがいい。真っ先に容疑がかけられるのは悠人くんだし、連鎖的に私まで疑われるだろう。そうなってしまうと、毒性植物を使う意味がない。

毒を手に入れること。

事故に見せかけること。

このふたつを満たす方法が必要だった。上手い方法が、あるだろうか……。

揺れていた気持ちが、定まっていく。

昨日の事故のせいで、すべてを失ったと思った。でも、そうじゃないのかもしれない。

私にはまだ、やることがある。殺人計画。悠人くんの手伝いをするということが。

私は考えごとをしながら、歩き続けた。

教室に入ると、ざわっと空気が変わった。

みんなが私を見ている。敵意のこもった視線。変な動物を見るような、面白半分の視線。視線の種類は様々だったけど、そのどれもが私の心に矢のように突き刺さる。私はその間をかいくぐりながら、自分の席に向かう。

途中、マキと目が合った。何か言いたそうな顔で見てくるその目を、私は無視した。

自分の席に着いたところで、私は息を呑んだ。机の上が落書きで埋め尽くされていた。

「死ね！」

「なんで生きてるの？」

「山根　最強キモイ　早く死ね」

「山根さん好きです　レイプさせて」

「→お前殺されるぞやめとけよ」

「→腹上死w」

　そんな言葉の合間合間に、女性器を意味するマークがびっしりと描かれている。なんておぞましいのか。朝に飲んだ味噌汁が、胃からせり上がってくる。

　言葉には、力がある。毎朝ノートに言葉を書いてきた私には、そのことが判っている。机の上に書き殴られた言葉の数々は、私を押しつぶさんばかりの力に溢《あふ》れていた。雑巾《ぞうきん》をかけて、消してしまいたい。でも、できない。目立つ行動はさらなる攻撃材料を与えるだけだし、水拭きをしたくらいでこれらが落ちるかどうかよく判らない。私は何も見ないように、机に突っ伏した。

　忘却《リンボ》が懐かしかった。私を無視してくれていた、あのときの教室が。みんなが私のことを見ている。私のちょっとした動きに意味を求めて、それを元に盛り上がろうとしている。私はできるだけ動かず、できるだけ息もせず、じっと頭を伏せ続けるしかなかった。

　針のむしろのような学校での時間が終わり、私は下校していた。

　――瀬戸龍馬を、どうやって殺そう。

　ひとりで歩いていると、校内では停止していた頭の回路が自然と動き出す。

　私は目熊総合公園に向かった。目当ては樒の木だ。

　遊歩道に向かい、樒の前に立つ。ちょうど花が咲くころで、もりもりと生い茂った緑の葉の中に、白く小さな花が咲いている。

樒は花から葉、茎に至るまですべてに毒性がある。一番毒があるのは果実の部分だそうだが、これは秋に生《な》るので、いまは入手できない。

一九九〇年。樒による集団食中毒事故が起きている。ハイキングの一行が、椎《しい》の実でパンケーキを作ろうとして誤って樒の実を交ぜてしまい、まとめて食中毒になったという事故だ。このときに混入した樒の果実は二千粒と言われているけれど、死者は出ていない。

私は樒の花を指で弾き、その場をあとにした。致死量はあとで調べるとしても、それだけ大量に摂取しても死なないのなら、樒を使うのは難しいかもしれない。

毒性植物について調べてみると、殺人に使われたという用途のほかに、誤食で亡くなっているというケースが目立つ。樒のパンケーキなんかはまさにそうだけれど、例えば二〇〇七年には、庭に植えていたグロリオサを山芋と間違って食べた男性が死亡するという事故が起きている。

誤食。これに見せかけられれば、事故として処理されるんじゃないだろうか。

結論が見えつつあった。ストリキニーネのような毒薬を誤飲する人はいないけれど、園芸用に育てていたり、野草として取ってきた毒性植物を誤食するという人はたくさんいる。そういう面で、毒性植物は今回の計画に向いている。

問題は、どうやって見せかけるか、だ。私の街の周囲には、野草が生えている山なんかない。悠人くんの家は団地で、園芸用のスペースもない。毒を毒のまま飲ませるだけでは、誤食したことにはならない。その状況を作らなければ……。

「あれえ、君？」

考えながら歩いていると、突然話しかけられた。振り返ると、そこにいたのはいつかのハナコさんだった。

「奇遇だねー、こんなところで。いま、帰るとこ？」

ハナコさんは嬉しそうな表情で手を振っている。突然のことに私は戸惑った。ハナコさんは私の気持ちをこじ開けるように近づいてくる。

「制服だとイメージ変わるねー、可愛いー。私にもこんなころがあったなー」

「ありがとうございます……。あの、今日は、お出かけですか？」

「あー、いまね、漫喫行ってたんだ」

「漫画喫茶ですか？」

「そーそー。ここ三日くらい頑張って缶とか集めててさ。小銭がたまったから、久々に行ってみた。『ワンピース』って、もー八十巻超えてんだね。ときの流れは早いよー」

「はあ、そうですか……」

「昔の漫画も面白いね。『ときめきトゥナイト』とか、君ら知らないでしょ。若い人も読んだほうがいいと思うなー。漫喫に置いてあるよ、駅前の」

ハナコさんは一方的に喋り散らす。私は、会話を切り上げるための言葉を探した。

「あとね、銭湯も行ったよ。身体洗うと、ちょっと社会とつながってる感じがしてくるよね」

「それは、いいことですね。お風呂《ふろ》は」

「垢《あか》が邪魔なんだよね。垢まみれだと、社会と上手くつながれない感じがする。大きい湯船はいいもんだよー。温泉も久々に行きたくなってきたなー」

「そうですね。温泉……」

「こうなったのも、マキちゃんのおかげかなー」

突然、意外な名前が出てきた。「マキのですか？」と、私は聞いていた。

「そーそー。実はあのあと、結構会ってるんだよ」

「え？」

初耳だった。マキからも、そんな話は聞いていない。

「ちょくちょくきて、色々教えてくれるんだよ、あの子。前科がある人間の就職支援みたいなやつ。行政なんか敵だと思ってたけど、実は色々サポートしてくれんだね」

「そうなんですか……」

「最初はうざいと思ってたけど、熱心に発破かけられるとちょっと気合入ったっていうかさー。この年になると、気合入ること自体少ないからね。貴重なモチベーションを大事にしないとなと思って」

どうもマキのお節介が、彼女にとってはいい方向に利いたらしい。意外だった。マキの助言なんか、ハナコさんにとってみれば稚拙で馬鹿馬鹿しいものに見えていると思っていた。

　複雑な気分だった。私にとっては耳が痛いものでしかなかったマキの正論が、ハナコさんにとっては救いになっている。中学生の助言なんかにもきちんと耳を傾けて、路上生活から復帰しようとしている。私よりもよほど高いハードルを、この人は越えようとしているんだ。

「そー言えばさ。思い出したよ、例の男の人」

　ハナコさんの言葉に、心臓が跳ねた。

「例の写真の人、ですか？」

「そーそー、三日くらい前かなあ。河原にいたときに、土手の上にいて」

　ハナコさんのいたあたりからは、高い土手が望めたはずだ。

「それで思い出したんだよ。どこかで見たことあるなって思ったら、三ヶ月くらい前だった。あの人、やっぱり土手の上にいてね」

「土手の上で、何をしてたんですか」

「すっごい顔をしてた」

　ハナコさんは私を睨みつける。柔和だったいままでの彼女からは程遠い般若《はんにゃ》のような顔になり、私は思わず息を呑んだ。なんでこんな顔ができるんだろう。この人はいままでの人生で、本当に色々な修羅場をくぐってきたのかもしれない。

ハナコさんは、にかっと破顔する。

「さっきみたいな顔で、私のほうを睨んでたよ。相当ホームレスが嫌いなんだね」

「それは……三ヶ月のことですか？」

「三日前のときもそう。怖かったー、殺されるかと思ったよー」

子供のころ、お兄ちゃんに押さえつけられたときの、鬼みたいな顔を思い出した。

お兄ちゃんは、ホームレスの人を憎んでいるみたいだった。教師として、治安の悪化が許せないらしい。でも、それだけなんだろうか。そこに、殺意はなかったのだろうか。

「マキちゃんもちょっと驚いてたな、さすがに」

「え、マキもいたんですか？」

「三日前はね。トランプやって楽しんでたのに、ぶち壊しだよ。まあ、あいつが向かってきたら、石とか投げてやってやろうって思ってたけどね。結局、すぐに帰ったけど」

「そうなんですか……」

「じゃあ私、そろそろ行くからさー。まあ誰か知らないけど、あいつには気をつけたほうがいいよ。マキちゃんによろしくねー」

ハナコさんはそう言って、踵を返した。私はその背中を、見つめているしかなかった。

その夕方のことだった。

河原で、ふたり目の死体が発見された。

16

夜。私と悠人くんは再び〝くまそう〟で会っていた。

「どういうことなんでしょうか……」

悠人くんが怪訝な声を出しながら、情報を整理してくれた。クラスのラインからも排除されてしまった私には、事件の細かい情報は入ってこない。ただ、同じ地域での連続殺人に発展したということもあり、今回は全国ニュースでも報道が流れていた。

事件現場は、〝銭湯さん〟が殺されたところから二キロほど下流の地点。犯行時刻は昨日の十八時ごろで、死体は大きな茂みに隠されていて今日の夕方まで見つからなかった。今回は家ではなく、被害者の衣服が少し燃やされていたらしい。死因はまた、刺殺。殺されたのは今回も、ホームレスの人だった。片山祥平《かたやましょうへい》という名前で、知らない人だ。

「悠人くん。ひとつ聞いていい？」

「いいですけど」

「昨日の夕方……つまり犯行時刻のころ、私たちってここで会ってたよね？」

「へ？」

何を聞かれたか理解できない様子だった。私は念押しする。

「昨日の夕方。私たちは、ここで会ってた。つまり、犯行現場にはいなかった」

「ええ、まあ」

「時刻は覚えてる？」

「昨日の十七時くらいですよね。それから一時間くらい喋ってましたから、少なくともその時間まではここにいましたけどね」

確認できた。ここから犯行現場に行くには、三十分くらいかかる。十八時まで喋っていたということは、私はそこにいなかったということだ。ほっとした。ほんの少しだけ、実は私が犯人なんじゃないかと不安だった。

「昨日の夕方、お兄さんの様子はどうだったんですか？　家にいましたか？」

「私が帰ってから、しばらくして帰ってきた。特に変な様子はなかったと思う……」

「靴とか服とかはどうですか？　汚れてたりしませんでした？」

そんな記憶はない。念のため、さっき出かけるついでに玄関の靴と洗濯かごの服を見てきたけれど、特に汚れている感じはしなかった。

「やっぱり、違うんじゃないですか？」

「犯人じゃないってこと？」

「ええ。だって、人を殺すって大変なことですよ。殺人のあとで一緒に住んでる人が異常を感じないくらい普通に過ごすことなんかできますかねえ」

その通りだと思う。でも、それなら色々出てくる状況証拠はなんなのだろう。

「今朝、お兄さんをつけてみたんですよね」

「え、そうなの？」

「ええ。でも、特に河原に行ったりしてませんでしたよ。駅前にパンを買いに行って、少し散歩して帰ってくるだけで。今朝は、まだ死体は見つかってなかったんですよね」

被害者が殺されたのが、昨日の十八時。今日の夕方まで、遺体は茂みに隠されていた。

「もしお兄さんが犯人なら、河原に行ったりすると思うんですけどね。自分がやったことの結果くらい、気になるでしょう」

悠人くんの言うことには一理あるけれど、目撃されるのを恐れて河原に近づかなかったとも考えられる。どちらにしても、お兄ちゃんへの心証はグレーのままだ。

ハナコさんが見たという、お兄ちゃんの憎悪の表情。それを見たことがあるから、私は過剰にお兄ちゃんを恐れているのだろうか。危機感が共有できないのがもどかしいけれど、客観的に見れば悠人くんのほうが正しいのかもしれない。

「お兄さんの話もいいですけど、僕のほうの殺人計画も忘れないでくださいよ」

「忘れてないよ」

「そうかなあ。何か進展はありましたか？　アイデアの」

忘れてはいない。今日も一日中、そのことを考えていた。

「凶器は決まった」

「え？」悠人くんが目を見開く。

「コルチカムを使おうと思ってる」

「コルチカム？」

「聞いたことない？　毒草の一種。別名は、イヌサフラン」

「聞いたことないですね……。珍しい植物なんですよね？」

「全然。ネットでも買えるし、その辺に普通に植わってたりもする。園芸用の植物で、秋には綺麗な花が咲く。コルチカムの球根には、コルヒチンっていう毒が入ってる。最小致死量は、体重一キログラムあたり、八十六マイクログラム。君のお父さんの体重は、判る？」

「百キロはないと思います。九十キロくらい、かな」

「だとすると、八ミリグラムくらいを飲ませれば、最小致死量は超える。でもこれはあくまで最低ライン。人によって毒への耐性は全然違うから、できればもっと入れたい」

「八ミリグラムってどれくらいなんですか？」

「球根が大体十グラム、コルヒチンの含有量は〇・二パーセント。だから、球根の半分を食べさせれば、十ミリグラム入る」

「でも球根を食べさせるのは、無理がありませんか。そんなもの食べないですよ普段」

「チューリップの球根をイメージしてるかもしれないけど、コルチカムはあれよりもずっと小さい。にんにくは知ってる？　あれのひとかけらが、大体十グラム」

「判ります。料理はしますから」

「コルチカムは実際に、にんにくにとても似てるの。庭に植えてたり、山菜で取ってきたりしたものを誤食する事故が毎年起きてて、ときには死者も出る」

「そうなんですか……」

「コルヒチンが、身体に入ってから二時間くらいで作用するのもいい。つまり、飲み込んだ瞬間には異常を感じない。異常を察知される前に、充分な量を飲ませられる」

「でも、ひとつ問題がありますよね」

　私は頷いた。

「事故に見せかけるには、何かと間違って食べたように見せかけないといけない」

「ええ。そのままコルチカムを食べさせたら、犯人が僕だって判ってしまいます」

　そこが最大のポイントだ。どうやって誤食に見せかけるのか。

「その方法は、まだ考えてない」

「あら、そうなんですか」

　落胆した悠人くんの声に、私は少しむっとする。私じゃなければ、ここまで考えられなかったという自負があった。

「いまから君たちが畑のある家に引っ越して、にんにくとコルチカムを栽培してくれれば話は早いんだけどね」

「それはグッドアイデアですね。さすが山根さんは天才だ」

　悠人くんは砕けて答えたけれど、言葉にはもどかしさがにじみ出ていた。

　きちんと計画を詰めきれない自分が情けなかった。散々殺人プランを考えてきたというのに、どうしても最後のところが組み立たない。悠人くんが、少し遠くを見つめる。

「こうなったら、ホームレスを殺した犯人がやってくれないかなあ、龍馬を」

「無理だよ、そんなの」

「そうですか？　お兄さんが殺人犯なら、もうひとりお願いできないかなあ」

　連続殺人に見せかける、か。

　犯人が誰にせよ、瀬戸龍馬の殺害と今回のホームレス殺人を同一人物の犯行に見せかけて、罪を犯人にかぶせてしまうことはできないだろうか。

　少し考えれば判る。そんなこと、どうやっても無理だ。手口を真似ることはできるけれど、警察はそんなことくらいじゃ同一人物だと認定してくれないだろう。そもそもあの屈強な瀬戸龍馬を正面から刺殺するなんて無理に決まっているし、犯人と戦い合わせるというのもできるわけがない。

　物騒なことばかりをぽんぽんと思いつく。前は、こんなことを考えるのが少し怖かったのに、いまはその部分が麻痺《まひ》している感じがする。

　悠人くんが私のことを承認してくれてから、この手の妄想に歯止めが利かなくなっている。人のせいにはしたくないけれど、私の中で何かが変わっているのは間違いない。

　少し不安になる。殺人者としてのスキル、知識、そんな何の役にも立たないものばかり身につけてどうするんだろう。悠人くんとの殺人計画は、いずれは終わる。それが終わったあと、妄想がよりひどくなった私は、普通の生活に戻れるのだろうか。いやそれ以前に、お兄ちゃんのことや殺人計画のことを、私はどうすればいいんだろう——。

「何それ？」

悠人くんがスマホを見ていた。画面には、ナイキのスニーカーを履いたお兄ちゃんが映し出されている。

「今朝の写真です。見つからないよう、遠くからつけてたんです」

悠人くんは画面をフリックして、写真を切り替えてくれる。確かにお兄ちゃんは、散歩を兼ねてパンを買いに行っているだけのようだった。カメラから少し離れたところを歩いているお兄ちゃんは、道端の木に目を留めたり、パン屋に入っていったり、スマホを構えて何かを撮影したりしている。

「ん？」

そのうちの一枚に、私の目が留まった。

お兄ちゃんは右にスマホを向けて、道端の一軒家を撮影している。家の姿は見切れていてきちんと画角に収まっていないけれど、どこかで見覚えがある気がした。

「お兄さん、写真撮るの好きみたいですね。立ち止まってちょくちょく撮影してました」

「そうなんだ」

「これは、三丁目のほうだったかな。家を撮ってたのはこれだけで、あとは、木とか花とかばっかりだったかなあ」

「三丁目？」

その情報と、私の中にあるものが、激しく衝突した。

それは、地図だった。モーニングページのノートに、新しく書かれていた地図――。

「マキの家だ」

「はい？」

そう、ここは、マキの家だ。

地図を思い出す。どこだか判らない、一本道の道路と脇の家々を描いた地図に○がついているだけのものだったけれど、あの○がどこについていたかもいまなら判る。あれは、マキの家についていたものだ。

「どうして……」

お兄ちゃんが、なぜマキの家に印をつけているんだろう？

「あ……」

私は、もうひとつのことを思い出していた。ホームレス殺しの犯人は、目撃されるのを嫌っていた。最初の事件のとき、現場で出くわした目撃者を見るや、走って追いかけてきたのだ。

マキは、ハナコさんと一緒のところを見られている。事件を調べていることを、お兄ちゃんに察されている。

――怖かったー、殺されるかと思ったよー。

背筋が冷たくなる。ハナコさんの呑気《のんき》な声が、不吉な予言のように響いた。

17

「何の用ですか、山根先輩。こんなところに呼び出して」

翌日の、昼休み。私は薫と一緒に、部室棟の裏にいた。

　薫は敵意のこもった目で、私のことを見つめている。手に竹刀はないのに、剣先を突きつけられているような圧を感じた。

「ちょっと相談したいことがあるの。マキのことで」

「宮野先輩のことで、ですか？」

「薫は登下校、マキと微妙に方向が一緒だよね？　しばらくの間でいいんだけど、何か適当な口実を作って、送り迎えしてくれないかな？」

「は？　なんですかそれ」

「ほら、最近物騒じゃない？　殺人事件も起きてるし。薫がそばにいてくれたら、マキも安心だと思うんだ」

　薫は訝《いぶか》しむように私を睨む。自分でも無理なことを言っているのは判っている。でも、上手い嘘が思いつかなかった。

　お兄ちゃんがマキの家をマークしていた理由は、よく判らない。まさか、事件を調べている人を見つけ次第消すなんて、無茶なことを考えているとは思えない。でも、お兄ちゃんが何らかの理由でマキに目をつけているのは明らかなのだ。ハナコさんと一緒にいるところを、睨みつけてきたことも。

「薫、お願い。マキってあれで抜けてるところあるから、ちょっと心配なんだよ」

　薫はそれに答えず、ふーっとため息をついた。

「また、隠しごとですか」

　相変わらず、勘の鋭い子だった。彼女の前では、私の嘘なんかあってないに等しい。

「もうこうなったら言わせてもらいますけど、前から思ってました。山根先輩は裏があるって。何か、私たちに隠しごとをしてるって」

「薫……」

「一昨日《おととい》もそうです。加害恐怖を患った原因を聞いたら、先輩は隠そうとしましたね」

　詰問をしているのに、自分のほうが痛いとでもいうように、薫は顔を歪めた。

「私は、山根先輩に帰ってきて欲しいですよ」

「え？」

「私こういう性格なんで、嘘もおべんちゃらも言いません。私、山根先輩がいたときの〝ボー研〟の雰囲気が好きでした。宮野先輩も、山根先輩と一緒にいると、リラックスしているのが判りましたし」

「そう……」

「剣道の団体戦でも、ずっとこのチームで戦っていたいって思えるメンバーがたまたま集まるときがあります。私が入ったころの〝ボー研〟も、そんな感じでした。みんな尊敬できる人で、集まると一体感があって。あのときは佐藤も転校する前でしたし」

頷きたかった。私も好きだった。私とマキのふたりではじめたボードゲーム研究会。そこに入ってきた、ユニークな後輩たち。

「でも、いいメンバーが集まったとしても、チームは永遠に続くわけじゃありません。卒業とか転居とか引退とか、チームを去る理由は色々あります。私はいいチームがいろんな事情で消えるのを見てきました。だから、別に山根先輩が戻ってこないのなら、あれこれ言いません。そういうものです」

私は、そこで気づいた。薫は、チャンスを与えてくれているのだ。復帰するための足がかりを。

それを掴むためには、言わなければいけない。加害恐怖を患った原因。私の根本を、さらけ出さないといけない。

私はそっと、唇を噛《か》んだ。そんなことができるわけはない。

「そうですか」

薫の声から、温度がなくなる。

「結局山根先輩はそういう人なんですね。さっきの話も、聞かなかったことにします」

「薫。待って」

「人を操ろうとしないでください。失礼します」

　頭を下げて去ろうとする薫の手首を、慌てて掴んだ。強い脈拍がひとつ、どくんと伝わってきた。

「離してください。ぶん殴りますよ」

「ごめん。事情を、話す」

「加害恐怖のことですか」

「違う。マキを送り迎えして欲しいってことを。聞いてくれる？」

　私は手を離した。薫は私に向き直る。

「でも、いまから話すことは、マキには言わないで欲しい。それを、守ってくれる？」

「それは私が決めます。それでよければ、聞きます」

　頷いた。こうなったときのために、話は用意してある。

「マキ、ストーカーされてるんだよ。私の、お兄ちゃんに……」

　薫の目が大きく開く。驚きの中に、軽蔑《けいべつ》の色が少し混ざっている。私は顔が赤くなるのを感じながら、続けた。

「マキは昔から私の家に遊びにきてたんだけど、最近、お兄ちゃんと再会したの。そこからはじまったみたいで」

「具体的には何をされてるんですか」

「まだ特に、大事にはなってない。マキの家の場所を調べたり、その家の前でじっとしてたり……そういうことをしてるのは知ってる」

「その話、宮野先輩は知らないんですよね」

「まだ話してない。勘違いだったら、嫌だし」

「警察には行きましたか」

「行ってない。行っても無駄だよ。こんな段階で動いてくれるわけないし」

「お兄さんとは話しましたか。なんでそんなことをしてるのか」

「それも、無駄。お兄ちゃんは、はぐらかすのが上手いから」

私はまくし立てるように言った。

「心配し過ぎかもしれない。でも、しばらくの間でいいから、なんとか口実をつけて一緒に帰ってくれない？　薫がいれば、お兄ちゃんも近づかないと思う」

「しばらくの間って、いつまでですか」

「それは――」

「ストーカーってどんどんエスカレートしていきますよね。いざとなったら止めてくれるんですか、責任持って」

「止める……？」

私は唾を飲んだ。止める。それはつまり――。

――殺してあげましょうか。

「警察に行ってくれるんですよね？　いざとなったら」

「え？」

「え、じゃないですよ。止めるってそういうことでしょう？」

「ああ、警察。そうだね……」

警察に行くよ、と動揺を隠すように呟いた。心臓が痛いくらいに高鳴っている。

私は一瞬、本気で考えた。ほかならぬ、お兄ちゃんを殺すことを。

おかしい。殺意に、歯止めが利かなくなっている。自分はどうなってしまったんだろう。「判りました。宮野先輩と話してみます」と薫が言ってくれる声は、湧き上がる不安にかき消された。

18

昼休みを終えてクラスに帰ると、異変が起きていた。

みんなが私のほうを見つめて、クスクスと忍び笑いをしている。その理由は、すぐに判った。

サイコパス山根　ホームレスの殺害に成功！

黒板に大きな文字で、しかも複数の色を使って二重三重の線でデコレーションされてそう書かれていた。ぎゅっと、胃が掴まれた感じがした。

――私じゃない。

大声で叫びたかった。

――私はやってない。だって、悠人くんがそれを証明してくれたから。

黒板の前で固まった私の様子がおかしかったのか、クラス中がどっと沸く。私は重い身体を引きずりながら、自分の席に向かおうとする。

「いい加減にしなよ、みんな！」

声がした。どこかから帰ってきたところなのだろう。教室の入口にマキが立っていた。

「みんな理子の気持ちも知らないでこんなことして、どうかしてる！」

クラス中が呆気《あっけ》に取られていた。マキが怒鳴るところなんて、見たことがない。

「人には色々事情があるんだよ？　気に食わないなら、まず話し合えばいい。こんなやりかた……」

「マキ」

私は大きめの声で言った。

「余計なことしないで」

マキは驚いた目で私を見た。私は興味のないふりをして、彼女から目を逸らす。

これでいい。私が悪役になれば、彼女を巻き込むことは避けられる。呆然と立ちつくすマキにクラスメイトが駆けよるのを見て、私は少し安心した。

自分の席に向かう。私はそこで、もう一度戦慄した。

机の上に、山のようなカッターナイフがあった。

「山根ぇ」

気がつくと、背後に沙苗がいた。ひとりじゃない。取り巻きのメンバーが何人もいた。

「プレゼントだよ。必要だろ？　サイコさん」

どっとクラス中が沸く。笑い声が教室中に反響して、上下左右、すべての方向から笑われている感じがした。

「みんな知ってる？　こいつカッターナイフ持つと感じちゃうんだよ。ド変態だからさ！」

沙苗が覗き込んできた。

「持ってみろよ、山根。みんなに見せてやれ。お前の感じてるところ」

沸騰したクラス中の敵意が、私に集まるのを感じた。

身体が震える。

カッターナイフを持ったら。私はきっと、沙苗を傷つけてしまう。沙苗に切りかかり、怪我を負わせてしまう。そのイメージがくっきりと浮かび、私を揺さぶる。

「なんだよ、もう震えてるよ、こいつ」

どんと、肩を押されるのを感じる。直接身体に触れられたのに、なんだか遠くの出来事のように感じた。どん、どん、あちこちから押される。遠くから、笑い声が聞こえる。

震えを止めろ。頭の中で強く警報が鳴っているのに、身体が言うことを聞かない。ぶるぶると、どうしようもなく身体が震え続ける。奥歯を強く噛み締めた。歯が鳴ってしまうことだけは、避けたかった。

みんなが私のことを笑っている。どうしてこうなってしまったんだろう。教室は、安心できる忘却《リンボ》だったのに。夜の日記。そんなものを書いていたせいで……。

——いや。

暴力的な震えの中、私は考えた。

——それこそが、私なのかもしれない。

殺人者。それこそが、私の本性なのかもしれない。

殺人計画のことならいつまでも考えられる。夜の日記を書くととても安心する。悠人くんに上手な殺しかたを褒められると、嬉しい。

怖いのは、それを隠そうとしているからだ。普通の人間のように振る舞っているからだ。悠人くんの前では、怖くない。それを、隠す必要がないから。

そもそも、私は実際に、もう人を殺しているじゃないか。

目を閉じると、加奈子の顔が浮かんだ。あの子のジュースに毒を入れたときに、指の先に灯った炎。

あれこそが、私の本性……。

「え？」

沙苗の声が聞こえた。

気がつくと私は、カッターナイフを持ち、刃を振るっていた。

刃は、沙苗の左腕のあたりを切ったようだった。セーラー服の袖《そで》が切れて、薄い月のような穴を開けている。

教室中がしんとしていた。空間の隅々まで響いていた笑い声が、沈黙に変わっていた。

「何してんだよ、お前！」

一拍遅れて、沙苗が叫んだ。怒りではない。叫ばないと格好がつかないから叫ぶ。哀れな虚勢。

私はバンと、カッターナイフを机に叩きつけた。山のように積まれたカッターナイフがバラバラと崩れる。沙苗がひっと息を呑《の》んだ。

私はリュックを持った。そのままゆっくりと歩き、教室を出た。

ドキドキしていた。心臓が、すごい勢いで血液を全身に巡らせている。

やってしまった。ついに他人を傷つけてしまった。私の頭の中が、そんな言葉で埋め尽くされる。

でも、怖くはなかった。ナイフを振るったあとの、重たい沈黙。あれは私が作ったものだ。そのことが、少し誇らしかった。

「なんだ」

声は、震えていない。

「こんなもんなんだ」

誰も私のことを追いかけてはこない。私はほんの少しだけ、笑みを浮かべた。

放課後。私は園田先生に呼ばれて、一時間くらい説教をされた。

「とりあえず明日は、学校にこなくていい。職員会議で、お前の処分を検討する」

同級生や先生の殺しかたを書いたノートが出回ったことが問題になっていたところに、今日のカッターナイフの事件だ。出席停止になっても文句を言うな。園田先生の声の裏には、そんな色があった。

「お前は問題を起こすタイプの生徒じゃないと思ってたのにな、山根。今年は受験の年だぞ。大事な時期に何をやってるんだ」

物わかりのいいふりをして処世術を諭す園田先生を、私は冷めたところから見ていた。私の机に落書きがされていたことも、私がノート事件のあとにクラス中から嘲笑されていたことも、園田先生は知っているはずだ。そのときにきちんとクラスをコントロールしてくれれば、こんなことにはならなかった。

中学三年生に中学三年生なりの処世術があるように、これが教師の処世術なんだろう。悠人くんの絶望が判った気がした。児童相談所に頼っても警察に頼っても何も解決せず、大人の処世術という壁の前に心が折れてしまった彼の気持ちが。

二件目の殺人事件を受けて、私の学校は部活動がすべて停止になっていた。生徒のいなくなった学校をあとにして、ひとりで帰る。

私は、さっき覚えた感情について考えていた。

子供のころ、加奈子と一緒に蟻を潰したときのことを思い出した。加奈子が押す私の指の下で、蜜柑《みかん》の粒が弾けるようにひとつの命が消えた。沙苗の服を切り裂いた瞬間に胸に溢れた爽快《そうかい》感は、久しく忘れていたあのときの感情だった。いや、あのとき以上に強烈かもしれない。

もっと素直に、あれに身を委《ゆだ》ねればいいんじゃないか。それが私の、本性なら――。

考えていると、目熊新橋のところに着いていた。第二の事件現場まではかなり距離があるにもかかわらず、周囲には野次馬やマスコミらしき人が集まっている。

ホームレスを殺したのは、お兄ちゃんなんだろうか。

お兄ちゃんは感じたのだろうか。私が感じた、あの空を飛ぶような爽快感を。

――だったら、いいな。

すっとそんな感想が出てきて、私は驚いた。馬鹿な。私は、何を考えているんだろう。よりにもよって、殺人に共感してしまうなんて――。

思考を振り払うようにかぶりを振った。そのときだった。

「嬉しそうだな」と声がして、とんとんと、肩を叩かれた。背筋がぞわっとした。

「よう、久しぶり」

振り返ると、瀬戸龍馬が立っていた。

パチンコの帰りなのだろうか。ぶら下げているビニール袋の中にはお菓子の袋や煙草の箱が詰め込まれている。瀬戸龍馬はくわえ煙草をふかしながら、にやにやと私を見た。

「やっぱりな。悠人の彼女のお嬢ちゃんじゃないか」

すぐに逃げろ。頭の中で命令が鳴っていたが、身体が動かなかった。

「最近家にきてないみたいだな。もう悠人には飽きたのか？」

機嫌がいいみたいだ。わざと私に吹きつけるように、煙草の煙を吐く。口臭と副流煙が混ざった臭いに、鼻が曲がりそうになった。

「そんな嫌な顔するなよ、お嬢ちゃん。煎餅《せんべい》でも食うか？」

ビニール袋をガサガサさせて言う。私は首を振った。

「あの……私、悠人くんの彼女じゃないです」

「ごまかすなよ。お前らの年代のガキが、彼女じゃないのに家にまでくるか？」

「あれは……ちょっと、内密に相談に乗ってて……」

「いい、いい。俺だってお前らくらいのころはやりまくってたさ。あのときは邪魔して悪かったな。俺がいなけりゃ、気持ちいいことができたのにな」

あからさまな性の話題を聞くのはつらかった。私の心の揺れに気づいているのだろうか。瀬戸龍馬は嬉しそうに続ける。

「その年じゃラブホも入れないよな。いい、いい。俺がいないときなら、いつでもうちを使え。ただ、換気をしろ。処女の臭いは、嫌いなんだ」

瀬戸龍馬はそう言って、げげげげと笑う。頭が熱くなる。いますぐ死んで欲しい。と、強く思った。

「お前、名前はなんて言うんだ」

「……すみません。ちょっと急いでるんです」

「教えないのか？　ま、それならそれでいいがな。悠人の身体に聞いてみるとしよう」

「……山根、理子です」

「理子か。いい名前だ」

「失礼します」

軽く頭を下げて、歩き出した。

最低の気分だった。さっきまで考えていたことは、暴風のように吹き飛ばされていた。

しばらく歩いたところで、気配を感じて振り返った。

あとから、瀬戸龍馬がついてきていた。

「俺もこっちに用があるんだ」

息を呑んだ。瀬戸龍馬は面白そうに口を歪める。

走って逃げるべきだろうか。いや、駄目だ。成人男性とかけっこをして、勝てるわけがないし、却って彼を刺激してしまうかもしれない。頭の中で、交番の位置を思い浮かべる。家につくまでに交番はないけれど、自宅を素通りすれば駅前の交番にたどり着ける。なんとか、そこに行き着くしかない。

すっと、瀬戸龍馬が私の横に並ぶ。つんと、汗の臭いが鼻をついた。

これは、チャンスだ。観察しろ。ターゲットを間近で見ることは、殺人の成功率を上げるはずだ。私は覚悟を決めた。

「ときに……理子。悠人とは、どこで知り合った？」

「学校です。部活の見学に、彼がきてくれて」

「ああ、そうだったな。あのガキの、どこに惚《ほ》れた？」

「ですから……つきあってなんか、いません。相談に乗ってただけです」

「うちの悠人はな、あれはいいオスだぞ。まだガキだが、そのうち女が群がるようになる。俺の遺伝子も入ってるから、精子もきっとピンピンに元気だ。理子は何歳だ」

「……十四歳です」

「じゃあ、発育はこれからだな。おっぱいもお尻《しり》も、なっちゃいないな。いいか、男は少し肉づきのいい女のほうが好きだからな。もう少しいい女になったら、俺が抱いてやってもいい」

歯を食いしばる。ひどい屈辱だった。でも、いまの私が何か抵抗できるわけがない。殺したい。この男を、悠人くんと一緒に殺したい。

黒い感情を感じていると、屈辱が和らいでいく。もっと強く感じろ。殺したい。殺したい。殺意が、チョコレートリキュールのように、私を酔わせてくれる。

「そう言えば理子は、加奈子の同級生だったらしいな。悠人に聞いたぞ」

その名前に、思わず我に返った。

「加奈子も悠人と同じで、可愛い子供だったんだがな。残念だ」

瀬戸龍馬はそれだけを言って、ぐっと拳を握った。私が加奈子の死に立ち会った人間であることに、気づいてないようだった。

「ところで理子は、俺が何をやってるか知ってるか？」

「芸能事務所の社長と……悠人くんからは聞いてますが」

「まあそれは表向きだ。本業は、ビデオ屋だよ。アダルトビデオを作ってる」

「アダルトビデオ……」

悠人くんに聞いていたけど、初めて聞くふりをした。

「いまのガキはＶＨＳなんか知らねえか。昔はいい時代だったぞ。パソコンもなかったし、ＡＶを見たければＶＨＳで見るしかなかった。いまのこの業界は大変だ。大企業が馬鹿みたいに力をつけてるし、ネットで無料の動画も見られるしな。うちのような虫けらは四の五の言ってられない。結局、裏ビデオも作らないといけなくなってくる」

「裏ビデオ……」

「表のルートでは流通できないやつだ。世の中には物好きが色々いるからな」

瀬戸龍馬は嬉しそうに顔を歪めた。

「理子も、色々見てみるといい。世の中にどんだけ変態が多いか判る。ロリコン趣味のやつも多いし、八十代のババア相手にしか欲情しない若造なんかも、普通にいる」

気分が悪くなってくる。反対に、瀬戸龍馬は興が乗ってきたようだった。

「妊婦に欲情する人間もいるし、拒食症のガリガリの女じゃないと抱けないみたいなやつもいる。あそこに頭を突っ込みたがる男もいるし、性病持ってる女相手に激しく興奮する人間もいる。理子、よく覚えておけ。人間はなんでもありだ。そういうニーズを汲《く》み取って、大手じゃできないものを作って高値で売る。まあ裏でそういうシノギをやってるってこった。言っとくけど全部合法だからな」

聞いているだけで消耗する話だ。答える気力もない。

「加奈子は、スターになるはずだったんだぜ」

「……え？」

「あいつも大きくなったら、俺のビデオに出てもらうつもりだった」

瀬戸龍馬のほうを向くと、彼は、下卑た顔で私のことを見つめていた。

「といっても、世知辛い世の中でな。法律が厳しくなりすぎて、昔みたいに無邪気にガキのポルノなんか作ってたらパクられちまう。そこはスレスレのやつを作るんだ。結構腕前がいるんだぜ、こういう仕事はな」

「加奈子ちゃんは、大人しく出るって言ってたんですか、それ……？」

「そんなもの、関係ないさ。最終的には、無理やり出てもらうだけだ」

胸がムカムカとしてきた。加奈子が一度、瀬戸龍馬に襲いかかったというのは、暴力を振るわれていたことだけじゃなく、このあたりの事情も絡んでいるのだろうか。

「あなたにとって、家族って、なんなんですか？」

「あ？」

「どうして悠人くんを殴るんですか？　加奈子ちゃんに、どうしてそんなひどいことをできるんですか？」

激昂されるかもしれないと思ったけれど、言わずにはいられなかった。瀬戸龍馬は、じろりと私のほうを見た。

「理子。家族はな、支え合うもんなんだよ」

瀬戸龍馬は怒ったりせず、当たり前のことを説くように答える。

「俺だって、加奈子や悠人は可愛い子供さ。できれば裕福な暮らしをさせてやりたいし、殴ったりなんかしたくない。でもな、いまの俺は苦しいんだ。そういうときは、家族は支え合うべきなんだよ。悠人を殴ることもそうだ。あいつには俺みたいになって欲しくないから、教育してるだけだ。それが親ってもんだろう？」

「そんな、そんな親なんて……」

「お前も子供を産めば判るさ。俺も俺なりに、あいつらのことは思ってるんだよ」

本気で言っているのだろうか？　真意を探るように瀬戸龍馬を見たけれど、彼は遠い目をして、慈しむような表情を浮かべている。

めまいがした。あんなにひどい虐待をしておいて、この男は、子供のことを思いやっているつもりなのだ。

「処女を喜ぶ人間もいる。な、理子」

「身体売るより金になるぜ。十四歳は、十五歳よりも値段がつく」

「……はい？」

何を言われたのか判らなかった。判っていたけれど、判りたくなかった。

「山根」

「……なんですか」

「そこの表札だ。山根、と書いてあるが」

ハッとした。いつの間にか、自宅の前にきていた。

「ここがお前の家か。理子」

「違います」

「山根。珍しいというほどじゃないが、ありふれた苗字《みょうじ》でもないよな」

瀬戸龍馬が、私に一歩近づいた。私は一歩、家のほうに向かって後ずさる。その反応が、嬉しかったようだ。瀬戸龍馬の口から、ボロボロの歯が覗いた。

「相手は悠人でもいいぞ。十八歳ってことにするし、顔にはモザイクをかける」

「そんなこと……」

「俺も困ってんだ。手伝ってくれよ、理子」

その大きな身体が近づく。後ずさると、塀に背中がぶつかった。殺意が恐怖に呑み込まれる。冗談めいた表情の中で、彼の目だけが、虫の目のように冷たかった。

「あれ？　理子じゃないか」

　空気を切り裂くように、声がした。

　玄関のところにお兄ちゃんが立っていた。きょとんとした目で、こっちを見ている。

「お兄ちゃん」呼び掛けた瞬間、その表情が少しこわばった。私の声色から、異常を察したようだった。

「おかえり、理子」

　何気ない言葉をかけながら近寄って、瀬戸龍馬に向かい合った。

「えーと、すみません、あなたは？」

「あ？　お前はなんだ。自分が名乗るのが先だろ」

「理子の兄の、山根智己です。あなたは？」

「瀬戸龍馬だ。理子の彼氏の、父親だ」

　お兄ちゃんは確認するような目で私を見る。私は首を振った。それだけで、事情をなんとなく把握したようだった。

「理子を送り届けてくださったんですね、ありがとうございます。最近は物騒ですから、助かります。理子、中に入ってなさい」

「おい、待てよ」

「なんですか」

お兄ちゃんは毅然とした表情で、瀬戸龍馬に向き合う。正面から立ち向かうその姿勢を見て、少し胸が熱くなった。

「送り届けていただいて、ありがとうございます。これ以上、何か御用ですか？」

お兄ちゃんの体格は瀬戸龍馬より一回り小さいのに、同じくらいに大きく見えた。象のように揺るがなかった瀬戸龍馬が、ほんの少しだけ臆するのが判った。

「何か御用があるなら、承ります。なんですか？」

「……別にねえよ。じゃあな」

瀬戸龍馬は笑いながら言い、去っていった。余裕を浮かべていたが、無理して余裕ぶっているようにも見えた。

「大丈夫か、理子」

その声で気づいた。私は上半身に、ぐっしょりと汗をかいていた。

「つきまとわれてるの？　あいつに」

「ううん……そういうわけじゃないけど、ちょっとね」

「さっきの話は本当？　恋人の父親だって話」

「嘘だよ。あいつが曲解してるだけ。部活の後輩のお父さんってだけだし、恋人とか、そんなんじゃない」

「そうか」

これだけのやりとりで、お兄ちゃんは私のことを信用してくれたようだった。

「とりあえず休んでなさい。疲れただろ？」

優しい声だった。こんな声を、どこかで聞いたことがある。

これは、パパの声だ。声質も言いかたも、懐かしくて大好きなパパにそっくりだった。

「ありがとう、助けてくれて」

私は思わず、お兄ちゃんの手を握りしめていた。

――勝手なやつ。

そんな声が聞こえた。散々お兄ちゃんを疑ったのに、困ったときだけ頼るんだ。

お兄ちゃんは私の手をほどき、わしわしと頭を撫でてくれる。私は子供のころ以来本心から素直に、それに応じた。お兄ちゃんの手は少しだけ震えていて、その震えが愛《いと》おしく感じられて仕方がなかった。

19

目が覚めると、外はもう明るかった。

枕元の時計を見ると、正午を過ぎていた。慌ててベッドから起き上がろうとしたところで、頭がくらっとして倒れそうになる。

「ああ」

そこで気づいた。今日は、学校に行かなくてもいい。

ふーっとため息をついて、床に座り込む。色々とありすぎて、体が芯《しん》から疲れている。

ゆっくりと立ち上がり、階下に下りた。キッチンに入ると、書き置きがあった。

「俺も母さんも仕事だから、今日は家にいなさい。智己」

モーニングページの文字と同じ、お兄ちゃんの文字だった。読んだそれをゴミ箱に捨てようとしたところで、大切なものをしまうように、畳んでポケットに入れる。冷蔵庫を開ける。料理をする気にはなれなかった。納豆をかき混ぜて食べ、牛乳をコップに注いで飲む。ミニトマトをつまみ、口に放り込む。朝ご飯、おしまい。部屋に戻り、スマホを見た。マキから何件かラインが入っている。悠人くんからのラインはない。マキのラインはちょっと内容が重そうで、私は読まずに無視した。ホームレスの殺人事件について、新しい情報は何もなかった。スマホを置いてベッドに寝転がる。たくさん寝たせいかちっとも眠くない。あの敵意に満ちた教室に行くのは嫌だったけれど、学校というイベントが全くなくなると、特にやることもないのだと判る。

部屋を出て、隣に向かう。お兄ちゃんの部屋のドアノブをひねったが、今日は鍵がかかっていた。調べるチャンスだけれど、無理やり押し入ろうとまでは思えない。持て余した時間は、『オニリム』で潰すことにした。部屋に戻り本棚から『オニリム』

を取り出して、七十六枚のカードをさっさとシャッフルする。

山札を作り、手札を五枚取る。すべてが「迷宮」のカードだったので、そのままゲームをはじめた。

少しプレイしたところで、思い出す。『オニリム』は基本的にはひとり用カードゲーム《ソリテイア》なのだが、ふたりでやる用のルールもある。そう言えば、いまの二年生が入部してきたころ、薫とふたりでプレイをしたことがあった。

――んー、なんていうか、難しいですね、これ……。

薫は頭を掻きながら、困ったように言っていた。

――私、頭悪いですし、剣道しかやったことがなくて……。ちょっと、ついていけるかどうか……。

そうだった。薫は最初、弱気だったのだ。ボードゲームの中には、駒を渡されてすぐにプレイできるものもあるけれど、複雑なルールを覚えることで楽しさが理解できるタイプのものもある。入部当初、薫は覚えなければいけないことの多さに怯《ひる》んでいた。

――大丈夫だよ、月村さん。

私はまだ、薫のことを月村さんと呼んでいた。

――マキはちょっと特別だけど……私なんか、凡人もいいところだから。ルールを覚えるのも時間かかったし、頭を使うゲームになるとマキには勝てないし。でも、そういう人でも自分なりに勝負できるのが、ボードゲームのいいところだよ。私とマキも、下級生を教えるのは初めてでたぶん上手くできないけど、一緒にやっていこうよ。

いまから思えば、よくあんな立派な台詞を言えたものだ。本心から思ってたから言えたのだろう。私は薫に入部して欲しかった。可愛い後輩たちと一緒に、〝ボー研〟をやっていきたかった。

気がつくと、手が止まっていた。手札を置き、ぐっと背伸びをする。

薫は適性があったのか、それからめきめきと腕を上げて、ゲームの種類によってはマキを負かすようにもなった。笑里と、転校していった真奈美はマイペースだったけれど、それぞれのやりかたで〝ボー研〟を楽しんでいた。

楽しい日々だった。でも、私はもう、あの時間には戻れない。

ちらりと、キャビネットの一番下に目をやった。お酒を飲もうと思ったところで、自制する。誰もいない家の中で飲みはじめたら、どこまで飲んでしまうか判らない。自分が信用できないことは、自分が一番知っている。

お酒を最初に飲ませてくれたのは、パパだった。私が小学生のころだ。二十歳になったお兄ちゃんのお祝いで、ふたりで、まずいまずいと盛り上がった記憶がある。

昨日、お兄ちゃんに久しぶりに撫でられた。お兄ちゃんの手は、温かかった。

——家族はな、支え合うもんなんだよ。

瀬戸龍馬の言う通り、お兄ちゃんは私を支えてくれた。最近お互いに疑い合っていたのに、それでも助けてくれた。

お兄ちゃんは、どういう人なんだろう。殺人を犯していてもおかしくない、そんな凶暴で冷酷な一面があるのは間違いない。ハナコさんを睨みつけていたような、強い憎悪も抱えている。でも、昨日のお兄ちゃんは、紛れもなく、優しい人だった。瀬戸龍馬のような怖い人にも、勇敢に立ち向かってくれた。

たっぷり眠ったせいか、思考がいつもより速い速度でめぐる。その速度が、私には少しキツかった。私はカードを持ち直し、『オニリム』のプレイを続ける。

私の精神状態を反映するように、プレイは上手くいかなかった。いいところで「悪夢」のカードを引いてしまい、それまで揃えていた手札を捨てることになる、そんな展開が何度も続く。初回のプレイはクリアできずに惨敗。二回目は最初よりは上手くいってたものの、ギリギリのところでゲームオーバーだった。

『オニリム』には拡張セットがあって、これを使うと難易度は飛躍的に上がる。すべての拡張ルールを入れると、クリアするのは不可能と言われているくらい難しくなる。逆に言うと、何も拡張しないプレーンのルールは、比較的簡単だということだ。それにすら連続で失敗するというのは、やっぱり私は上手くない。

マキならば、こんなことはないだろう。あの子の『オニリム』の上手さは、群を抜いていた。何をどこでいつ使うか、どう捨てるか、その管理が本当に巧みだった。さすがにすべての拡張ルールを使っての攻略は無理だろうけれど、初期ルールで負けているところは見たことがない。

『オニリム』は、捨て札の管理が難しいのだ。ゲームを進めていくにつれて、捨て札はどうしても出る。何をどう捨てるかを上手く扱えないから、私は勝率が安定しない。

「やんなっちゃうな」

自嘲気味に呟いた、そのときだった。

捨てる。

その言葉が、私の中で何かと結びつく。

捨てる。捨てかた。その管理。そう、それは——。

「コルチカム……」

がたっと音がする。私は、立ち上がっていた。

『オニリム』では、手札以外にもいろいろなものを使う。山札、忘却《リンボ》カード置き場、場。

そして、捨て札。

「手札以外の札……」

がしゃがしゃと音を立てて、頭の中で計画が組み上がっていく。ほとんど自動的に、砂の上にピラミッドが積み上がっていくみたいだった。半ば呆然としながら、私は呟いていた。そうだ、この手があった。

「コルチカムを、捨て札にすれば……」

20

翌朝は、いつも通り目が覚めた。

階下に下りて、料理を作る。休日の朝ご飯は、お兄ちゃんがお酒を飲むのに合わせて、少し濃い目の味にすることにしていた。

「ただいま」

料理を終えたところで、お兄ちゃんが帰ってくる。休日はパン屋が休みなので、普通に散歩をするだけだ。

お兄ちゃんがシャワーから出てきたタイミングで、ママも起きてきた。「いただきます」三人が朝食のはじまる時刻にいるのは、珍しいことだった。

「理子、学校には行けそうかい」

缶ビールを開けて一口飲んだお兄ちゃんが、聞いてくる。

私の振るった刃は、沙苗の服を切っただけで肌を傷つけはしなかったらしい。来週から登校するようにと、昨日の夜、園田先生がうちにきて告げた。

「うん。大丈夫だよ」

「もしかして、いじめられてるの？」

「いじめってわけじゃない。ちょっと最近、上手くいかなくて。一昨日も、ちょっと遊んでただけだよ。周りが騒ぎすぎ」

「俺が口を利いてあげようか。これでも、教師だからね」

「いいよ、そんなの。でも、ありがとう」

「ありがとう、じゃないわよ」

横からママが口を挟んできた。

「あなたがああいうことをして、智己がどれくらい迷惑なのか、判る？」

「……ごめんなさい」

「謝るくらいなら最初からやらないでよ。普通にしてることもできないの？」

「まあまあ母さん。その辺にしようよ」

お兄ちゃんが珍しくとりなしてくれた。「あなたのために言ってるのよ、智己」ママは不満そうだったけれど、お兄ちゃんには強く逆らわない。ママは急いで残りの食事を掻き込み、部屋を出ていってしまった。

「気にしなくていい。あれでも心配してるんだよ」

「うん、ありがとう」

お兄ちゃんはリビングに向かい、ソファに寝そべった。テレビをつけて、レコーダーに録《と》り溜《た》めている野球の試合を見はじめる。

私は立ち上がり、冷蔵庫から枝豆としめじとベーコンを取り出す。適当にちぎってフライパンで炒め、お兄ちゃんの前に置く。

「気が利くね、理子」

「ちゃんと起きて食べてね。こぼすよ」

お兄ちゃんは判ったと言うように持っている缶ビールを掲げた。私はその隣に座る。

野球の試合に目をやる。正直ルールもよく判らないし、選手の名前も全然知らない。でも、覚えればきっと面白いのだろう。ボードゲームも、ルールを覚えてからどんどん面白くなる。

お兄ちゃんはおつまみを食べながら、リラックスした様子でテレビを見つめている。いつぞや見せたあの怖い表情は、少しも感じられない。お兄ちゃんが丸ごと、この穏やかなお兄ちゃんだったら、どれほどいいだろう。

――いや。

別の声が聞こえる。

――お兄ちゃんが殺人者だったのなら、それでいいんじゃない？

沙苗に刃を振るったときの、自由な気持ちを思い出していた。あんな歪んだ爽快感を抱えている人なんて、あちこち探してもそうはいないだろう。

お兄ちゃんがもし私と同じ感情を心の底に抱えているのなら、とてもレアだ。そんな歪んだものを分かち合える兄妹なんて、私たち以外いないかもしれない。今度お兄ちゃんと、殺人について話してみようか――。

――馬鹿。

お兄ちゃんがもし殺人犯なら、とんでもないことだ。私の人生もめちゃくちゃになるし、何より、死んでいる人がふたりもいる。ふざけたことを考えている場合じゃない。

「そう言えば理子。まだ、きついのかい、病気は？」

お兄ちゃんが唐突に聞いた。

「加害恐怖だっけ？　まだ治ってないの？」

「うん。治ってない……なんでそんなこと聞くの？」

「学校での揉めごとも、その延長なんだろう？　話はなんとなく、うちの学校にも伝わってきてるよ」

「そっか……ごめん、迷惑かけて」

「別に迷惑じゃないよ。こんなことでいちいち問題にはならないし、万一仕事をやめても、ほかのことをすればいい。つらかったら相談に乗るから、いつでも言いなさい」

お兄ちゃんは手を伸ばす。広げた手のひらに向けて頭を差し出すと、よくできましたという感じに頭をわしわしと撫でてくれる。お酒で少し温まったお兄ちゃんの手は、気持ちよかった。

——殺してあげましょうか。

悠人くんの声が聞こえた。それは、遠くから聞こえた気がした。

お兄ちゃんはその後ビールを飲んで寝てしまった。ママは仕事に出かけていき、昨日と同じくまた何もやることがない一日になりつつあった。私は仕方なく、リビングで『オニリム』をやって過ごした。

一度、悠人くんに連絡を取ろうと思って、やめた。

昨日の夜、私は作ってしまった。確度の高い、殺人計画を。これならまず成功するだろうという、綺麗なピラミッドを。

すぐに悠人くんに話すべきなのだろうけど、私は迷っていた。私がこれを話せば、悠人くんは実行に移すだろう。私の選択次第で、彼は殺人犯になってしまう。それがどれほど苦しいことか、想像すらできない。

いや、違う。それはごまかしだ。

私は、怖いんだ。

悠人くんとの時間。殺人計画を一緒に練ることができる、唯一のつながり。それを失うのが、怖いんだ。

こんなことを考えているのは醜い。殺人願望よりも汚い、いやらしい感情かもしれない。でも、これが私の本当の気持ちだ。私は悠人くんと、もっと話がしたい。

——でも。

お兄ちゃんと暗い気持ちについても話せるのなら、私は、悠人くんとつながっている必要はないんじゃないか——。

醜い感情が出てきて、私はそっと心の蓋を閉じる。ほかならない悠人くんに少しでもそんなことを考えてしまう自分が、嫌だった。

凪《なぎ》のように平和な休日だった。最近の大騒ぎは、なんだったのだろう。私は暇を持て余しつつも、『オニリム』をプレイし続けた。

いつの間にか、ソファで眠ってしまったようだった。

身体を起こし時計を見ると、夕方の十七時だった。お昼ごはんを食べていないおなかが、ぎゅーっと切ない声を上げる。こんなに長く眠ってしまうというのは、やはり疲れが蓄積しているのだろうか。

「……お兄ちゃん？」

反対側のソファで寝ていたはずのお兄ちゃんが、いなくなっている。テーブルの上には、朝に出したおつまみのお皿が空になっているほかに、汁がわずかに残っているカップラーメンの容器があった。私がずっと寝ているから、勝手に作って食べたみたいだ。

――あれ？

お兄ちゃんはどこに行ったのだろう。そう思った瞬間、玄関のほうからガタガタと音がした。

「理子。起きたんだね」

廊下に出ると、お兄ちゃんが、スニーカーを履いているところだった。リュックを背負っていて、荷物が多いのか中身が膨れている。

その目が、さっきまでと違って見えた。

なんというか、目が据わっている感じだった。私の頭を撫でてくれたときの優しさはなくて、何か強い感情を無理やり抑え込んでいるような、ギラギラとしたものがあった。

「ちょっと飲んでくるから、留守番しててくれる？」

「留守番？　ひとりで？」

「別に問題ないだろう？　疲れてるみたいだから、休みなよ。好きなものを作って食べればいいし、作るのが面倒なら何か出前を取っていいから」

「それなら、私もつれてってよ」

言った瞬間、お兄ちゃんは露骨に顔をしかめた。

「駄目。飲み屋だよ。教師が未成年をつれていける場所じゃないでしょ」

一瞬だけ歪んだお兄ちゃんの顔は、もう元通りになっている。でもその目だけが、怪しく光り続けていた。

「じゃあ、ファミレスにしようよ。そこならビールも飲めるし」

「二千円あげるから、ひとりで行ってきていいよ」

「でも……ひとりでファミレスってのも、ちょっと浮くしなあ」

「むしろひとりの客は多いよ。行ってきなさい」

やっぱり、何か変だ。ここまでしてひとりで出かけたがるなんて、お兄ちゃんらしくない。

嫌な予感がした。お兄ちゃんは今日これから、何かをするんじゃないだろうか——。

「お兄ちゃんと一緒にご飯、食べたいな」

私は無理を押し通し続けた。絶対に折れない、そんな気持ちを込めながら。

「……判ったよ。着替えてきなさい。そんな格好じゃ表に出れないでしょ」

「ちゃんと待っててね」

お兄ちゃんの気が変わらないうちに、私は急いで自分の部屋に向かった。


お兄ちゃんは、少し機嫌を悪くしたみたいだった。隣を歩いている最中も、ぶすっとしていて声がかけづらい。

——やっぱり私、帰るよ。お兄ちゃんは好きなお店に行って、好きなだけ飲んできて。私はひとりで何か作るから。

そんな言葉を待っているのが、伝わってくる。私はその空気を、頑張って無視した。

駅前まで歩いて、デニーズに入る。「生ビールひとつ」席に座ると、お兄ちゃんはすぐにビールを注文した。私は素早くメニューを見て、目についたパスタを頼む。

やってきたビールを、お兄ちゃんはぐいっと飲む。あっという間にジョッキの半分がなくなった。

「今日、一日中飲んでるね」

「……そういうこと言われるから、つれてきたくなかったの。教員って仕事は、ストレスの温床なんだ。こういう時間もないと精神が持たないよ」

お兄ちゃんは残りのビールを飲み干すとすぐにチャイムを鳴らし、追加のビールを頼む。あまりのハイペースに、心配になる。お兄ちゃんは大人とはいっても、私の兄だ。そこまでお酒が強いとも思えない。酔っ払ったときに世界がどれだけぐにゃぐにゃになるか、私は知っている。

〝銭湯さん〟が殺された、あの日。あの夜もお兄ちゃんは飲み会に出ていた。泥酔して、世界がぐにゃぐにゃになって、その勢いで河原まで行ったのだとしたら……。

「冷めるよ、それ」

気がついたら、頼んだパスタがきていた。私はフォークを掴み、くるくるとパスタを巻く。自分が頼んだのがミートソースであることを、口に入れたところで思い出した。

お兄ちゃんは二杯目のビールを飲み終えると、カレーライスと三杯目のビールを頼んだ。お酒が回ってきたのか、少しずつ機嫌が直っているようだった。今日お兄ちゃんが何かをするというのは、私の杞憂《きゆう》だったかもしれない。

怪しかった目の光は落ち着き、お兄ちゃんはいろいろなことを話している。でも、その言葉は私の耳には届いていなかった。

――ここが、話しどきかもしれない。

機嫌が回復したお兄ちゃんの顔を見ながら、私はそんなことを考えていた。瀬戸龍馬との一件以来、お兄ちゃんは私に少し向き合ってくれている。なら、これは好機かもしれない。ずっと逃げていたことに、立ち向かうための。

「お兄ちゃん」

私は、言った。

「河原で、何をやってたの？」

ぴたりと、お兄ちゃんは話をやめた。

私はうつむいた。お兄ちゃんのほうを見ることができなかった。

「何のこと？　河原？　荒川のことか？」

「そう、荒川。あそこで、何をやってたの？」

幅広い範囲をカバーするように、あえて曖昧に質問をした。お兄ちゃんはすぐには答えなかった。

「だから、何のことだい。河原？　この前、理子たちを見かけたときの話？　いつの何の話をしてるの？」

お兄ちゃんの声音を分析しようとしたけど、よく判らなかった。私は潔く、正面からぶつかることにした。

「〝銭湯さん〟が殺された翌日の朝、河原にいたよね？　パンを買いに行くついでに、寄り道をして」

「〝銭湯さん〟？　あのホームレスのこと？　河原なんかに行ってないよ。さっきから、何を言ってるんだ」

「あの朝、お兄ちゃんの靴に、草と泥がついてたよ。河原でついたんじゃないの？」

「草と泥？　学校の芝生でついたやつじゃないの？」

「写真にも写ってるよ。見る？」

私はスマホを取り出し、〝しのび〟の写真をお兄ちゃんに見せた。お兄ちゃんはそれを見て、ふっと笑う。

「これ俺じゃないよ。似てるかもしれないけど」

「朝の七時前に、似てる人がたまたま川のそばにいたってこと？　じゃあ、ホームレスのハナコさんを睨んでたのは、なんでなの？」

「ハナコ？　ああ、理子が絡まれてた相手かい」

「そう。お兄ちゃんがすごい顔で睨んでたって、言ってたよ」

「その人の勘違いじゃないのかな？　あるいは、日光が眩《まぶ》しかったとか」

お兄ちゃんはビールを飲んだ。駄目だ。何を言っても、お兄ちゃんは揺らがずに、のらりくらりとはぐらかされてしまう。

「じゃあ、地図は？　モーニングページのノートに描かれてる、あの地図は。河原のそばにも、丸がついてたよね」

「別に、なんとなく街中で気になった場所をメモしてるだけだよ。綺麗な景色だったり、花や木が生えてたり、素敵な建物だったり。っていうか、勝手に見るなよ」

駄目だった。お兄ちゃんは微笑を浮かべたまま、私の言葉をすべて受け流してしまう。

お兄ちゃんの仮面を剝《は》ぐ能力は、私にはない。

「理子」

お兄ちゃんの声が、低くなった。

「何を調べてる？」

お兄ちゃんは私のことを、まっすぐに見つめていた。感情のない目だった。私の本心を探る、そのことだけを目的にしたカメラのような目。

「腹を割って話そうか、理子、お前が最近、俺のことを何やら調べてるのは判ってるよ。一体、何を調べてるんだい」

迂闊に虎の尾を踏んだことを、私は後悔していた。最近の友好的なムードが、私の判断を狂わせていたのだ。何のプランもないのに、あんな質問はすべきじゃなかった。

「そうか」

お兄ちゃんの口元に、笑みが浮かんだ。

「俺がホームレスを殺した。そう思ってるんだね」

お兄ちゃんは、舐《な》め回すように私を見つめ出す。私はうつむいた。汗が噴き出る。心拍数が上がる。目の動き。汗の垂れる感じ。飲み込んだ唾。全部お兄ちゃんに解析されている気がして、私は微動だにできなくなった。

お兄ちゃんは、テーブルの上にある食器のかごを漁りはじめた。中から取り出されたものに、私は戦慄した。お兄ちゃんの手に、ステーキナイフが握られていた。

「しまってよ。刃物、苦手なの知ってるでしょ？」

お兄ちゃんは構わずに、先端をくっと私のほうに向ける。ナイフまで五十センチくらい離れているのに、肌に刃先が食い込んだ気がした。

「理子。本気で思ってるの？　俺が、人殺しだって」

「思ってない。そんなこと、考えたこともなかった……」

「その割に、ずいぶん細かく俺のことを調べてるみたいだけど？」

お兄ちゃんが、刃先をこちらに近づける。照明を浴びてキラキラと光った刃が、ゆっくりと向かってくる。

近づいてくる刃先から、目が離せない。お兄ちゃんは、不敵に微笑んでいた。

ふたりのホームレスも、こうやって殺したのだろうか。私の頭は、冷静に動いていた。

こうやって、なぶるように、痛めつけるように、刃を突き刺して。

お兄ちゃんは、いま、感じているのだろうか。蟻を潰したときのような——沙苗の服を切り裂いたときのような——あの快感を。

ぶっと、音がした。

「どうしちゃったんだよ、理子」

お兄ちゃんが噴き出す音だった。

「ただの冗談だよ。何マジになってんの。怖いよ、理子」

「お兄ちゃん……？」

「本当にそんなこと心配してたの？　どうかしてるよ」

お兄ちゃんはそう言って、ナイフを元の場所に戻した。

「最近様子がおかしいと思ったら、そんなこと考えてたなんてね。想像力たくましいな、ほんとに。誰に似たんだか」

あー、面白い面白い。そんなことをいいながら、お兄ちゃんはジョッキを傾ける。私はその様子を、ただ見つめているしかなかった。

いまのは、なんだったんだろう？

全身にぐっしょりと汗をかいている。いま私が見たものは、なんだった？

上手くかわされたのだろうか。それとも、本当にただの冗談だったのだろうか。お兄ちゃんは何食わぬ顔でカレーを食べはじめていて、表情からは何も読みとれない。

もっと追及するべきなんだろうか。でも、またかわされたら打つ手がない。なんだろう？　この人は、何を考えているんだろう……？

「山根！」

唐突に、言葉が飛び込んできた。私とお兄ちゃんが、同時に声のほうを向く。

向こうのテーブルに、沙苗がいた。

沙苗はいつもの取り巻きたちと一緒だった。六人のグループで、彼氏の岡見くんの姿もある。展開に頭がついていかないうちに、沙苗はひとりで近づいてきた。

「山根、お前何してんだよ、こんなとこで」

「あの……失礼だけど、君は理子の同級生？」

「はあ？　あんた誰？」

「こういうものだけど」

お兄ちゃんはにこやかに言って、名刺を出した。沙苗はそれを面白そうに眺める。

「山根智己……。へえ、山根のお兄さん？　教師なんだ」

「理子の担任の園田先生とは、同じ釜《かま》の飯を食った仲間だよ。たまに会って情報交換もしてる」

さすがは教師で、沙苗が私にとってどういう人なのか、もう判断できているようだった。だが、お兄ちゃんの牽制《けんせい》に、沙苗は臆さない。

「教師なら聞いてよ、山根先生。知ってる？　こいつにカッターナイフで切られた話」

「ああ、君だったのか」

お兄ちゃんはことも無げに答える。

「本当に申し訳なかったね。俺からも再教育しておくよ。でも、君たちのほうにも問題があったって、園田先生から聞いてるよ。お互い様じゃないかな？」

「なんだよ、教師なのに身内をかばうの？」

「客観的に考えてるだけだよ。君たちが昼休みに楽しく話してるところに、理子が一方的に切りかかったわけじゃないだろう？」

「でも、変なノートを書いてたのはこいつが先だよ？」

「じゃあ君たちも、ノートを書けばよかったんじゃないかな」

沙苗はいらついたようだった。名刺に目を落として答える。

「山根先生……富士中なんだね。そっちにもいるよ、私の友達、大勢」

「交友範囲が広いのはいいことだね。学生のうちは大勢の人とつきあったほうがいい」

「まずいんじゃない？　教師が身内をかばったなんて話が広まったら。教育委員会とか、色々あるんだよね」

「色々あるよ。紹介しようか？　君の連絡先を教えてくれれば、そこに窓口の情報を送っておくよ。えーと……、何さん、だっけ？」

私が口を挟む暇もなく、お兄ちゃんは淡々と答え続ける。私は沙苗を見た。その目に、強烈な憎悪が宿るのが見えた。

「ほかにもあるんだよ。こいつの暴力事件」

「ほかに？」

「あそこに、男いるでしょ？　あいつが、こいつの彼氏にボコボコにされてさあ」

「何？」

お兄ちゃんの顔が、少し険しくなった。私は驚いた。岡見くんに断りもなく沙苗がこの話を持ち出してくるとは思わなかった。

「先週の木曜日だよ。私とあそこにいる慎吾って子がさ、ちょっと話したいことがあって、校庭の隅っこに行ったんだよ。そうしたら、こいつと変な男が一緒にきてさあ。慎吾、何もしてないのにいきなりそいつに蹴られて」

「それからどうなったの？」

「全治一週間。病院に行ったら、蹴られたところが打撲になってた。ひどくない？」

「理子。本当か」

「本当だよな、山根。写真も撮って」

沙苗は勝ち誇った表情でこちらを見下している。浮かれたその目を見ていると、逆に気持ちが落ちついてきた。

　岡見くんがやられた話は、タブーのはずだ。喧嘩を売った挙句にやられて、それを写真に撮られるなんて失態もいいところだろう。写真を学校中にばらまかれたら、面子《メンツ》が潰れるのは岡見くんと沙苗のはずで、だからこそ彼女はあの事件をずっと公にせずに過ごしてきた。つまり——沙苗は冷静な思考ができなくなっているだけだ。

「嘘だよ。そんなことするわけない。いい加減なこと言わないでよ、沙苗」

「てめえ、何言ってんだよ、この野郎」

「じゃあ、岡見くんを呼んでみよう」

　私は集団のほうを見た。

「沙苗の言うことが本当かどうか、彼の口から聞いてみようよ。一年生にやられたなんて、そんな事件があったかどうか」

私は勝ちを確信していた。岡見くんが自分の恥を公言するわけがない。

少し冷静になったのか、沙苗は気勢を削《そ》がれているようだ。私は彼女から目を逸らした。これ以上、睨み合う必要はない。

「もう、話は終わりかな？　食事を続けたいんだけどな」

裁定を下すように、お兄ちゃんが言った。沙苗はどんと足を踏み鳴らし、私たちの前から去っていく。私は、ふーっと息をついた。

「あの子ら、クラスメイトか？　全員？」

「うん。今年一緒になったばかりの子もいるから、うろ覚えだけど」

「一応名前を覚えておきたい。端から教えてくれる？」

女子五人と岡見くんの名前を挙げながら、私は向こうのテーブルを見た。沙苗たちは私のほうをちらちら見ながら、何かを話している。

「あー、なんか空気悪いね、この店。帰ろっ！」

店中に聞こえるほどの大声で沙苗が言うと、全員がこちらを睨みつけながら帰っていく。岡見くんだけは気まずそうな、どうしていいか判らない表情をしていた。

「一応、理子の中学の知り合いにも声をかけておくよ」

お兄ちゃんはそう言って、ジョッキを飲み干した。

「ごめん、ちょっとトイレ」

考えなければいけないことが多すぎて、ちょっと抱えきれない。空気を入れ替えるつもりで、私は席を立った。

　トイレに入って便座に腰掛けたところで、どっと疲れがきた。お兄ちゃんのことだけでも疲弊したのに、まさか沙苗に会うなんて。

　沙苗の憎悪の強さに、私は驚いていた。切りつけたことで大人しくなってくれることを期待していたけれど、今日の感じだと却って彼女の怒りを増幅させただけみたいだった。私に向かって牙《きば》を剝《む》いていた教室は、ますます風当たりが強くなるだろう。あと一年近く、そんなところに通うなんて考えただけで気が滅入る。

　転校をするか、高校に行くときに、遠くの高校を選ぶという手もある。でも、我が家の家計からして、私を遠くに出す余裕があるとは思えない。お兄ちゃんにしたって、いきなり結婚して家庭を持ってしまうかもしれないのだ。そうなったら、私も高校なんか行っている場合じゃないかもしれない。

　考えすぎてしまうのが私の悪い癖だ。先のことなんか考えても仕方ないと頭では判っているのに、不安が出てくるとどうしようもない。そこから抜け出せずに、囚《とら》われ続けてしまう。

　私はスマホを見た。特に誰かからラインが入ってきたりしているわけでもないし、面白いアプリがあるわけでもない。私は、適当なニュースを見ることにした。特に興味のない話題を摂取し続けていると、渦巻く負の感情が少しずつ中和されていく感じがする。

　そこで、ひとつのニュースが私の目に飛び込んできた。

――将棋名人戦初日　岡山県倉敷《くらしき》市で開催。

マキのお父さんが出ているタイトル戦だ。今日からだったのか。どうも名人戦というのは二日がかりでやるようで、初日の最終手は封じ手として翌日に残すらしい。戦評を見ると「状況は互角」というような評価が書いてあった。明日は上手くいくといいのだけれど。

倉敷なんて、ずいぶん遠くでやるんだな。無邪気にそんなことを思った瞬間、すっと血の気が引いた。

――マキは今夜、ひとりだ。

地方でのタイトル戦にはお母さんを帯同し、自分は留守番をすると、小学生のころマキは言っていた。そのルールがいまも変わっていないのなら、マキはいま、自宅にひとりでいる。

コンコン。

ノックの音が響き、私は飛び上がった。もう個室にこもって十分くらいが経っていた。服を着直して、トイレの外に出る。その間、ずっと嫌な予感が続いていた。

――まさか、そんなこと、ないよね。

足早にテーブルに戻る。長かったな、理子。お兄ちゃんのそんな言葉を期待しながら。

テーブルの上には、三千円が置かれていた。

お兄ちゃんは、いなくなっていた。

21

電話をかける。コール音は鳴るものの、お兄ちゃんは出る気配がない。

私は夜が訪れつつある街を、マキの家に小走りで向かっていた。

お兄ちゃんがひとりで出かけることに執拗にこだわっていたのは、これだったのかもしれない。マキがひとりになる夜——その機を見計らって、彼女を襲うこと。ホームレス殺しの犯人は、目撃者を見つけたら追いかけてきたそうだ。二回目の殺人では、遺体が見つからないように草むらに隠している。犯人が、自分の痕跡を消すことにこだわっているのだとしたら——。

先ほど突きつけられた、ステーキナイフの刃先が思い浮かぶ。何を考えているか判らない仮面で、刃を向けてきたお兄ちゃん。あれが、本気だったのだとしたら。ファミレスで切りつけてくるわけにはいかないから、とりあえず思い留まっただけだったとしたら——その刃がほかの人に向いても、おかしくはない。

問題は、お兄ちゃんが、マキがひとりでいることを知っているかだ。

お兄ちゃんは、ニュースを見る人だ。名人戦が今日倉敷であり、マキのお父さんがそこに出ることは、知れる状態にある。でも、マキのお母さんがそれに合わせて遠征していることは知る術がない。ただ、マキは小学生のころまで、よく私の家に遊びにきていた。そのときにぽろっと漏らしたりはしていないだろうか？　だとしたら、駄目元のつもりで、お兄ちゃんはマキの家に行っているかも――。

不安が高まっていく。走りながらマキにラインの通話をかけるが、それもつながらない。「マキ。いまいい？」文字で送っても、既読にすらならない。

――宮野さん、こんな時刻にすみません。理子が学校でやったことについて、少し相談があるんですけど、ちょっと玄関先までいいですか？

お兄ちゃんが家に出向き友好的に言ったとしたら、マキは出てしまうだろう。一旦出てしまったら、もうマキに防ぐ手段はない。

そこで、スマホに着信がきた。マキ？　と慌てて画面を見たら、かけてきたのは悠人くんだった。

「もしもし？　着信もらってたみたいだけど、どうしました？」

ファミレスを出るとき、悠人くんにも通話をかけていたのだった。

「悠人くん。お兄ちゃんが、いなくなっちゃって」

「え？　どういうことですか？」

私は説明をした。今日、マキが家でひとりになっていること。お兄ちゃんがそれを知っているかもしれないこと。ひとりで出ていくことにこだわっていたお兄ちゃんがいなくなり、連絡がつかないこと。

「うーん」

すべての説明を聞いた上で、悠人くんは唸った。

「もし犯人だったとしても、家に押し入ったりしますかね？　考えすぎだと思うけど」

「じゃあお兄ちゃんはなんでいなくなったの？」

「ひとりで飲みたくなっただけなんじゃないですか」

「お兄ちゃんはマキの家を撮影してた。お兄ちゃんが持っていたモーニングページのノートにも、地図が描かれてた」

「でもなあ……」

危機感が共有できないのがもどかしい。焦りが自分の中で煮詰まっていく。

「警察に一一〇番したほうがいいかな？　女の子が襲われてるって」

「山根さん。そんなことして何も起きていなかったら、逆に補導されますよ」

そのときだった。脇の車道を、二台のパトカーがサイレンを鳴らして走っていった。

その方向には、マキの家がある。

私は立ち止まった。不安と急な運動で、心臓が痛い。

まだマキの身に何かがあったわけじゃないし、パトカーが出動することなんか日常的にある。私はそれらを、過剰に関連づけて考えているだけだ。冷静な論理を自分にぶつけてみたけれど、不安は消えてくれない。

「山根さん？」

「悠人くん、どうしよう……。私がお兄ちゃんから目を離したばかりに……」

「山根さん、落ち着いてください。深呼吸してくださいよ」

言われるがままに、空気を吸い込んだ。空気が肺に流れ込んでくるものの、自分が本当に深く呼吸できているかはよく判らなかった。

「そんなに不安なら、合流しますか？　いまから」

「いまから？　でも……」

「行きますよ。いま、どこにいるんですか？」

悠人くんと合流したからといって、何がどうなるとも思えない。でも、彼にそばにいて欲しかった。この不安を、誰かに支えて欲しかった。

「合流したい。場所は、マキの家の前」

「判りました。準備もあるんで、三十分くらい見といてください」

「私は十分くらいで着くはず。またあとでね」

「判りました」

電話を切る。

トイレに入ってから、十五分くらいが経っている。お兄ちゃんがマキの家に向かったのなら、もう着いているころだろうか。タクシーを拾われたりしたら、もっと早いかもしれない。

私は薄暗がりの中を走り続けた。

22

マキの家に到着したのは、悠人くんに電話をしてからきっかり十分後、ファミレスを出てから十五分後だった。

二階建ての一軒家は、眠ったように静かだった。玄関の街灯も灯っていないし、路上から見えるどの部屋にも電気がついていない。

ここまでずっと走ってきて、息が上がっている。息を整え耳を澄ませたが、家の中からも外からも、特におかしな音は聞こえない。

マキの家にきてみると、ここが「犯罪に向いている場所」であることが判る。誰でも開けられる門を通れば、高い塀で囲まれた敷地に入ることができる。入りやすく、見えにくい。

私は、門扉の横にあるインターホンを鳴らした。

応答はない。もう一度鳴らしたけれど、マキが出てくることはなかった。

時計を見ると、十八時四十分。マキがひとりで留守番をしているなら、こんな時刻に出歩いているのは変だ。

私は門扉の取っ手をひねろうと、手を伸ばした。

——あれ？

おかしかった。取っ手に手をかけただけで、その勢いで門扉は開いてしまう。外に出るときに、門が奥まで押し込まれてないのだ。つまり、マキは慌てて家を出たということになる。それとも、お兄ちゃんがマキを無理やりつれだして、どこかへ行ってしまったのだろうか。

いや、そうとも限らないだろう。たまたま門を閉め忘れただけかもしれないし、外に出かけてすらおらず、家の中で寝ているだけかもしれない。大体こんな住宅街で拉致《らち》なんかしたら、周りの家にも伝わるはずだ。

――お兄ちゃんが穏便に、マキをつれだしたとしたら？

嫌な可能性から耳を塞ぎ、私は玄関に向かった。ドアを強めに叩く。

「マキ。いる？　ちょっと話したいことがあるんだけど」

少し近所迷惑かと思うくらいにノックと声掛けを繰り返したが、家の中で何かが動く気配すらない。念のため玄関のドアを開けようとしたが、こちらは施錠されている。

「ごめん、入るよ」

断ってから、庭のほうに回る。小さな庭が芝生になっていて、奥に丸太の杭《くい》で囲まれたガーデニングスペースがあった。庭の右側、リビングに面したガラス戸は一面カーテンで覆われていて、中がどうなっているか見えない。「マキ」ガラス戸を念のため叩いてみたけれど、やはり応答はなかった。

塀と家の間のスペースをぐるりと回ってみたけれど、マキが倒れていたりということもなかった。これだけ呼びかけたのに平気で眠っているというのもマキらしくない。ということは、結論はひとつ。マキはいま、この家にいない。

——じゃあ、どこにいるんだろう？

私はスマホを取り出した。ラインから薫を選んで、通話をかける。

「はい、月村です」

すぐに出てくれる。最近険悪だった相手なのに、人の声が聞けることにほっとした。

「薫、ごめん、急に」

「はあ。どうしました？」

「今日、マキがどこにいるか知らない？」

「え？」

そのとき、遠くからパトカーの音が聞こえてきた。

少し離れた大通りを走っているのだろうか、パトカーの音は複数で、ここにくるまでに遭遇したものよりも切迫しているように聞こえた。気持ちが急《せ》き立てられるのを感じながら、私は続ける。

「今日、倉敷でマキのお父さんが将棋の対局をしてるよね。マキも一緒についていくとか、そういう話はなかった？」

その可能性はある。昔と違って、マキもお父さんの対局についていっているのなら、家にいないのは当たり前だ。私はスマホをぎゅっと握りしめて、薫の返事を待った。

「宮野先輩なら、留守番されてるはずですよ」

薫の答えは、私の期待を軽く裏切る。

「本当？　昔はそうだったけど、今回は気が変わってついていくとか、聞いてない？」

「というか、自分だけ家にいるって聞きましたけど。旅行気分で行ったら、お父さんを邪魔してしまうからって」

スマホを取り落としそうになる。マキは、家にいないとおかしい。いないということは、マキの身に何かが起きたのだ。

いや、必ずしもそうじゃない。コンビニやスーパーに買いものに行っているだけかもしれないし、私たちと同じようにファミレスでご飯を食べているだけかもしれない。なら、ここで待っていればいずれ帰ってくるはずだ。

「山根先輩？」

「ああ……ごめん、ちょっとボーッとしてて」

「なんで宮野先輩のことなんか聞くんですか？　まさか、お兄さんが何か……？」

「いや……ちょっと、借りてたボードゲームを返しにきたら、家にいなくてね」

「家にいるか確かめもせずに、わざわざきたんですか？」

「買いものに行くついでに寄っただけなんだ」

薫の直感に引っかからないように、言葉を選んで返事をする。薫には悪いけれど、もう通話を切ろうと、適当な口実を頭の中で考え出す。

「宮野先輩なら、川に行ってるかもしれません」

薫が、唐突に言った。

「川？　なんでそんなところに……？」

「放課後に、支援しているホームレスの人と、定期的に話してるって言ってましたから」

「でも、最近河原で殺人事件が起きてるんだよ？　そんな危ないところに……」

「それは私も言いましたけど、周囲から見えるところで会ってるって言ってましたよ。茂みとか橋の下とか、通りから見えないところには近づかないようにしてるって」

そのとき、遠くから、サイレンの音に混ざって、カンカンと鐘の音が聞こえた。

この音は、知っている。消防車が、出動するときの警鐘だ。

――まさか。

さっきから、パトカーのサイレンが響いていた。消防車が鳴らす音も、同じ方向に消えていく。

その先にあるのは、川だ。

「ごめん、薫、またね」

「は？」

応じている余裕がなかった。私は通話を切る。

十八時五十五分。私がファミレスのトイレに入ってから、もう四十分が経っている。

お兄ちゃんはマキの家にきたのだと思っていた。でも、そうじゃなかったとしたら？　最初から、川に向かっていたとしたら？　そこで、ホームレスの人を襲うつもりだったとしたら？

消防車の音が消えたと思いきや、また新たなサイレンが聞こえてきて、川のほうに向かっていく。カンカンと鳴っていないのでパトカーか救急車なのかもしれないが、明らかに量が多い。川のほうで、何かが起きたのだ。

もう一度、お兄ちゃんとマキに通話をかけた。でも、どちらもつながらない。

身体は疲れていたけれど、行くしかない。

私は川に向かって、走り出した。

川のそばは、騒然としていた。

河原にパトカーと消防車が下りていて、赤い光を周囲に撒き散らしている。花井橋の上には野次馬が溢《あふ》れんばかりに集まっていて、川の両岸に建つマンションのベランダにも住人が出てきて川を見下ろしている。

私は橋の上にいた。あたりには焦げ臭い臭いが漂っている。その発生源は、河原だ。

ハナコさんの家があったあたりに、消防士や警察官が大勢いる。あのあたりで、何かが燃えたのだ。

「また殺しだってね」

「死んだの？　病院に運ばれたってお巡りが言ってたけど」

「しかしすっげえ臭えな。人が燃えたのこれ？」

「さっきまでブルーシートが燃えてたから」

　野次馬の声が、跡切れ跡切れに聞こえてくる。事態の全貌《ぜんぼう》は判らないけれど、三件目の事件が起きたのは間違いない。誰かが襲われて、火をつけられたのだ。まさか襲われたのは、ハナコさんだろうか——。

　だとしたら、マキは——？

「あそこに犯人がいるみたいだな」

「え？」

　思わず声を出してしまい、橋の欄干から河原を見下ろしている人に怪訝《けげん》な顔をされる。私は構わず、その人が見ていたほうを見下ろす。

　河原に、パトカーが停まっていた。赤いパトランプを車体の上でぐるぐると点灯させながら佇《たたず》んでいる。周囲を取り囲むように、制服を着た警察官が六人も立っている。

　犯人が、捕まったのだ。そして、あのパトカーの中で取り調べを受けている。

　暗い上に距離があり、中に誰がいるかはよく見えない。私は不安に突き動かされるように、走っていた。

「ちょっと、どこ行くの君」

　河原に下りる道には、警察官のおじさんが立っていた。避けて下りようとしても、当たり前のように回り込まれてしまう。

「おい、何考えてんだ。戻りなさい」

「すみません、加害者の人が、知り合いかもしれないんです」

「はあ？ だから何、こっちにきちゃいけないよ」

「お願いです、通してください」

「駄目に決まってるだろう！ 早く帰るんだ！」

そんな。あそこに、お兄ちゃんがいるかもしれないのに――。

警察官の腰にピストルがあるのが目に入った。物騒なことを思いつく。ピストルを奪えば、この人を排除して河原に向かうことができるかも――。

「理子？」

背後から声をかけられ、思考が中断された。

振り向いて、私は目を剝いた。そこに立っていたのは、マキだった。

「何やってるの、理子。こんなところで――」

「マキ……」

その隣には、こざっぱりとした服を着たハナコさんもいた。へなへなと膝《ひざ》が崩れそうになる。襲われたのは、ハナコさんではなかったのだ。

「君、知り合いなの？ ちょっとこの子、どこかにつれてって。全く、子供が事件現場で何を考えてるんだ」

「理子、行こう」

　マキに促され、私はその場から離れた。振り返り河原に停まったパトカーのほうを見ると、ちょうどエンジンがかかり動き出すところだった。パトカーはこちらの坂道を上がってくることなく、河原沿いの道を通って、向こうのほうに行ってしまう。私はその後ろ姿を見送るしかなかった。

「理子、どうしたの。こんなところで何やってるの」

「うん……」

　マキが心配するように覗き込んでくる。私は、とっさに嘘を考え出した。

「いや、これから買いもの行くところなんだけど、借りてたプレイングカード返すつもりで、マキの家に行ったんだよ。そしたら誰もいなくて、薫に聞いたら川にいるんじゃないかって言われて、それできてみたら、こんな騒ぎで……」

「そうなんだ。そのカードはどこ？」

「……ごめん、忘れた。持ってきたと思ったんだけど」

「何それ。変な子」

　マキは拍子抜けしたように噴き出し、すぐに表情を引き締める。

「美《み》南《なみ》さんと、ちょっとご飯食べてたんだよ」

「美南？」

「あたしの本名だよ、えーと、理子ちゃん？」

ハナコさんが答える。

「通ってた漫画喫茶がバイトを募集しててさー、それであたしでも雇ってくれますかって聞いたら、雇ってくれるって言ってくれて。まだ住むとこはないんだけど、とりあえず漫喫のブースを貸してくれるっていうから、渡りに船でねー。久々に無職脱出したから、マックでささやかにお祝いしてたんだよ」

「そうなんですか……」

「それで、川にきてみたらこの騒ぎでしょ？　もーあたし、驚いちゃって」

「犯人、捕まったみたいだね」

ハナコさんの浮かれた声とは対照的に、マキの声は真剣だ。

「だから、理子じゃなかったでしょ？　犯人は」

「うん。それは判ってるんだけど……」

「お兄さんでもなかった。そうじゃない？」

判らなかった。パトカーの中にいる人の姿は見えなかったし、お兄ちゃんとはずっと連絡が取れない。

「智己さんは、いま、家？」

「判らない。出かけてて、どこにいるか判らないんだ」

「電話かけてみたら？　もしつながったら、安心できるでしょ？」

「そっちも、つながらなかったくせに」

マキはキョトンとしたあと、スマホを取り出して見た。「ごめん、気づかなかった」私からの着信の山を前に、バツが悪そうに言う。

ひとまず、この夜の騒ぎは、収まったみたいだった。捕まったのは、お兄ちゃんだったのか——その懸念を除いては。

「えっ、理子?」

マキが声をあげるのをよそに、私はふたりの前から立ち去った。無事だと判ったのなら、それ以上私が話すことはない。「ちょっと理子、待ってよ」その声を無視して、私は歩き続けた。

スマホを取り出す。ラインからお兄ちゃんを選んで、通話ボタンを押そうとする。

——もしも、出なかったら?

それが一番怖い。結果を知りたい気持ちはあるのに、最悪の結果を避けたい気持ちもある。通話ボタンをタップしようとする指が、それ以上動かない。私はため息をついて、スマホを鞄にしまった。

いつの間にか喧騒がかき消え、静かな夜が戻っていた。

とぼとぼと、夜の街を歩き続ける。気がつくと私は、〝くまそう〟の脇の通りを歩いていた。家まではこの公園を突っ切るのが近道なのだが、夜の〝くまそう〟は人がいなくて閑散としている。こんな時間に、近づいてはいけない場所だ。

——疲れたな。

早く帰って眠りたい。できれば、家に帰った瞬間に、お兄ちゃんが迎えてくれるといい。理子、どこ行ってたの？　あまりに遅いから心配したよ。全く、暗い顔をして、お風呂に入ってゆっくり寝なさい。お兄ちゃんの凶暴な面に惹《ひ》かれていたというのに、いまはただ、優しいお兄ちゃんだけにいてほしかった。

そのとき、背後から、足音がした。夜の静けさの中にあって、どこか切迫した足音だった。

なんだろう。私は振り返ろうとする。

甲高い音が、夜に響いた。金属の高鳴る、澄んだ音だった。

気がつくと、私の目の前に空があった。今日の空は雲が分厚く、星の見えない暗い空だった。あれ？　私はなんで、空なんかを見ているのだろう。

次の瞬間、猛烈な痛みが脇腹のあたりを襲った。暴力的なまでの吐き気がこみ上げてくる。反射的にえずいたが、喉からは何も出てこなかった。

私は尻もちをついている。だから、空が視界に入ってきたのだ。尻もち？　嘔吐《おうと》？　なんで？　私は一体……。

視界に、人の顔が入ってきた。

「山根」

それは、沙苗の顔だった。

23

なんで沙苗が、ここに……。

私の頭は、パニックに陥っていた。沙苗の横には、岡見くんの顔もあった。

「慎吾」

沙苗が言うと、岡見くんが私に近寄り、無理やり立たされる。痛みとパニックで、声すら出せなかった。私は岡見くんに抱えられるまま、〝くまそう〟につれ込まれた。めちゃくちゃになった思考回路の中で、ひとつのことだけは判った。私を抱えるときに、彼は沙苗に金属バットを手渡していた。私はあれで、脇腹を殴られた……。

「さっきの態度はなんだよ、山根」

しばらく運ばれたあとに下ろされ、パシッと、頬を張られる。鼻の奥に、鋭い痛みが突き抜けた。

「お前の取っていい態度じゃねえだろ、判ってんのか」

ぷんと、よく知っている匂いが漂った。沙苗の声には、子供っぽい浮かれた感じがある。私をなぶれるという快感もあるのだろう。だけど、それだけじゃない。

アルコールだ。沙苗は、お酒を飲んでいる。

「沙苗……」

かすれ声しか出ないけれど、なんとか声が出た。

「やめてよ……。痛いよ……」

もう一度、頬を張られる。口の中が切れて、血の臭いがした。

「慎吾ぉ。なんかこいつ、殴って欲しいってよ。もう一発」

「ええ？　もういいだろ？」

「次はここがいいんじゃない、ここが」

沙苗は指先でとんとんと私の頭を叩く。背筋がぞっとした。

「冗談だろ、沙苗。死んじまうよ」

「死なない程度にやってよ。西中の安打製造機って呼ばれてんでしょ、あんた」

「軟球打つのとは違うだろ」

「慎吾さあ、あたしのこと好きじゃないの？　やっぱり山根のこと好きだったりして」

沙苗はおかしそうに笑う。恐怖の中で、私は把握した。岡見くんは沙苗に引きずられているだけなのだ。あたしのことが好きなら、山根理子を殴れ。証明しろ。

怖くて、唇が震えた。岡見くんは真面目な性格の子だ。暴走する主犯と、真面目な共犯。残虐な事件が起きるときの、定番パターンだ。

「こんなことして……ただで済むと思ってるの……？」

私は言った。

「出席停止どころじゃないよ……。警察に、捕まるよ、沙苗……」

「ああ、それなら大丈夫だから」

「何が大丈夫よ……」

「うるせえな」

沙苗はそう言うと私の背後に回り、私の着ているワイシャツのボタンに手をかける。

「ちょっと……やめて、何やってんのよ……」

「記念撮影してやるよ。お前らもやっただろ」

沙苗の意図が、理解できた。全力で抵抗しようとした瞬間に、殴られた脇腹に激痛が走り、それ以上動けなくなった。

ワイシャツが剝ぎ取られる。沙苗は、その下に着ているインナーの裾《すそ》を摑む。それも無理やり、脱がされた。上半身が、ブラジャー一枚になった。

「理子ちゃん、幼児体型ー。可愛いおっぱいでちゅねー」

「やめてよ……沙苗……」

「慎吾、写真」

「あ、ああ……」

岡見くんはごそごそとポケットを探り、スマホを取り出した。小さなカメラレンズが、獲物を見つけた昆虫の目のようにこちらに向く。沙苗の手が、背中の肌を撫で回す。

「やめてよ……」

痛い。動けない。涙で視界が滲《にじ》む中、沙苗の指先が、ブラのホックに触れた。

——殺せ。

〝夜〟が、私の中から突き上げてきた。

——ここまでされて、黙って従うことなんかない。殺せ。殺してしまえ。

でも、どうやって？

沙苗がブラホックをいじっている。すぐに外せるはずなのに、じらして楽しんでいるようだった。岡見くんの構えるカメラの目が、そのときを待つようにじっとこちらを見下ろしている。

時間が止まったように、私の頭が動いた。

頭の中で高速でページがめくられるように、過去書いてきた様々な殺人計画の断片が浮かんでは消える。前提はいくつもある。身体は痛くて動かない。相手はふたりで、そのうちのひとりは屈強な運動部の男子で、しかも武器を持っている。でも、私はたくさんの計画を練ってきた。こんなときに、することは——。

「うえええっ」

私は、嘔吐した。腹筋で胃を刺激して、さっき食べたミートソースのパスタを地面にぶちまけた。

嘔吐する。嘔吐する。その一方で、私は全身をガクガクと震わせた。脇腹に痛みが走ったが、関係ない。できるだけ大きく、速い速度で。

「おい、山根」

沙苗の声の中に、私を心配する響きが交ざっていた。私は構わずに、身体を震わせ続ける。

「薬……」

「は？」

「発作を止める薬があるの……。リュック、取って。死んじゃう。薬、飲まないと、死ぬ……」

「お、おい……」

沙苗が立ちつくす中、岡見くんがリュックを拾って渡してくれた。「ありがとう……」

全身を震わせながら、私は鞄の中に手を突っ込む。

一番奥。そこに、目的のものがあった。

私はふたりに向かって防犯スプレーを構え、全力でスプレーボタンを押し込んだ。

「う、うわわわっ！」

ふたりが、一瞬で地面に崩れ落ちるのが見えた。スプレーの威力は、それほど破壊的だった。岡見くんは悶絶《もんぜつ》しながら地面にうずくまっている。

「てめえ……山根！」

沙苗は両目を押さえて咳き込みながらも怒鳴り続けている。すごいエネルギーだった。

そんな彼女のむき出しの敵意ですら、激しい痛みの前では無力にすぎない。

ふーっと、ため息をつく。興奮の水位が下がっていくのが判る。私は呼吸を整えながら地面に落ちている服を着込み、ゆっくりと立ち上がった。

——理子ちゃんも、こっちにおいでよ。

声が、聞こえた。

——こっちは、気持ちいいよ。

頭が冷静に、回転していた。私は、状況を整理する。

私は岡見くんに、金属バットで殴られている。そのあとに沙苗にビンタをされ、裸の写真を撮るために衣服を剥がされた。ここまでされたのだ。それなりにやり返しても、正当防衛が成立するんじゃないだろうか。

私は、金属バットを拾い上げていた。

バットを持つのは初めてだった。金属の塊かと思っていたけれど、素材のせいなのか、やけに軽い。

「山根……てめえ……」

——次はここがいいんじゃない、ここが。

今度したのは、沙苗の声だった。そうだ。私は、殴られるところだった。頭を、金属バットで。

痛みは感じなくなっていた。私がこれを振り上げて沙苗の頭に叩きつければ、沙苗は死ぬ。でも、私は未成年だ。先にやられた形にもなっている。私が罪に問われることは、たぶんない。

　これは、チャンスだ。人を殺すなんて、めったにできない。本物の暴露療法《エクスポージャー》だ。夜の日記どころじゃない。カッターナイフなんか目じゃない。これを乗り越えれば、私は不安から逃れられるんじゃないだろうか……。

「山根、何してんだよ……」

　岡見くんの声が聞こえる。

「悪かった、山根、頼むから、それ、置いてくれよ……」

　私は、返事をしなかった。どっどっと、心臓の音が聞こえる。

　怖くない。最後にそれを確認した。私はバットの柄を握りしめ、思い切り振り上げた。

　ブーン……。ブーン……。

　音が、空気を切り裂いた。

　ブーン……。ブーン……。

　それは、鞄の中に入っているスマホの振動音だった。

　張りつめていた空気が、一気に弛緩《しかん》した。私はバットを振り上げた姿勢のまま、我に返った。なんだ？　私は、何をしてる？

スマホは震え続けている。取り出して見ると、悠人くんからの着信だった。

「もしもし……？」

「もしもしじゃないですよ。いまどこにいるんですか」

あ、と思った。悠人くんをマキの家の前に呼び出していたのを、忘れていた。

「さっきから何回かけても出ないし、帰ってきた宮野さんと鉢合わせちゃうし、なんなんですか全く。いい加減な人だなあ」

「ご、ごめん、悠人くん。いま〝くまそう〟にいて」

「はあ？」

私を満たしていた興奮の水位が、ぐんぐんと下がっていくのを感じる。

「ごめんね、ちょっといま取り込んでて、あとでかけ直すのでいいかな？」

「もう今日は帰って寝ますから、かけてこないでください。龍馬、僕が電話してるのを見ると、うるさいってキレるんで」

「うん、判った……」

「週明けに学校にきますよね？　そのときでいいですよ。全く、もうひとりくらい殺してくれないと埋め合わせにならないな。じゃあ、おやすみなさい」

通話が切れた。うずくまっている沙苗と岡見くんを見たところで、自分がバットを手に持っていることに気づいた。

なんだったんだ、この夜は……。

思い出したように、脇腹に激痛が走った。黒い空に溶けていくように、私は意識を失っていった。

24

「理子ちゃんせーんぱい」

病室で寝ていると、笑里とマキと真田くんがきてくれた。身体を起こそうとすると、左の脇腹が、深い部分でずきんと痛んだ。

「理子。無理しないで……」

「大丈夫。これでも、だいぶよくなったから」

あのあと、私は通りかかった人に救急車を呼ばれ、そのまま入院になった。

診断は、骨挫傷《こつざしょう》。肋骨二本に打撲を負っていたけれど、骨折やひびまでは行かず、内臓にも問題はなかった。怪我自体は重くなかったけれど、痛みと過度な緊張のせいか、全身の筋肉にひどい痛みが出ているのがつらい。結局、軽いリハビリも含めて一週間ほど入院することになった。

生徒がお酒を飲んでクラスメイトに暴力を振るい、入院沙汰《ざた》になった今回の事件は、学校にとってはかなり大きな出来事だったようだ。園田先生だけじゃなく、校長と教頭、教育委員会の偉そうなおじさんがきて、謝罪だかなんだか判らない微妙なことを喋って帰っていった。私のことを心配してくれているのと同時に、事件について騒ぎ立てないで欲しい、学校のせいにしないで欲しい、そういうことも言いたいようだった。

「沙苗と慎吾は、出席停止だって。警察にも呼ばれてる」

マキが説明してくれる。でも、彼らの行く末にあまり興味は持てない。

「薫は、元気？」

「呼んだんですけどね。ちょっと、都合が合わないみたいで」

笑里が申し訳なさそうに言う。たぶん、嘘だろう。今回の入院騒ぎで日記の件を有《う》耶《や》無《む》耶《や》にされたくない。薫の不在に、彼女の意志を感じた。

マキたちと、他愛のない会話をする。〝ボー研〟から出て行って以来、もうみんなとは心を開いて話せないと思っていた。だから、嬉しい。身体は痛むけど、そのことは涙が出そうになるくらい嬉しかった。

「捕まったね、例の犯人」

マキが、新聞を見せてくれる。

ホームレスふたりを殺害したのはお兄ちゃんでもホームレス狩りの高校生でもなく、川沿いに住むサラリーマンの男性だった。彼は会社で上司との関係に悩んでいて、生活の鬱憤《うっぷん》と、日頃からホームレスに腹を立てていたことが混ざって犯行に及んだのだという。火をつけたのにもたいした理由はなく、単にやけになってやっただけだったそうだ。怪

あの日襲われたホームレスは安田さんといって、マキの靴に唾をかけた人だった。

我だけで済んだらしく、嫌な人だったけれど助かったのはよかったと安心する。

「なんだったんだろう……」

私は呟いた。本当に、私がやってた右往左往はなんだったんだろう。

ぽんぽん。マキが肩を叩いてくれる。私はその手を、軽く握りしめた。


お見舞いには、お兄ちゃんがよくきてくれた。平日に入ってからも、仕事の前とあとにきて世話を焼いてくれる。着替えも持ってきてくれたし、ジュースやお菓子が欲しいといったわがままも聞いてくれた。

お兄ちゃんはあの夜、本当にただ飲みたかっただけのようだ。ファミレスから離れて、近くの飲み屋に行ったと言っていた。

ママは、一度だけ顔を出してくれた。

「何考えてるの、あなたは」

ママは表情を失った顔で、そんなことを言っていた。

「変な子たちとつきあって……。あんな毒ガス、どこから手に入れたの。全くあんたって子は……」

ママは少し強い調子でそう言うと、すぐに帰ってしまった。

「あれでも母さん、心配してたみたいだよ」

お兄ちゃんがフォローするように言う。

「だって、ほら」

お兄ちゃんはそう言って、小さなラッピング袋を渡してくれた。中に入っていたのは、でこぼこのクッキーだった。ママが焼いてくれたのだ。

「ママのクッキー、なんか久しぶりだね……」

パパがいたころ、ママはよくお菓子を作ってくれた。そうだ。私は、ママの焼くケーキやクレープが、大好きだった。

――家族がいいってのが、一番だ。

パパの言葉を、私は心の中で嚙み締めた。

病院で夜の日記を書くわけにはいかない。でも、もうそんな必要はなく、私の心は安定していた。ベッドに横になり、診察と簡単なリハビリをやっていれば、静かに一日が終わる。ずっとこんな日が続けばいいと思った。

入院六日目だった。

ブーッと音を立て、ベッド脇のサイドテーブルに置いてあるスマホが震えた。画面を見ると、悠人くんだった。私はスマホを持ち、身体を起こす。まだ脇腹は痛かったけれど、動きに支障があるほどじゃなかった。

「こんにちは山根さん。あの夜以来ですね」

「久しぶりだね。元気？」

「元気です。あまり目立ちたくなかったんで、連絡せずすみません」

　今回の件を機に、悠人くんから岡見くんへの暴行が明るみに出てしまい、彼の学校での処遇も問題になっているそうだ。

「いま病院にきてるんですけど……少し、お時間もらえませんか」

「いいよ。中庭があるから、そこにきて。ベンチで待ってる」

　私は通話を切って、病室の外へ出る。

　私の入院している病院には少し広い中庭がある。緑が茂っていて陽が差し込んでいる、入院患者に人気のスポットだった。私が向かうと悠人くんはもうベンチに座っていた。

「大丈夫ですか、怪我は」

「うん、だいぶね」

　悠人くんは痛ましそうな表情になって、ベンチの隣を空けてくれた。

「捕まりましたね、ホームレス殺し」

「捕まったね」

「僕の言った通りでしたよね。お兄さんが殺人犯なんて、そんなふうに思えないって」

「そうだね」

「まあ、よかったんじゃないですか。僕も無駄な殺生をしなくて済みましたし」

「私も、変な依頼をしないで済んだ」

「早く治してください。計画を再開しないと。一週間くらいで退院できるんですか？」

「悠人くん」

私は、ずっと考えていたことを言った。

「ごめん。私、手伝えない」

彼の反応を、見たくなかった。でも、見ないのはあまりにも不誠実だ。スマホを持つ私の手が震えているのは、事件の後遺症じゃなかった。

「そうですか」

しばらく間を置いて、悠人くんは表情のない声で返事をした。

「怖くなりましたか。殴られてみて」

私は首を振った。

「沙苗たちに襲われる前に……ハナコさんに、会ったんだ」

「は？　誰ですか？」

「私とマキがお世話になった、ホームレスの人。本名は別だけど」

私は、ハナコさんの背中を思い出していた。

「ハナコさんは、色々人生で失敗をした挙句、ホームレスになったって言ってた。その人を、マキが説得してたんだよ。もう一度やり直したらどうかって」

「ブレないですね。お節介な人だなあ」

「私もそう思ってた。中学生のくせに大人の事情に首を突っ込むなんて、どうかしてるって。でも、ハナコさんは、マキに助けられて、もう一度人生をやり直しはじめてた」

私は悠人くんの目を見据えた。

「結局アドバイスって、受ける側の問題なんだって思った。私も、正しくやり直そうと思う。あの人を見習って、きちんと病院に行って、加害恐怖を治して、家族を支えていこうかなって思って」

「いいですね。そんな風に思える、家族がいて」

聞くのも言うのもつらい。でも、彼に嘘は言いたくない。

「ごめん。でも、沙苗に襲われたおかげで、おかしかった家族がまとまれた気がする」

私は言った。

「私の家と、君の家とは、違うかもしれない」

悠人くんが息を呑む。彼の深い部分を傷つけた。そのことが、たまらなかった。

「いいんですか。僕に逆らって」

悠人くんの声に、黒いインクが混ざった気がした。

「山根さんは人殺しだ。僕の姉を殺したんだ。その証拠も、僕は持ってます。再出発？山根さんにそんなことが許されるんですか。バラしますよ、すべて」

胃がきゅっと痛くなった。脅されていることじゃなく、悠人くんにそんなことを言わせていることがつらかった。

どくどくと心臓が早鐘を打つ。殴られた脇腹が、ずきずきと痛み出す。自分を罰するように、私は痛みを感じ続けた。

「それが君の本心なら、仕方ないと思う」

悠人くんが、がっくりと肩を落とすのが見えた。

「もういいです。もともとのことを考えたら、そんなに期待してませんでしたし」

「悠人くん……もう一度考え直さない？　児童相談所、警察、学校……。力になってくれる人は、いると思う。私も一緒に訴えるから」

「宮野さんみたいなこと言うんですね」

「いまはネットもあるし、ブログを作ってみるとか、どうかな？　世の中に被害を発信していけば、力になってくれる人も……」

悠人くんは呆れたように笑った。駄目だ。私の言葉は、もう彼には届かない。

「お大事にしてください」

悠人くんは立ち上がり、去っていった。私のほうを見ようとすらしなかった。


安息は長くは続かない。あっという間に一週間が経ち、私は退院の日を迎えていた。

「しかし病院ってのはいいところだね。もっと入院していたかったんじゃない？」

迎えにきたお兄ちゃんはそんな軽口を叩いて笑ってくれた。もっと入院していたいのは、その通りだ。家に帰ったら、止まっていた時間を動かさないといけない。学校。沙苗と岡見くん。一週間見ずに済んでいた問題に目を向けなければいけない。

タクシーに乗る。帰路の途中、目熊総合公園の近くを通った。

――理子ちゃんも、こっちにおいでよ。

あのときのことを思い出す。束の間、私に舞い降りた殺人衝動。あそこで悠人くんから電話がなかったら、私は沙苗を殺していたのだろうか。

ぶるっと身体が震える。襲われたことよりも、いまは私を満たした殺意のほうが怖かった。沙苗を殺していたら、いまのこの平穏な時間はなかっただろう。悠人くんからの電話は、私の命綱になってくれたのだ。

でも、私に平穏なんか許されるのだろうか。

私はもう、加奈子ちゃんを殺している。

悠人くんの言う通りだ。人殺しの私が、許されていいはずがない――。

私は思考を止めた。考えても仕方がない。私は生きる。家族と一緒に、平穏な日常を。

「ただいま」

玄関をくぐるとき、意志を持って声を出した。

リビングを覗くと、ママがエプロン姿でキッチンに立っていた。カレーの匂いが漂っている。ママは振り返り、無表情に言った。

「退院した日に、あんたに作らせるわけにはいかないでしょ」

私は黙って頷いた。そんな言葉でも、私には充分だった。

「着替えてきなよ。別に寝たければ、ゆっくり寝ててもいいけど」

「すぐ下りてくるよ」

私はそう言って、二階に上がった。

一週間ぶりの自分の部屋は、なんだか嗅《か》ぎ慣れない匂いがした。これはたぶん、私の匂いだ。しばらく病院で過ごしたことで、嗅覚《きゅうかく》がリセットされたのだ。自分の匂いを感じられるのが嬉しくて、私はくんくんと鼻を鳴らしながら、ベッドに寝転ぶ。

キャビネットが見えた。一番下には夜の日記とゴディバのリキュールが入っている。もう私には必要のないものだ。いつかタイミングを見て、処分しないといけない。

天井を見る。病院で散々寝たというのに、安心したのだろうか、眠気が襲ってくる。でも、その前にご飯を食べないと。仏壇のパパにも報告しに行きたい。心地よい眠気を振り払って、私は立ち上がろうとする。

がたん。

隣の部屋から、音がした。

がたん。

また風だろうか。私は立ち上がり、隣の部屋に向かった。お兄ちゃんの部屋のドアは今日は施錠されていて入れなかった。

――あれは、なんだったんだろう?

私の脳裏に、ベッドの下にあった黒いビニール袋の姿が浮かんでいた。ホームレス殺しの犯人は捕まり、犯行を自白している。

じゃあお兄ちゃんはベッドの下に、何を隠していたんだろう。

――考えないほうがいい。

頭が警告を出していた。せっかく私たちは、収まるべきところに収まったのだ。余計なことは考えないほうがいい。

私は自分の部屋に戻った。このまま、忘れてしまおう。大体、お兄ちゃんの部屋には入れないのだ。

ふと、私は窓ガラスに目をやった。

部屋のドアは施錠されていても、風が吹き込んでいるのだから、窓は開いている。

この部屋とお兄ちゃんの部屋は、窓の外の足元にある屋根でつながっている。屋根を伝って、窓越しにお兄ちゃんの部屋に入ることができる。

私は、立ち上がっていた。窓を開けると下は小さな庭になっていて、そこには誰もいない。

窓枠を乗り越え、屋根に足を下ろした。滑らないように気をつけて、お兄ちゃんの部屋に向かう。

――何をしてる？　私には、穏やかな生活が待っているというのに。

不安が自分を突き動かしている、と思った。よく判らないものを確認しないと、安心できない。私はお兄ちゃんの部屋の窓枠を乗り越えて、中に入った。

素早く、ベッドの下を覗き込む。そこにはまだ、黒いビニールがあった。

どっどっと、心臓が早鐘を打ちはじめる。私は操られるように、フローリングワイパーを持って、それを引き出した。

ふわふわした感触と、カチャカチャという金属の音。私は固結びをほどいて、中を見た。

まず目に飛び込んできたのは、金属製の細長い鋏だった。カチャカチャという音は、これが立てていたのだ。

そして、ふわふわした感触は、コットンじゃなかった。

大量の、髪の毛だった。

「何、これ……」

髪の毛の量は、ひとりの頭から取れる毛の量よりも多いように見えた。なんだこれは？　なんでお兄ちゃんは、こんなものを――。

「あ――」

私の頭の中で、色々なものが嚙み合っていく。

お兄ちゃんがあの河原にいた理由。

マキをつけ狙っていた理由。

○のついた地図。

ホームレスの人たちに、あれほどの憎悪を向けていた理由。

鋏と、髪の毛。

なんで気がつかなかったのか。お兄ちゃんは……。

「〝ちょき〟……」

「理子ー！」

下から声がした。あっと声が出そうになったのをなんとか我慢し、ビニール袋をベッドの下に押し込む。大きな地震がきているみたいに、世界がぐらぐらと揺れていた。

「理子。ご飯だぞー？」

震える足で私は窓から出て、屋根伝いに、自分の部屋に戻る。

「少し横になってから行く！　すぐ行くから！」

びっくりするくらい大きな声が出た。微妙な調整が、できなくなっている。どっどっどっどっ。心臓が、破裂しそうなほどに痛い。

ベッドに寝転がる。現実から目を背けるように、目を閉じる。

――殺してあげましょうか。

闇の中で、悠人くんの言葉が響いた。

第3章

1　夜の日記

四月三十日（土）

コルチカムは園芸用の花としてポピュラーなので、簡単に入手できる。

今回は、公園から盗むことにした。ネットやホームセンターで球根を買うこともできるけれど、私が欲しいのは葉つきのコルチカムだった。コルチカムは秋に咲く花で、いまの時期のものは緑の大きな葉がついている。今回の計画には、これが必要だった。

どこに生えているかをネットで調べて、現地まで行ってコルチカムを抜く。一度に抜くのは一株だけで、見つからないよう細心の注意を払う。一日かけてあちこちを周り、ようやく五株のコルチカムを手に入れた。

家に帰り、プランターに土を入れ、コルチカムを植える。家族に見つからないように、私はそれをキャビネットの中に入れた。コルチカムは生命力の強い植物で、球根をその辺に転がしておいても発芽するらしい。一日何回か光合成をさせれば、持つだろう。

どうやってコルチカムを誤食させるか。

「捨て札」を使うのだ。そうすれば、完全犯罪は実現できる。

2

悠人くんとは、彼の家で会うことにした。今日は瀬戸龍馬は温泉旅行に行っていて、本当に大丈夫らしい。現場をもう一度、下見しておきたい気持ちもあった。

団地の一角。インターホンを鳴らすと、悠人くんが顔を覗《のぞ》かせる。

「こんにちは」

悠人くんの表情は、硬かった。私は頷《うなず》いて中に入る。

前にきたときよりも、部屋の中は荒れていた。キッチンのシンクからも、生ものが腐ったような臭いが漂っている。この家の中で、よくないことが進行している感じがした。

「どうして心変わりをしたのか、教えてもらえませんか。まず」

ちゃぶ台を囲んで座ると、悠人くんが口を開いた。

「私、判ったの。お兄ちゃんの正体が」

「正体って、なんですか」

「〝ちょき〟」

「はい？」

「何年か前から起きてる、連続暴行事件。お兄ちゃんは、その犯人だったんだ」

私が言うと、悠人くんは目を丸くした。

「お兄ちゃんは、〝ちょき〟でしょ？」

昨晩、私は食卓で、お兄ちゃんと相対した。話したいことがあると、前置きをして。

「お兄ちゃんは川沿いに住んでるホームレスの人たちに、すごい憎しみを向けてたよね。それがなんでなのか、判ったよ」

話しはじめても、お兄ちゃんは、何も言わなかった。ただ、表情を失った顔つきで、私のことを見つめていた。

「あの河原は、お兄ちゃんのテリトリーだったんだね。あそこはお兄ちゃんの犯行ポイントだったのに、ホームレスの人たちが居着いてから使えなくなった。だから、彼らを憎んでたんだ。モーニングページに描いてた地図も、そのためのものだった」

私の見立てでは、あれは殺人をするために適したスポットだった。でも、殺人に向いている現場は、ほかの犯罪をするのにも向いている。

「あれは、誰かを襲うポイントをメモしてたんだ。街中を歩いて、見つけたいい場所を忘れないようにメモしてた。いつか、使うときのために」

マキの家を見張っていたというのも、それだったのだろう。マキの家は高い塀に囲まれていて、外からは見えない。庭にマキを連れ込んで襲えば、そこは犯罪に適した死角になる。顔見知りのマキをどれくらい本気で襲おうとしていたかは、判らないけれど。

「あの夜も、そうだったんじゃないの？　お兄ちゃんは私を振り払って、ひとりで夜の街に行ったよね。私が食事についてくるのも迷惑そうだった。あれは、どこかにいいターゲットがいたら、襲おうとしてたんだ」

「理子、さっきから何を言ってるんだよ。俺は、ひとりでゆっくりと飲みたかっただけだよ？」

お兄ちゃんは駄々をこねる子供をなだめるように、両手を上げた。

「いきなり何を言い出すんだよ。〝ちょき〟の話は聞いたことがあるよ。ひどい変質者だと思う。でも、どうして俺が〝ちょき〟なんだ？　ホームレスを憎んでたから？　変な地図を描いていたから？」

私は、首を横に降った。

「ベッドの下に、黒いビニール袋があるよね」

そう言った瞬間、お兄ちゃんの顔から余裕の笑みが消えた。

「あの中には、鋏《はさみ》と、大量の髪の毛が入ってた。あれは何？」

「何って……自分で前髪を切ってただけさ」

「嘘。あれは、女の子の髪だった」

稚拙な嘘に、お兄ちゃんが追いつめられているのを感じる。

私の中に、ひとつの仮説があった。

「〝ちょき〟は、怖い変質者だよね。女の子を捕まえて、目をよこせって言って指を突っ込んでこようとする」

「聞いたことあるよ。でも、ビニール袋に、目が入ってたわけじゃないだろ？」

「入ってないよ。だって、フェイクだから」

お兄ちゃんのこめかみが、ぴくりと動いた。私はその瞬間に、自分の正しさを確信した。

「〝ちょき〟は目をよこせって言いながらも、無理やり目をほじくろうとはしない。何度か拒否されると、『じゃあ身体のどこかをちょうだい』って言ってくる。でもこれ、変だよね。目なんかもらえるわけないんだし、どこでもいいなら時間をかけずに最初からそう言えばいい。つまり〝ちょき〟は、目を奪うつもりなんかなかったんだ。」

お兄ちゃんは黙って私を見つめている。

「『身体のどこか』と言われても、まさか指や耳や唇を切らせるわけにはいかない。結局、切らせてあげられる箇所は、一箇所しかない。それは――」

髪の毛だ。

髪を切られるのは、確かにつらい。でも、放っておけばまた伸びてはくる。「身体のどこかをちょうだい」と言われてあげられるのは、髪と、せいぜい爪の先くらいしかないだろう。

「お兄ちゃんは、女の子の髪の毛を集めてたんだね。でも、髪だけを切ると、そこから足がついちゃうかもしれない。だから、目をよこせとかなんとか言って、本当の動機をごまかしてたんだ。違う？」

お兄ちゃんはいつの間にか、怖い表情になっていた。

「前に、ある人に言われた。人間の性癖は多彩だって。八十代のおばあさんに欲情する人も、妊婦に欲情する人もいるって。お兄ちゃんは女性の髪の毛に欲情する人だったんだ」

「下品な話をするなよ」

別人のような声になっていた。

沈黙が生まれた。私はお兄ちゃんと見つめあった。お兄ちゃんは威圧するでもなく、ただ私をじっと見ていた。自分の考えを整理しているみたいだった。

「仕方ないだろ、好きなんだから」

結局、正面から話すことに決めたみたいだった。

「なぜかは判らない。でも、好きなんだ。髪の毛を見てると、欲しくて欲しくてたまらなくなる。でも、同級生の髪を切ったり、街中で通行人の髪を切ったりするわけにはいかないだろ？　仕方ないんだよ、ああするしか」

「そんなの……病気だよ。治療しなよ」

「あんなノートを書いてる理子に、言われたくないなあ」

言われた瞬間、かっと頭に血が上りそうになる。私の弱い部分を的確にえぐってくる。

激情の中、私はあることを思い出していた。

「昔、私を襲ったのも、もしかして……？」

四歳のころだ。高校生だったお兄ちゃんに突然突き飛ばされて、髪の毛を摑まれたことがあった。ママが助けてくれたけれど、あれは、私の髪の毛をむしり取ろうとしていたんじゃないだろうか。

お兄ちゃんは答えなかった。でもその反応を見ていると、私の予想は正しかったみたいだ。

「それで、理子はどうしたいの？」

「どうしたい、って？」

「俺を警察に突き出すかい？　ビニールの中には髪の毛がたくさん入ってる。あれを持っていって、被害者の髪と照らし合わせたら、証拠になると思うよ」

お兄ちゃんはいたぶるように、身を乗り出した。

「でも、それをやったらこの生活はなくなるよ。理子は変態教師の妹で、どこに行っても後ろ指を指される。俺が執行猶予になって釈放されるか刑務所に行くかは判らないけど、学校は首になるだろうね。そうしたらこの家はどうなる？　母さんの収入だけでやっていくつもりかい」

「それは……」

「それとも、理子が働くか？　高校も行っていない女の子が働くのは、なかなか大変だよ。できる人もいるけど、理子はどうかな？」

勝ちを確信した口調だった。そんな話をされたら、どうしようもない。

「理子、黙っててよ。絶対捕まらないから」

共犯者に持ちかけるような口調だった。

「十年間、捕まらなかったんだ。大丈夫だって」

「そんなの駄目だよ、お兄ちゃん」

「何も俺は人を殺して回ってるわけじゃない。ちょっとだけ、髪の毛を切らせてもらってるだけだ。そんなもの、ほっとけばまた伸びてくるさ。たいした問題じゃないよ」

――駄目だ。

何を言っても、無駄だった。お兄ちゃんを追い詰めたら、私も一緒に追い詰められる。中学生の私は、大人なしでは生活できない。

お兄ちゃんは立ち上がった。

「じゃあ、そういうことで」

お兄ちゃんは私のそばに寄り、わしわしと頭を撫《な》でた。

ぞっとした。子供のころから、お兄ちゃんは頭をよく撫でてくれた。でも、それに意味があったことに、いま気づいた。

お兄ちゃんは、私の髪を、触っていたんだ——。

悠人くんは、神妙な顔つきで私の話を聞いてくれた。こんなおぞましい話を真剣に聞いてくれることに、感謝した。

「お兄ちゃんは最低だよ。気持ち悪い。殺人犯だったほうが、まだよかった」

「そんな愚痴を僕に聞かされても困りますよ」

「前に君は言ったよね。交換殺人なら、フェアだって」

「殺して欲しいんですか。お兄さんを」

私はたんぽぽの種を飛ばすように、ふっと笑った。

「先に、君のほうだよ」

悠人くんの顔が、引き締まった。

「いまさらそんなことを言われても……僕を振り回すのも、いい加減にしてください」

「いいアイデアを思いついたの」

悠人くんが鼻白むのを、構わずに言った。

「たぶんかなり完璧《かんぺき》な作戦だと思う。いままで考えてきたどれよりも、完成度が高い」

「へえ」

「私の自信作。聞いてみたくない？」

そっけないふりをしても、悠人くんは私の計画に興味を引かれたみたいだった。

どん、どん。

そのとき、玄関を荒々しく叩《たた》く音が部屋に響いた。

「大丈夫。借金取りです」

悠人くんは立ち上がり、玄関のほうに向かう。とげとげした押し問答が、戸を隔てて聞こえる。しばらくして戻ってきた悠人くんは、少しうんざりしていた。

「最近激しいんです。あいつらも、逃げ続けてる龍馬を相手にイライラしてるのかも」

「君のお父さんがいなくなれば、もうあいつらの相手をしなくてもいい」

「まあ、聞くだけなら聞きます。山根さんの作戦には、あまり期待してないですから」

悠人くんの煽《あお》りは、私の闘争心をかき立てた。散々殺人計画を考えてきた私の、最高傑作だ。君の評価を、覆してやる。

「作戦はこう。コルチカムを食べさせる」

「それは難しいって話でしたよね。誤食させようにも、ここには畑なんかありません。誰かが食べさせたと疑われたら、容疑者は僕しかいなくなる」

「逆に言うと、事故に見せかけられればいい」

「冷蔵庫にコルチカムを入れといて、龍馬がいつか食べるのを待つんですか？　あいつ、料理しないですよ」

「さっき、いちごファームに行ってきたんだ」

私は思い出しながら言う。

「いちごファームには、行者にんにくの束が売ってた」

「行者にんにく？」

「そう。いまがちょうど季節なんだ。行者にんにくは、葉っぱを出したコルチカムに似てて、両者を間違えて誤食してしまう事故は毎年のように起きてる」

「だからどうしたんですか」

「計画は、こう。君は今日から、いちごファームで買いものをする。ちょっと遠いけど、あそこは品揃えがユニークだから、ここから通ってても不自然じゃない。とにかく、いちごファームで買いものをするっていう習慣を、つけて欲しい。そして行者にんにくを定期的に買って、毎日家で食べて」

「なんでそんなことを？」

「最後まで聞いて。食べかただけど、スムージーがいいと思う。毎食餃子《ギョウザ》とかのにんにく料理を作るのは不自然だし、醤油《しょうゆ》漬けにするにしても、食べさせる量のコントロールが難しい。そもそもコルチカムの味はちょっと苦いから、行者にんにくじゃないとバレるかもしれない」

「なんで知ってるんですか。苦いって」

「昨日、少しかじってみた」

悠人くんの目が丸くなる。なんてことはない。計画の確実性を上げるためには、そこまでやる必要があるだけの話だ。

「その点、スムージーなら味もごまかせるし、量のコントロールもしやすい。悠人くんは毎日、行者にんにくを使ったスムージーを作ってお父さんに与えて。トマトとにんじんとオリゴ糖を混ぜるとか、りんごを混ぜるとか、レシピは教える。そして、その習慣ができたところで、ある日、行者にんにくとコルチカムを入れ替える。味はほとんど変わらない。これで、コルチカムを誤食させることができる」

「ちょっと待ってくださいよ」

悠人くんが遮るように言う。

「確かにそういう習慣を作れば、飲ませるところまでは行けるかもしれません。でも、肝心の問題が解決してないですよ。それをやれば、疑われるのは僕です。だってスムージーを作ってるのは、僕なんですから」

「捨て札を使うんだよ」

私は言った。

「いちごファームにある行者にんにくの売り場。あそこに、捨て札を置いてくる。つまり、コルチカムを置いてくるの」

「話が読めないな。どういうことですか」

「コルチカムをもうひとつ使うの」

私は身を乗り出す。

「私は、行者にんにくの売り場に、別に用意したコルチカムを置いてくる。そして、電話をかける。売り場の中に、毒を置いてきたぞって。きっと、騒ぎになる」

「騒ぎなんか起こしてどうするんですか」

「犯人をでっち上げられる。君のお父さんは、君に殺されるんじゃない。スーパーに毒物を置いた、謎の愉快犯に殺されるんだ」

悠人くんの目が、驚きで見開かれた。私は続ける。

「つまり、こういうこと。君がお父さんに飲ませるコルチカムは、あらかじめ用意して隠しておく。毒を飲ませる当日、君はいちごファームで行者にんにくを買う。レシートは取っておいて。そのあとに、私はいちごファームに行って、売り場にコルチカムを交ぜて、脅迫電話をかける。騒ぎになるだろうけど、いちごファームが購入者を特定して連絡を取るまで、かなり時間がかかるはず。その裏で、君は用意していたコルチカムを、いつものスムージーに混ぜて飲ませる」

「山根さんは、見つかりませんか。そんなことをやって」

「売り場は混雑してるし、さっと置いてくれればたぶん見つからない。もちろん何回かリハーサルをやって精度は上げるし、変装用の道具も、用意しておく。監視カメラがないのは、確認済み。どう、この計画」

悠人くんはじっと黙り込む。計画に穴がないか、検討しているみたいだった。

「行ける、と思います」

少しの沈黙のあと、悠人くんは言う。

「龍馬は平日は家でご飯を食べますし……。スムージーも、スタミナがつくとか、野菜が取れるとか言えば、飲むと思います」

「できれば晩酌もして欲しい。アルコールを飲ませれば味覚もごまかせる」

「判りました。毒は、もう？」

「うん。集めてきて部屋に置いてある」

話の進みの速さに、悠人くんは少し圧倒されているようだった。

「すぐにでも計画は実行に移せるけど、何回かリハーサルをしたい。でも、のんびりしてると行者にんにくのシーズンが終わっちゃう。一週間後くらいにやれないかな」

「一週間か。スムージーを飲ませるのを習慣にするまで、もう少し時間が欲しいですね」

「じゃあ、二週間後の日曜日。五月十五日、切りがいい」

悠人くんは、黙って頷いた。

話が決まり、悠人くんは緊張しはじめたようだった。ぽん、ぽんと、その肩を叩く。

「きっと上手《うま》く行く。私が散々、考えた計画だから」

「……姉を殺した、山根さんが、ですもんね」

「そうだよ。加奈子ちゃんを殺した、私が」

悠人くんは少し顔を歪《ゆが》めたが、私は気にしなかった。殺人計画。最後に残された、私の居場所。そこに帰ってきたことの高揚感が、私を満たしていた。

3

ゴールデンウィークが終わり、私は事件後、初めて学校に行った。

「おはよ、理子」

教室に入ると、マキが普段通りの顔で私を迎えてくれる。私はマキに笑いかけただけで、すぐに席に向かった。何があったか聞きたがる野次馬が二、三人くらいはくるかと思ったけど、誰もこない。机を埋め尽くすほどに書かれていた落書きも綺麗《きれい》に消えていて、沙苗と岡見くんの姿もない。

懐かしい忘却《リンボ》が戻ってきたみたいだった。でも、クラスの様子は以前とは少し違う。そこには、明確に、私を恐れる色があった。教室の中に目をやると、たまたま視線が合った〝しのび〟が怯《おび》えたように目を逸《そ》らす。どこまで詳細が伝わっているか判らないけれど、沙苗と岡見くんを危険な方法で撃退した私は、触ってはいけない爆弾だと思われているようだった。

私は笑った。そうだ。私は爆弾なんだ。女王だって運動部だって、私には敵《かな》わない。

がたっと音を立てて、立ち上がる。何をされるか判らない恐怖が、波のように教室に広がっていく。私はそれを眺めてから、ゆっくりと座った。

これが、加奈子の見ていた光景なんだ。

加奈子は教室の外れから、この光景を見ていた。みんなに恐れられながらも、誰も自分を無視することができない。怯えの混ざった忘却《リンボ》を。

マキが不安そうに私を見ている。マキだけが私を、人間として見ているみたいだ。そんな目で見ないで欲しい。私は視線を彼女から逸らした。


下校してから、私はいちごファームに向かった。

ここ数日、私はいちごファームに通っていた。目的は、実験だ。毎日行くと目立ちすぎるので、一日ずつ間隔を置いている。

実験は単純だ。食材の買い出しをしつつ、行者にんにくを買う。売り場に戻り、元の場所に置いて帰る。何度もそれを繰り返している。

今日も、成功だった。いちごファームの売り場は広くて、中学生の一瞬の行動なんか誰も気にしない。回を重ねるごとに確信する。この部分は問題ない。

もうひとつ問題になりそうなのは、誰かと鉢合わせすることだった。いちごファームは私たちの生活圏の外側にあるけれど、好きで通っている人はいる。

これについては、変装で対応することにした。髪型を変え、帽子とおもちゃの伊達《だて》眼鏡を用意し、ファンシー系の小物も身につける。変装をして鏡の前に立つと、私じゃないみたいで愉快だった。念のためこの前会った薫については、帰りに寄ったという道場の開館日も調べた。道場は毎週土曜、予定の日曜日には、彼女はいない。

「スムージーのほうは、順調です」

悠人くんから、そんな報告も入っていた。

「龍馬、あれでも健康に気を遣ってるみたいで、野菜が食べれるって喜んでます。行者にんにくも毎日入れてます」

さすがにこのやりとりをラインでするわけにはいかない。私たちは、毎日五分だけ会い、状況を報告しあった。全部計画通りに進んでいた。

家に帰って、机の前に座る。

プランターに植えられたコルチカムは、綺麗な緑の葉っぱをたたえている。この小さな植物には、人をひとり殺すほどの猛毒がある。コルチカムの緑は鮮やかで、生命力そのものみたいに見えた。

私はコルチカムを一本、引き抜いた。

球根がほどよくしぼみ、緑の葉がピンと伸びている。いちごファームでこのところ毎日見ている行者にんにくにそっくりだった。専門家でもこの両者は見分けがつきにくいと言われていて、一般市民が間違って料理に入れても何もおかしなことはない。

「理子。そろそろ晩ご飯が食べたいんだけどな」

部屋の外から、お兄ちゃんの声がした。時計を見ると、十九時を回っていた。

「何か食べたいもの、ある？」

「中華系がいいな。餃子とか」

私はコルチカムを見た。これを刻んで交ぜてしまえば、お兄ちゃんは……。

馬鹿なことを考えている。頭の中に浮かんだ考えを、私は打ち消した。

「いま作る。ちょっと待ってて」

計画はもうすぐ終わる。ひとつひとつ、目の前の問題を片づけていけばいいのだ。


「明日《あした》だね」

〝くまそう〟の遊歩道で、私たちは会っていた。

「もう充分、準備はできた。予定通り、明日、決行するよ」

「判りました」

悠人くんはさすがに張り詰めた表情をしていた。私は、その肩をぽんぽんと叩く。

「時間だけ復習しておこう。頭に叩き込んで。メモとかは残さないように」

「判ってます」

「悠人くんは十三時に、いちごファームで行者にんにくを買う。私がいちごファームに向かうのは、十七時。コルチカムを売り場に置いて脅迫電話をかけるまで、三十分くらいを見ておいて欲しい。悠人くんの家の晩ご飯は、十九時ごろ。そのタイミングでコルチカム入りのスムージーを飲ませる。ここまではいい？」

「オーケーです」

「万が一、コルチカムを売り場に置けなかったり、何かトラブルが起きた場合は、ラインを送るね。順調に進んでいるのなら、何もしない。あとは君に任せる」

悠人くんは頷く。

我ながら、よくできた計画だった。自分の集大成を作った画家は、こんな気持ちになるんじゃないだろうか。万が一どこかで失敗しても、常に逃げ道がある。上手く行かなかったら、退避してまた次の機会を考えればいい。

「大丈夫。きっと上手く行くよ」

私は言った。自分でもおかしいと思うほどに、何の憂いもなかった。

ベッドに入ってからしばらく、目が冴《さ》えて眠れなかった。

私は明日、三年ぶりに、人を殺す。

怖くはなかった。興奮はしているのだけれど、恐怖は混ざっていない。色のついていないピュアな興奮が、全身をぐるぐる循環している感じがした。

眠気がこない。手持ち無沙汰《ぶさた》になってしまい、私はスマホでネットを見て回っていた。

ニュースサイト。ブログ。ツイッター。

ふと、とあるブログで、見覚えのある画像が目に飛び込んできた。

それは、ムンクの『叫び』だった。

真っ赤な空と、橋、その背景にある青と緑。すべてがぐにゃぐにゃになって、世界に溶けている。〝自然の叫び〟から耳を塞《ふさ》いでいる男が、その中心にいる。

「私だ」

思わず、呟《つぶや》いていた。

どうして気づかなかったのだろう。ずっとそうだった。ほかの人には聞こえないものが聞こえ、それに耳を塞ぎ続けてきた。彼は、私だ。

彼は叫びに耳を塞ぎ、気絶しそうになっている。ふたつの影が、橋の向こうからそれを傍観している。誰にも叫びは聞こえない。圧倒的な、孤独。

「怯えなくていい」

私は言った。怯えなくていい。君は孤独じゃない。私も同じだ。君と、同じなんだ。

ムンクのおぞましい絵を見ていると、なんだか心が安らいだ。加奈子もたぶん、この絵を見て安らぎを得ていたのだ。いまになって、加奈子とつながれた気がした。

――理子ちゃんも、こっちにおいでよ。

「うん、明日ね」

眠気がやってきた。私はスマホをオフにし、目をつぶった。

4

朝は、早めに起きた。

一階に下り、食事を作る。お兄ちゃんはモーニングページを書いていて、ママはソファでテレビを見ていた。

わかめとネギの味噌汁《みそしる》。鯵《あじ》の開き。雑穀ご飯。今日は一日、激しく動かなければいけないから、油の少ないさっぱりした献立にした。缶ビールを冷蔵庫から出して、お兄ちゃんの席に置く。

「いただきます」

三人で一斉にご飯を食べはじめる。パパがこの光景を見たら、きっと喜ぶと思う。よしよし。俺がいなくても、みんな上手くやってるな。家族がいいのが、一番だ……。

私はご飯を黙々と食べ、二階に上がった。

机の上のプランターからコルチカムをすべて引き抜き、ビニール袋にくるんで鞄《かばん》に突っ込む。この日のために用意したトートバッグだった。外着に着替えて、足音を殺しながら外に出る。お兄ちゃんとママは、私に気づいていないみたいだった。

「何しにきたんですか」

玄関先にいる私の姿を見ると、悠人くんは驚いた表情を見せた。それもそうだろう。彼の家にくるのは、計画にない行動だった。

「いま、いるの？　君のお父さん」

「もう出掛けましたよ。どうしたんですか。作戦、中止ですか？」

悠人くんは、かなりナーバスになっている。それも仕方ない。分業しているとはいえ、実際に毒を盛るのは彼だ。

「緊張してるかなと思って、励ましにきただけだよ」

「緊張なんかしてませんよ。見られますよ、近所の人に」

「ちょっと、上がっていい？　最後の手順を確認したいんだ」

「昨日やったじゃないですか、それは……」

悠人くんはぶつくさと言いながらも、私を部屋に上げる。誰かと話をしたい不安が、伝わってくる。

「コルチカムは、準備できてる？」

ちゃぶ台の前に座って、私は聞いた。悠人くんは、スクールバッグの中から紙袋を取り出す。中には、葉の生えたコルチカムが入っていた。コルチカムは生命力が強い。プランターに植えられたものほどじゃないけれど、紙袋の中に放置されていたコルチカムも、充分に生き生きとしている。

「重さは量った？　致死量は一株、十グラム」

「十五グラムあります。全部ミキサーで混ぜて飲ませますから、大丈夫です」

「念のため、もう一回量ってみない？　芽が出て、重さが変わったかもしれない」

「そういうもんなんですか？　それ、昨日言ってくださいよ……」

「ごめん、さっき思いついたんだ。計画は、万全にしておきたい」

「判りましたよ」

悠人くんは文句を言いながらも、台所に向かっていく。

彼は、素直な子だ。ドリップコーヒー。黒い粉の家庭に生まれなければ、綺麗な水のように育ったに違いない。彼の周りの黒い粉を取り除けば、まだ間に合うだろうか。

私は立ち上がった。彼の家にきた、本当の目的。彼のいないうちに、私は最後の仕事に手をつけた。


私は野球帽をかぶり、セルフレームの伊達眼鏡をかけていた。両方とも普段は身につけないピンクのもので、この日のために新調した。道端の窓ガラスに映してみたけれど、自分でもよく見ないと自分だと判らない。

トートバッグの中に入っている、ビニール袋。その中に、葉をつけたコルチカムが入っている。バッグに手を入れて葉を触ると、かさかさとして少し気持ちいい。

人を殺すというのに、こんなに落ち着いていていいんだろうか。そう思うほどに、私は平常心だった。かさかさとした毒の葉の手触りを味わっていると、自分がいるべき場所にいる感じがする。

いちごファームに着く。中は、週末の夕方ということなのか少し混んでいる。これは想定の範囲内だった。混んでいれば私の行動を見られる可能性もあるけれど、人混みの中に自分を隠せるという利点もある。上手く利点のほうを使えばいい。

行者にんにくは、今日も売っていた。いちごファームは大きなスーパーと違って、売っているものがころころと変わる。行者にんにくが売り場になかったら、今日の計画はなしになる予定だった。

計画が無事に実行できることに、ほっとしている自分がいる。やっぱり私は、殺人者だ。普通の人なら、殺人を実行できなくなった場合にほっとするはずだ。成長と呼ぶべきか判らないけれど、私は変化している。加害恐怖に怯えていたころからすると、考えられない。

行者にんにくをひとパック、かごに入れる。ダミーのじゃがいもや玉ねぎなどの安い野菜も放り込み、レジに持っていく。

一式を買い、トイレに向かう。十七時十八分。何度も練習をしてきたおかげで、動きが効率的になっている。私はトートバッグを開けて、コルチカムを取り出した。

行者にんにくと並べてみると、似ているけれど違う。葉の形も違うし、コルチカムのほうが根っこの部分が大きい。でも、色眼鏡をかけて見なければ、まず見えてこない程度の誤差だった。私は行者にんにくのパックを破らないように開け、コルチカムを紛れ込ませる。再度パックを閉じ、レジ袋に入れる。レジ袋を抱えて、売り場に戻る。買いもの客を装うためにかごを持ち、その中に行者にんにくのパックを移す。売り場は賑《にぎ》わっていたけれど、誰も私のことなど見ていない。忘却《リンボ》だ。よく知った、私の場所だった。

最初の工程は簡単だ。行者にんにくの売り場に向かい、コルチカムを混ぜる。私は、かごからパックを取り出した。何度もリハーサルをした動き。それを繰り返すだけだった。

行者にんにくの売り場の前に立ち、パックを戻した。素早い動きで奥のほうに押し込み、売り場から歩き去る。よし、成功だ。時計は、十七時二十分。ここまでの工程では三十分を確保していたけれど、思ったより早く進んでいる。

問題はここからだ。まだ、成功して当たり前の一番簡単な工程が終わっただけだ。次は、店の外に出て、いちごファームに電話をかけなければならない。リハーサルのしようのない、ぶっつけ本番の工程だった。私は気合いを入れ直した。

「山根先輩」

突然、声をかけられた。

「いま、何をやったんですか」

心臓を、握られた気がした。

振り返る。そこに立っていたのは、薫だった。

「薫……？」

　私は呆然《ぼうぜん》とした。少し髪が伸びた薫は、難しい表情で私を見ている。

「なんで、こんなところに……？」

「はい？　この前会いましたよね？」

「道場は、土曜じゃなかったっけ……？」

　言った瞬間に失言だと判った。薫は訝《いぶか》しむような目になる。どうしてそんなことを知っているのか、探るような目つきだ。

「いちご祭りの日は、ここにきていろいろ買い込むんです。前に言いませんでしたっけ？」

「いちご祭り？」

　薫はかごに山のような食材を詰め込んでいる。

「毎月、十五日は特売日ですよ。いちごファームの」

　私はあっと言いそうになった。十五日。いち・ご祭り。単純な語呂《ごろ》合わせだった。毎月、ここでは十五日に特売が行われているのだ。

「ていうか、その格好なんですか。眼鏡なんかして。目悪かったんですか」

「ちょっとイメチェンしてみたんだけど……。なんで判ったの？」

「いや、歩きかたを見れば判りますよ。体幹弱くて歪んでますし」

薫はことも無げに言う。私は驚き続けていた。変装のことまでは考えたけれど、身体の動きなんて気にもしていなかった。

「そんなことより、山根先輩。いま、一旦《いったん》買ったものを、戻しましたよね」

「何のこと？　してないよ、そんなこと」

「なんで嘘をつくんですか。あの行者にんにくです。レジ袋から出したものをかごに入れて、売り場に戻しました。見てましたよ」

観念した。薫は早くから私に気づき、一連の行動を、全部見ていたのだ。

私は瞬時に判断した。予定は早く進んでいる。手札が駄目なゲームを流す余裕は、まだある。

「腐ってたんだよ」

「どういうことですか」

「買った行者にんにくが、腐ってたの。だから、一回戻して取り替えようと思って」

「店員に言えばいいじゃないですか。そんなのを買う人がいたらどうするんですか」

「その……ちょっと腹が立ったから。だから……」

薫は呆《あき》れたようにため息をついた。

「最低ですね。入院されたって聞いたから心配してたんですけど……失望しました」

怒るというより、寂しがる口調だった。

「私、宮野先輩とは違った意味で、山根先輩のことも尊敬してました。すごく気が利くかたですし、色々なことを教えてくれましたし。でも、本当に見損ないました」

「薫」

「カッターナイフでクラスメイトを切りつけたって話、二年まで伝わってますよ。防犯スプレーでクラスメイトを襲った話も。暴力を振るう人間は、私は嫌いです。山根先輩は、そういう人だったんですね」

　そうだよ。私は心の中で言った。これが私の、本来の姿なんだよ。それを隠していたから、私は毎日怯えていたんだ。

「まあ、そんなことはいいです。さっき戻したの、店員まで持ってってください。武士の情けです。それで見なかったことにしてあげます」

　言われなくても、そのつもりだった。仕切り直しだ。場を流して、もう一度最初からやる。時計を見たら、十七時二十五分だった。まだやり直す時間は、充分にある。

　行者にんにくの売り場に向かう。薫がうしろからついてくる。

「どれですか」

　薫が言う。どこに戻したかは覚えている。私は、パックの山を見た。

「覚えてます？　どのパックか」

「覚えてるよ。ほら、ここに……」

　私はそう言って、行者にんにくのパックをどかす。その奥に置いたものを取るために。

　私はそこで、愕然《がくぜん》とした。

コルチカムを入れたパックは、なくなっていた。

薫が問いかけてくるのを無視して、私は周囲を見回した。誰かが、持っていったのだ。

「どうしたんですか」

わざわざ、こんな奥から。

「お客さんが持っていっちゃったんですか。腐った行者にんにくを」

薫は鋭い。私は視線を売り場に戻し、パックをひとつ取り上げた。

「これだよ。ほら、ここのところが、黄色いでしょ？」

「本当ですか？」

薫が覗き込んでくる。周囲を見回したい衝動を、私は我慢した。

「まあ、確かにちょっと黄色いですけど……腐ってますかね、それ」

「腐ってるよ。開けて匂い、嗅《か》いでみる？」

私はパックを剝《は》がそうとした。薫がその手を止める。

「そこまではいいです。じゃ、お店の人に言ってください。交換して欲しいって」

「判ってるよ。いまから行ってくる」

「次にこんなことしたら、私がお店に言いに行きますよ。見逃すのは今日だけです」

「薫。しつこい」

さすがにイライラした。

「あとはやるから、もう帰りなよ」

強い言葉をぶつけられるのが意外だったのか、薫はむっとした顔になる。「じゃ、失礼します」と言って去っていく。私は行者にんにくのパックを売り場に戻した。

薫が向こうに行くのを見て、すかさず周囲を見回した。

彼女と話していた時間は、五分くらいだ。その間に誰かがコルチカム入りのパックを手に取って、レジに持っていったのだ。五分。徒歩ならともかく、車で来店しているのなら、もう遠くへ走り去っているかもしれない。

レジのほうに向かった。行者にんにくを買っている人、レジ袋に詰めようとしている人。そういう人を探してみたけれど、見当たらなかった。もう店内にはいないのかもしれない。私は、外に飛び出した。

いちごファームには大きな駐車場が併設されている。私はそちらへ走った。車がぽつぽつと止まっていて、レジ袋をぶら下げている人が何人かいる。怪しまれるのを恐れている場合じゃなかった。それぞれの人がぶら下げているレジ袋を覗いて回る。

「ちょっと、なんですか？」

露骨に嫌な顔をされながらも、私は袋の中に行者にんにくの影がないかを探した。レジ袋。レジ袋。片端から覗いていく。違う。違う……。

駐車場の奥に、ひとりの男性が見えた。

年配の男性で、割烹着《かっぽうぎ》を着ている。どこかの料理屋の人が買い出しにきているようで、レジ袋にパンパンになるまで買いものをしている。その中に、行者にんにくのパックの影が見えた。

「あの……ちょっと待ってください！」

男性が振り向く。私は、彼のほうに駆け寄った。

「あの……それ、譲っていただけませんか」

「は？　何を」

「その、行者にんにくです。お願いします。お金は、お支払いしますから……」

見知らぬ人間に異様な提案をされて、男性は気味が悪くなったようだった。私のことを無視して、袋を車に積もうとする。「あの！」声をかけても、反応がない。私は男性に近寄った。やりかたを選んでいる場合じゃなかった。

「何しやがる！」

私は男性からレジ袋を奪った。中を見ると、行者にんにくのパックが入っていた。

私はそれを取り出し、地面に叩きつけた。

「おい、お前！」

パックを思い切り踏みつけた瞬間、私は突き飛ばされた。

世界が回り、転倒する。ゴンと音がして、視界が揺れた。地面に頭を打ちつけたようだった。意識が朦朧《もうろう》とするなか、私は必死にパックのほうを見た。当たりだった。踏みつけたものの中に、コルチカムの大きな根っこが見えた。

「お前、何してくれてんだおい。ちょっと誰か！」

私はレジ袋を放り出して、逃げた。一歩踏み出した瞬間、金槌《かなづち》で殴られたように頭が響いた。「待てこら！」殴りつけられるような、大きな声。一歩走るごとに痛みが走り、目の前が暗くなる。止まるわけにはいかない。がん、がん、がん、頭を、殴られ続ける……。

すぐに追いつかれると思ったのに、不思議と、私は捕まらなかった。駐車場を出たところで、振り返る。

男性は、追ってきていなかった。気味の悪そうな目でじっとこちらを見ているだけだった。捕まえて店に突き出すより、不気味さのほうが勝ったのだろう。私は元の方向を向き直り、さらに逃げた。

めちゃくちゃだ。

なんでこんなことに。はじまったばかりなのに、いきなり計画はめちゃくちゃだ。

いまごろ、割烹着の男性はいちごファームに報告しているかもしれない。変な女に、買った行者にんにくを台無しにされたと。いちごファームに脅迫の電話を入れることは、もうできない。

中止だ。もうコルチカムを〝誤食〟させることはできない。私は足を止め、悠人くんに電話をかけた。

呼び出し音が鳴る。一回。二回。

悠人くんは出ない。そのまま、電話は切れてしまった。

私はもう一度、電話をかけた。やはり悠人くんにはつながらない。呼び出し音が虚《むな》しく鳴り続ける。どうして？　トラブルが起きたら連絡を取るって言ったのに。

時計を見た。十九時まで、あと一時間強しかない。

身体は痛かったけれど、タクシーに乗るお金はない。ずきずきとした頭痛を抱えながら、私は走りはじめた。

5

団地まで走って、三十分以上かかった。こんなに長時間走ったのは初めてだ。着いたころには、疲労と痛みでボロボロになっていた。

もう一度、電話をかける。悠人くんは出ない。もう間違いない。何かが起きたのだ。どうしてこうなってしまったんだろう。穴のない計画のはずだった。準備も周到に、できるだけやった。でも、もうすでに計画はボロボロだ。泥でできた船のように、沖合に出る前に沈没しかけている。

悩んでいる場合じゃない。私は彼の家へ向かった。歩きながらしつこく電話をかけたけれど、やっぱり出ない。

部屋の前につく。耳をすまして中の音を聞こうとしたけれど、何も聞こえない。私は少しためらって、インターホンを鳴らした、返事はない。もう一度、インターホン。何も音はしない。

ドアノブに手をかける。回して引っ張ると、鍵《かぎ》は開いていた。

――瀬戸龍馬が、いるんじゃないだろうか。

音をなるべく立てないように、ゆっくりとドアを開ける。いつでも逃げられる態勢を整えて。

中は、暗かった。廊下の向こうに和室が見えるけれど、誰の姿も見えない。

私はドアを開けたまま、もう一度インターホンを鳴らした。返事はない。私は迷った末、ゆっくりと部屋に入った。

足音を殺しながら、廊下を歩く。悠人くんの部屋のほうから、変な音が聞こえてきた。小さな穴を風が通っていくような、か細い音。

「悠人くん……」

和室の奥にある、彼の部屋。そこに、悠人くんがうつ伏せに倒れていた。

彼の顔の下には、血溜《ちだ》まりが見える。悠人くんは、ぴくりとも動かない。

「悠人くん！」

駆け寄った。法医学の知識を思い出す。倒れている人の身体は、なるべく振動させてはいけない。私は彼の身体には触れず、顔が見えるところに回り込んだ。

「ひどい……」

顔が腫《は》れ上がっていた。鼻が膨らんでいて、顔面が血にまみれている。床の血溜まりは、鼻血のようだった。鼻で息が吸えないのか、口で呼吸をしている。さっきの異音は、これだったのだ。

「山根さん……？」

悠人くんが目を開く。

「ごめんなさい。やられちゃいました。あいつに……」

「悠人くん。話さないほうがいい。救急車、呼ぶから」

「借金取りと、揉《も》めたみたいなんです……」

悠人くんは言った。

「あいつ、いきなり帰ってきて……。すごい、興奮してました。借金取りを、なんか、半殺しにしてきたとか、なんとか……」

「悠人くん……」

「すぐに一緒に逃げるぞって言って……。僕は、嫌だって言いました。そしたら、あいつ……」

「もう喋《しゃべ》らないで」

うわ言のように話す悠人くんを、抑えるように私は言った。

計画はもう見る影もない。ふたりで必死に考えたはずなのに、どうしてこうなってしまったのか。一体、何が間違っていたんだろう。

馬鹿、そんなこと考えてる場合じゃない。すぐに救急車を呼ばなければ。

「いま、救急車呼ぶから。もう大丈夫だからね」

私はスマホを取り出した。震える指先でロックを解除する。

そのときだった。

がちゃりと、玄関のほうから、音がした。悠人くんの顔が、一瞬でこわばった。

やってきたのは、瀬戸龍馬だった。


目が合う。いるはずのない人物がいることに、彼は驚いたようだった。

「お前は……」

その目は、異様だった。行使した暴力の残り火が、目の中で怪しく燃えていた。

「なんでここにいる」

「あの……」

「なんでここにいる！」

次の瞬間、火花が目の前で飛んだ。頭全体に、衝撃が走る。岡見くんに殴られたときの比じゃなかった。顔が、爆発したみたいだった。

気がついたら、視界には天井が映っていた。次の瞬間、私はおなかのあたりに重さを感じた。視界に、瀬戸龍馬の顔が入ってくる。

首に、何かを乗せられた。そう感じた次の瞬間、息が全くできなくなった。すごい力で、喉《のど》が引きちぎられそうになる。首を締められている。声帯が潰《つぶ》れたような音が、喉の奥から聞こえた。

「いまごろきても、遅いんだよ。理子……」

瀬戸龍馬の顔が、視界一杯に広がる。

彼は、嬉《うれ》しそうな顔をしていた。興奮が全身を貫いている感じだった。

加奈子。

この顔を、見たことがある。子供のころ。男子を殴り倒して、嬉しそうな表情をしていた、彼女……。

そうか。

これが、殺人者の顔だ。生まれつき、人を殺すことができる人間の顔。

加奈子はそうだった。そして、この男も。

――私も、こんな顔をしていたのかな。

加奈子のジュースに毒薬を入れたとき。沙苗に対して、カッターを振るったとき。私も、こんな風に嬉しそうに、笑っていたのかな。

さっきまであった圧迫感は、なくなっていた。痛みももうない。なぜか、冷静に頭が動いていた。ぬるいプールに入ってるみたいに、少し心地いい。

視界が黒く染まっていく。いま、何が起きてるのか、よく判らなかった。何処かへ沈んでいくような、そんな感覚だけがあった。

「ぐあっ！」

遠くから絶叫が聞こえた。新鮮な空気が、どばっと肺になだれ込んでくる。水底《みなそこ》から一気に引き上げられたように、意識がくらっとした。

「山根さん……逃げて！」

悠人くんが、私の手を掴《つか》むのが見えた。片手にスタンガンを持っているようだった。瀬戸龍馬は、床で悶絶《もんぜつ》している。電撃を、もろに食らったのだ。

「早く、早く逃げて！」

「悠人くん……」

引っ張り上げられる。足が、自分のものじゃないみたいにぶるぶると震えている。

「早く……！」

悠人くんの手は、ぎょっとするくらい冷たかった。その冷たさに、私は少し意識を取り戻す。そうか、私は、殺されるところだったのだ。

悠人くんの手を、ぎゅっと掴み返す。

「逃げよう。逃げないと……」

「山根さん。逃げてください。僕は……」

「待て……お前ら！」

声が交錯する。私は悠人くんの手を引いた。足が震える。ふらふらの足取りで玄関に向かい、外に出る。

私以上に、悠人くんの足取りはおぼつかなかった。骨か内臓を痛めているのかもしれない。とても走ることなんかできなかった。最大限の速度で歩きながら、私たちは棟を出る。

「誰か！　警察を呼んでください！」

棟の外に出たところで、私は叫んだ。

「お願いします！　暴力を振るわれています！　警察を呼んでください！」

通行人が、遠巻きに私たちを見ている。そっちに近づこうとしたら、その人は逃げてしまった。「誰か！　警察を呼んでください！」全力で叫んだけど、ぽつぽつと視界に入る人たちは、反応を示さない。関わりあいになるのを恐れて、避けている。

「山根さん！」

私たちが出てきた棟の入口に、瀬戸龍馬が姿を現した。

「こっち！」

私たちは、なんとか歩き出した。全身に細かい刃物を仕込まれているみたいに、一歩歩くごとに激痛が身体をえぐる。

「待てこら！」

空気を引き裂くほどの大声が聞こえた。

私は悠人くんの手を引っ張り続ける。彼の小柄な身体が、石のように重く感じた。やっぱり彼は、男の子だ。体格は同じでも、身体の密度が違う。

「待て！」

声が、飛んでくる。私たちは団地を出る。表の車道を渡る。

そこで、つながっていた私たちの手が、離れた。

「悠人くん……」

悠人くんは、諦《あきら》めたような目をしていた。

「逃げてください。ひとりなら、逃げられます」

駄目だよ。殺されちゃうよ。

それを口に出している時間は、もうなかった。

団地の入口、道路の反対側まで、瀬戸龍馬がやってきていた。

時間が、ゆっくりと過ぎていく。間延びした時間の中、私は全力で考えた。

ここで悠人くんを見捨てたら、私は逃げられるかもしれない。でもふたり一緒では、まず逃げられないだろう。ふたり残る意味はない。反撃なんかできないし、一緒に殺されるだけだ。

悠人くんを見捨てて、ひとりで逃げる。

それが最善手だ。培ってきた殺人のノウハウが、冷静に告げていた。

——違う。

私は、言った。冷静で合理的な判断をぶん殴るように、言った。

「行くよ！　一緒に！」

私は、彼の手を取った。悠人くんが抵抗をしようとする。私はその手を思い切り引っ張った。

歩き出そうとした。その瞬間だった。

何かが爆発するような、猛烈な音が響いた。

振り向くと、瀬戸龍馬の身体が、空中を飛んでいた。

時間が止まっているように見えた。静止した時間の中、瀬戸龍馬の身体だけがゆっくりと放物線を描きながら飛び、その身体はそのまま地面に叩きつけられた。熟れたトマトを床に落としたような、べちゃりという音がした。

「おい、おい！」

声が聞こえた。

車だった。車道に止まった車から、ひとりの男性が走り出てくるのが見えた。

撥《は》ねられたのだ。道路を渡ろうとして、やってきた車に。

「おい、ちょっと！　大丈夫ですか！」

瀬戸龍馬は車道に倒れ込み、ぴくりとも動かない。血がどくどくと、路面に広がるのが見えた。

「行こう」

私は悠人くんの手を揺すった。

「行こう。悠人くん」

悠人くんは、青ざめていた。私は無理やり彼の腕を引っ張った。

6

近くの公園で、私たちは顔を洗った。悠人くんの鼻は折れているのか、少し曲がっている。せっかくの綺麗な顔が、もう戻らないかもしれない。

「病院、行ったほうがいいよ」

私は言った。気分は、落ちついていた。

「鼻の怪我だけじゃなくて、ほかのところも傷ついてるかもしれない」

「山根さんもね」

悠人くんはそう言って、水を絞ったハンカチを渡してくれた。私はそれを、自分の頬に当てる。冷たいハンカチを当ててみて、頬が熱を放っていることに気づいた。

「どうなったんでしょう。龍馬は……」

私はあの光景を思い出していた。

車に撥ねられるというのは、最大で三回衝撃があるそうだ。最初に、車にぶつかられた衝撃。次に、ボンネットの上に撥ね上げられてフロントガラスに衝突する衝撃。最後に、前方に吹っ飛び、地面に叩きつけられる衝撃。瀬戸龍馬は、その三回をすべて食らっていた。あの頑丈な男でも、まず無事にはいられないだろう。

「死んでるかもしれない。あれだけじゃよく判らないけど」

「死んでない可能性も、ある？」

「それはある。でも、悠人くんはもう大丈夫だと思う」

「どういうことですか」

「さすがに、これだけ大騒ぎになったんだから、警察も児童相談所も、動いてくれると思う。ああいう機関は何かが起きないと動きづらいけど、動き出したら早いって聞くし。無責任なことは言えないけど……」

私はハンカチを、悠人くんに返した。

「悠人くんは、こうなって、嬉しい？」

「え？　まあ、そりゃあ、ほっとしましたけど」

「面と向かってお父さんと話すと、気持ちが疼《うず》くって言ってたよね。いまは大丈夫？」

「ええ……撥ねられたのを見たときはちょっとウッときましたけど、いまは大丈夫です。これから会わないようになれれば、もう忘れられるかな」

「よかった」

ほっとした。悠人くんを救うことは、できたのかもしれない。でも。

「ごめん。今日の私、全然駄目だった」

「駄目って、計画のことですか」

「そう」

悠人くんは励ますように言う。

「龍馬の件は、仕方なくないですか。山根さんのせいじゃない」

「それだけじゃない。いちごファームで、コルチカムを仕込んでるときに、薫に見つかったの。彼女の対応でドタバタしてるうちに、もうコルチカム入りの行者にんにくは誰かに買われてた。なんとか取り返して、踏み潰してきたけど」

「運が悪かっただけですよ。計画はよかった。結果オーライです」

ちくりと、胸の奥が痛んだ。なんだろう？　悠人くんに言われた言葉が引っかかる。

まあ、もう終わったことだった。結果的に瀬戸龍馬を排除することには成功したのだ。

あと、ひとつだった。私には、最後にひとつやらなければいけないことがある。

「悠人くん、いま、いい？」

「いいって、何がですか」

「病院に行く前に、ちょっと時間を作って欲しいの」

「時間？　別に、構いませんけど……」

「ついてきて」

そう言って、私は歩き出した。


「ここは……」

目的地につくと、悠人くんが呆然としたようにため息を漏らす。

「懐かしいですね、ここ」

「くるのは久しぶり？」

「姉が死んでからすぐに引っ越しましたから、三年ぶりかな」

加奈子が住んでいたマンションだった。

エントランスの前から屋上を見上げる。下から見るのは、初めてだ。加奈子は、あそこから、私たちが立っているあたりに落ちてきた。私はその軌道を思い浮かべる。

「でも、こんなところに何の用なんですか」

「ついてきてくれる？」

私はそれだけを言った。悠人くんは無言で頷いた。

マンションの入口は、オートロックになっている。女性の住人がやってきたのを見て、一緒にオートロックをくぐる。彼女はぼろぼろの私たちを見て少しぎょっとしていたけれど、深入りはしてこない。私たちは一緒にエレベーターに乗った。

最上階に上がる。「行くよ」私が言うと、悠人くんは黙って頷いた。彼なりに、嫌な予感がしているみたいだった。私はそれを無視して、非常階段に向かう。

屋上にくるのは、あの日以来だった。三年前と全く変わっていない。あたりは夜になっていて、見下ろした街はキラキラしていて綺麗だった。

「何をする気ですか、山根さん」

屋上の隅に、貯水槽があった。私はそちらに向かう。

「危ないですよ、山根さん」

無視して、はしごを上る。悠人くんは、どうすればいいか判らないみたいだった。困惑を浮かべながら、それでもついてくる。

貯水槽の上に上ると、すかっと街が見渡せる。眼下に広がる街並みは、宝石をばら撒《ま》いたみたいに綺麗だった。加奈子は、最後にこの景色を見ていたんだ。そう思うと、少し胸が詰まった。

悠人くんがはしごを上ってきた。貯水槽の上で、私たちは向かいあう。

「約束だよね、悠人くん」

「何のことですか」

「君のことは手伝った。今度は、君の番だよ」

私は言った。

「人をひとり、殺して欲しい。いま、ここで」

悠人くんは何も言わなかった。この話になることを、もう知っていたみたいだった。

「できません」

「約束が違うよ。交換殺人をしてくれるって、君は言った」

「瀬戸龍馬が死んだか死んでないかは、判りません。死んでないのなら、交換殺人にはならない」

「上手い言い訳を考えたね」

「大体、いきなりなんですか。なんで山根さんを殺さなきゃいけないんですか」

「もう居場所が、ないんだ」

　私は言った。

「家族はめちゃくちゃだし、学校に戻るわけにもいかない」

「僕の家だってめちゃくちゃですよ。だから、排除してあげますよ。山根さんの邪魔になる人がいるなら、僕が」

「駄目だよ」

　私は首を振った。

「結局、マキの言う通りなんだと思う。外法で物事を解決していっても、どんどんおかしな方向に行っちゃう。私を見て？　自分なりに頑張ったつもりだけど、どんどん居場所がなくなっていく。家族を排除しても、同じことだよ」

「じゃあ、正しくやり直せばいいじゃないですか。まだ遅くないでしょう」

「遅いんだよ」

　いまさら、無理だ。私の道は、三年前から曲がっている。加奈子を殺したとき……彼女のグラスに毒を入れた瞬間から、私の道は曲がってしまったのだ。曲がった道をいくらまっすぐ進んだとして、どこにたどり着けるだろう。

　殺人を告白し、罪を償う。薫たちに謝り、お兄ちゃんの犯罪を告発する。そこまですれば、私はようやくまっすぐ歩けるのかもしれない。でも、そんなことできる気がしなかった。それ以前に、もう私は、そんなことに疲れてしまった。

「なんだ、怖いんだ、悠人くん」

「は？」

悠人くんはむっとした顔になった。

「殺してやるとかなんとか、口だけは達者だけど、いざというときには日和《ひよ》るんだね」

「山根さん。僕を怒らせないでください」

「加奈子ちゃんだったら、もう押してるよ。君みたいにごちゃごちゃ言う前に」

悠人くんの表情が、変わった。

私の両肩に、悠人くんの冷たい手のひらが触れる。

その目に、決意のようなものが宿っていた。私は、目を閉じた。

悠人くんの手のひらは、何というか、強い。日ごろから鍛えているのだろう。触られているだけで、彼が私なんかよりもよほど力を持っていることが判る。ほんの少しそれを使えば、私は地面に向かって落ちていくだろう。加奈子と同じ軌道を描いて。

彼の手のひらから、力が伝わってきた。私は覚悟を決め、強く手を握った。

でも、そこまでだった。

力は、私のほうに向かってこなかった。それどころか、どんどん弱まっていく。独楽《こま》が回転を失って、力なく止まってしまう感じだった。

「やっぱり、無理だね」

目を開けると、悠人くんは、震えていた。

ぎゅっと、抱きしめられた。抱擁じゃない。川で溺《おぼ》れる人が、流木にしがみつくみたいな感じだった。彼の全身が震えている。私を抱きしめる彼は、とても弱々しかった。

「私は知ってたよ。君にはできないって」

返事がない。私は続けた。

「前に薫といちごファームで鉢合わせしたとき。君は竹刀を持っている薫に向かっていかなかった。お父さんに対する態度もそう。君は、実は、怖がりなんだね」

悠人くんは何も言わない。

「君は、優しいよ。加奈子ちゃんとは違う」

私はぽんぽんと、彼の肩を叩いた。

「下りよう。君に殺されるのは、諦める」

私は言った。悠人くんは震えながら、なんとか頷いたみたいだった。

はしごを下りる。悠人くんに殺される覚悟はできていたと思うけれど、どこかこういう展開になるような気もしていた。私のあとから、悠人くんが下りてくる。

私はバッグからペットボトルの水を取り出して、飲んだ。

「……僕にもください」

悠人くんが言うのを拒否して、バッグにしまう。

「病院、きちんと行ってね。悠人くん」

「山根さんも、ですよ。きちんと、検査したほうがいいです」

「マキたちに言っておいてくれる？　ごめん、って。色々心配かけて」

「自分で言ってください。自分で言えないから頼んでるんだ」

悠人くんがハッとした顔になった。私は微笑んだ。

「ごめんね、悠人くん。こっちの計画は、上手く行ったよ」

私はバッグを開けた。封の開いた分包紙を、中から取り出した。

「いつの間に、それを」

私は微笑んだ。

今日、いちごファームに行く前に、悠人くんの家に寄った。最後の打ち合わせというのは口実だった。彼のスクールバッグの中に入ってるストリキニーネを盗み出すための。

「さっきのペットボトルですか」

「違うよ。あれは喉が渇いただけ」

「吐いてください」

「だから、違うって」

悠人くんが近づいた次の瞬間、おなかのあたりに衝撃が走り、私はうずくまった。おなかを殴られたのだ。喉までせり上がってきた水を、私はなんとか飲み込んだ。

「痛いよ……何すんの、もう……」

「山根さん、吐いて！」

「もう無駄だよ。だいぶ前に飲んだから。ここにくる途中でね」

悠人くんが愕然とした表情になる。

「ストリキニーネが効いてくるのは、三十分後。さっきのは、本当にただの水だって」

「救急車呼びます」

「呼ぶなら、飛び降りる。いま、そこから」

悠人くんの顔が歪む。諦めが、心を支配したみたいだった。

彼はへたりこんだ。私はゆっくりと、彼の横にしゃがみ込んだ。

「悠人くん。最後にひとつ、お願いを言っていい？」

「嫌です。聞きたくない」

「毒って、量のコントロールが難しいの。致死量は人によって違うから」

「だから、なんですか……」

「致死量の二倍くらいのストリキニーネを飲んだ。でも、死なない可能性もある。そうなったときは、やっぱり悠人くんに殺してもらいたいの。やりかたは任せるから」

「山根さん……」

私は、バッグに手を入れた。ノートを一冊、取り出す。夜の日記だった。

「もう私には必要ない。これは、悠人くんにあげる」

「どうすればいいんですか、こんなもの」

「悠人くんと殺人計画を練ってた時間は、とても楽しかった。生まれてきて、一番楽しかったかもしれない。だから、君に持っていて欲しい」

「山根さん……」

「私を殺す方法、この中から選んでくれてもいいよ」

悠人くんは受け取ろうとしない。私は日記を、もう一度差し出した。観念したように、悠人くんが受け取る。

「ありがとう。悠人くん」

嬉しかった。こんなものをもらっても使い道はないかもしれないけれど、彼に持っていて欲しかったからだ。

さっき殴られたおなかが、まだ痛い。私はそのあたりをさすりながら、尻もちをつく。

ストリキニーネは、激痛に見舞われるという。私は、覚悟していた。加奈子は、それを味わって死んでいったのだ。私も、同じ目にあうべきだと思った。

ほっとしたせいか、どっと疲れが出てきた。ああ、意識を失いそうだ。人生最後の日は、色々とあったな。

「悠人くん、ちょっとこっちきて」

悠人くんは、私の隣に座ってくれた。

「手、握っててくれる？」

怖くないといえば嘘だった。でも、こんな最期なら、悪くないと思った。

マンションの屋上からは、街が一望できる。キラキラとした街。世界が、自分のものになったみたいだった。

悠人くんが、私の手を握ってくれる。小刻みに震えていたけれど、さっきまでは冷たかった彼の手に、私は体温を感じた。悪くない。彼に看取《みと》られて死ぬことができるなら。

私の一番深い部分を、受け入れてくれた人に。

私は安らかな気持ちのまま、毒が回ってくるのを待った。

エピローグ

私は、あの場所にいた。加奈子が死んだ、あの日の屋上に。

貯水槽。加奈子は私を見下ろしている。その口元に、嬉《うれ》しそうな笑みが浮かんでいる。

加奈子は何かを言っている。私には、その言葉がよく聞こえなかった。加奈子が私のほうに手を伸ばす。その手は、私のところまでは届かない。

私たちは、視線を合わせた。加奈子はじっと、私のことを見ている。

私は、その目を見返した。そのままずっと、その目を見つめ続けた。

*

気がつくと、路上にいた。柔らかな日光が降り注いでいる。白昼夢を見ていたみたいだった。

まだ、夢を見ているのかもしれない。

なんだかそんな感じがした。この太陽も、この手も、この地面も、夢かもしれない。

馬鹿なことを考えてる。現実逃避をしてるだけだ。

私は、怖いんだ。これからしようとしていることを前に、ふわふわと気持ちが落ち着かない。行きたくない気持ちも、正直言ってあった。行かなければいけないという使命感のほうが強いだけだった。

目的地につく。インターホンを鳴らそうと思ったら、私がくるのを待っていたのか、ドアから出てきてくれた。

「理子」

全員、揃っていた。薫。笑里。そして、マキ。

マキは、怖い顔をしていた。私は、何かを言おうと口を開く。

ぱちん、と音がした。

「マキ……」

頬に痛みが走る。私は、殴られたのだ。

マキの行動に、みんなが呆気《あっけ》に取られていた。マキの両目には、涙が溢《あふ》れていた。手を振り上げる。その手のひらが、私の頬を襲う。

「最低」

マキの声は、湿っていた。

「最低だよ、理子」

ぱちん。ぱちん。さらに殴られる。私は抵抗せずにマキの攻撃を浴び続けた。

痛みは、好きだった。痛みを感じていると、自分が許される。痛みを感じる代わりにこの世界にいてもいいような、正当性を与えてもらえる感じがするからだ。

でも、この痛みは、そうじゃない。ただ、痛いだけだった。心を直接、叩かれている気がした。

私は目を閉じて、痛みに耐え続けた。

「瀬戸くんから、簡単に事情は聞いてます」

マキの部屋。車座になって座ると、薫が口を開いた。マキは興奮が収まらないようで、一点を見つめ続けている。笑里も、いつもの彼女からは考えられないくらい、深刻な表情をしていた。

「それで、話ってなんですか、山根先輩。いまさら、私たちと」

薫が水を向ける。私は、頭を下げた。

「ごめん、みんな」

「何がですか」

「こんな風に集まってもらって、ごめん。忙しいのに」

「は？　別に集まりますよ。違うでしょう？　なんで宮野先輩に殴られたのか、判らないんですか」

「……ごめん」

「もう謝罪はいいです。そんな言葉は、聞きたくない」

薫はさじを投げるように言う。何が言いたいのかは、よく判る。

過去のことを、清算しろ。すべて打ち明けて、話し合おう。いままでも、薫は何度もそのチャンスをくれていた。それを無駄にし続けてきたのは、私だ。

——ありがとう、薫。

気持ちが定まった。もうこれ以上、機会を逃したくなかった。

「全部話すよ。私がこの一ヶ月くらいで、何をしてたのか」

全員の視線が、私に向く。私は、言葉を整理した。

「そもそもは……三年前なんだ。三年前、瀬戸加奈子っていう同級生が死んだ事故があった。覚えてるよね、マキ」

「もちろん、覚えてるけど……」

「あれ、私なんだ」

「何が？」

「あれは事故じゃなかった。私が殺したんだ。加奈子ちゃんのことを」

マキが息を飲んだ。薫と笑里も、困惑している。

「加奈子ちゃんが死んだあの日、私はあの子に呼び出されて、告白された。硝酸ストリキニーネっていう毒薬を手に入れたから、それでクラスメイトを殺すんだって。学校の給食に混ぜて、みんなを殺すつもりだって」

「まさか」

「私には、加奈子ちゃんは本気に見えた。あの子はやると決めたらやる子だったから」

マキが頷《うなず》く。私は続けた。

「加奈子ちゃんを説得したけど、駄目だった。親や先生に言っても、信じてくれるとは思えなかった。私が加奈子ちゃんを止めるには、ほかに方法はなかった。あの子のグラスに、ストリキニーネを入れるしか」

「入れたの？　毒を……」

「うん。加奈子ちゃんはそれを、半分飲んだ。あの子はそのあと屋上に行って、貯水槽に上った。あそこは加奈子ちゃんの好きな場所だったの。そして、そこで毒が効いてきて、あの子は落ちた。事件は、事故として処理された」

私は首を振った。

「でも、それは間違いだった」

「間違いって？」

「そもそも……いくつか、変だと思うことがあったの。まず、なんで加奈子ちゃんはお父さんを襲わなかったんだろう。加奈子ちゃんとお父さんの仲は、最悪だった。実際にあの子は一度、刃物を持ってお父さんを襲ったことがあったらしい」

「それは、殺そうとしたってこと？」

「そう。そして失敗した。でも、毒を手に入れたなら、改めてやればいい。クラスメイトを殺す必要なんかない」

マキが少し痛ましい表情になる。血なまぐさいことを話している私のことを、見たくないのだろう。でも、私はもう、全部打ち明けると決めていた。

「もうひとつ。昔、猫屋敷があったよね。この街に」

「ああ……覚えてる」

「加奈子ちゃんはあそこのおじいさんを、下描き……つまり、予行演習で殺したと言っていた。でも、これもおかしい。ストリキニーネはかなり激痛を伴う毒だから、本当にそれで殺したのなら、毒殺事件だってバレて騒ぎになってるはず。そんな痕跡《こんせき》は全然なくて、おじいさんは自然死として処理された。このふたつがよく判らなかったけど、いまなら判る」

「どういうこと？」

「あの子はストリキニーネなんか持っていなかった」

私は確信を持って言った。

「あれは、自殺だったんだ」

〝毒薬〟を飲んだあと、私は屋上で死を待っていた。でも、どれだけ時間が経っても、死はやってこなかった。私たちを取り巻いていた狂気が、時間を経るごとに白けていったあの感覚を、よく覚えている。あれは、毒じゃなかった。

「どういうこと？　だって加奈子ちゃんは、毒が効いて屋上から落ちたって……」

「それは、お芝居だったんだ」

「芝居？　なんで芝居なんかしなきゃいけなかったの？」

いまとなっては確かめようがない。でも、私には真相が明確に見えていた。

「まず加奈子ちゃんには、自殺をする動機があった。理由は……詳しくは言えないけど、お父さんとの関係で、死にたくなるくらいひどいことが起きていた。いちかばちかでお父さんを殺そうとしたけど、失敗した。もう、選択肢がなかったんだと思う」

「そうなんだ……」

「でも、加奈子ちゃんは自殺をする前に、ひとつだけやりたいことがあった。それが、私とふたりで話をすることだった」

マキは少し理解が追いついていないようだった。確かに、私と加奈子の関係は、あまりおおっぴらになっていなかったことだ。

「実は加奈子ちゃんとは、学校の外で親しかった時期があるんだ。私があの子の絵を褒めて、それでちょくちょくと話すようになって」

「知らなかった。そんなことがあったんだ」

「加奈子ちゃんも私に、シンパシーを感じてくれていたみたいだった。でも、あの子は家庭がおかしくなったころ——小五くらいのころから、どんどん凶暴になっていった。

私もあの子についていけなくなって、小六のころには、結構疎遠になってたんだ」

「それで、死ぬ前に最後に話したかったってこと？」

それもあるのだと思う。でも、私と加奈子の関係は、それだけじゃない。

一緒に、蟻を潰《つぶ》したときのことを思い出した。指を重ね合わせて、ひとつの命を消したときのことを。

「加奈子ちゃんは、私と一緒に殺したかったんだよ——自分のことを」

——一緒に殺そうよ。

——理子ちゃんと一緒に、殺してみたい。

「私たちは、何かを一緒に殺すことでつながってた。殺すっていっても、虫を潰すとか、その程度だったけど、暗い楽しみを共有してた。でも加奈子ちゃんはだんだん、大きな動物を対象にしだしていた。たぶん猫屋敷の猫も、殺してたんだと思う。私はさすがにそこまで、ついていけなかった」

そんな話聞きたくないと、打ち切られても仕方がないことを話していると思う。でも、三人とも、困惑しながらも、私の話を聞いてくれていた。

「加奈子ちゃんはそれが、寂しかったんだと思う。それで——最後に、自分を殺すときに、私を呼んだ。私と一緒に、自分自身を殺すために」

「一緒に……」

「そう。考えてみたら、あの日の加奈子ちゃんの言動は、全部一貫してた。私に毒を入れさせることだけを目的に、あの子は話していた」

私は加奈子との会話を思い出しながら続ける。

「クラスメイトを皆殺しにするということもそう。猫屋敷のこともそう。加奈子ちゃんは、この場で自分を殺さないととんでもないことになるって、私を脅してたんだ。脅すだけじゃない。ストリキニーネは死体から検出されないなんて、いい加減な嘘もついてた。私が心理的に毒を入れやすくなるようにね。加奈子ちゃんはそんなことを言ったあと、トイレに行った。でも、たぶん本当はこっそり見てたんだ。私が薬を出して、あの子のグラスに入れるところを。そしてそれを飲んでから、貯水槽の上に上って、毒が効いてるふりをして飛び降りた。たぶん、本物のストリキニーネがあったらそれを飲んでたんだと思うけど、加奈子ちゃんが手に入れられたのは偽物の粉だけだった。でも、それでもよかったんだと思う。私の殺意を羽にして、あそこから飛ぶことができれば」

私は、マキの目を覗き込んだ。

「でも、事態はおかしな方向に転がった。私は、貯水槽に上った加奈子ちゃんが、勝手に足を滑らせて落ちたって証言した。真昼だったし、目撃証言もあった。加奈子ちゃんの死は事故死ということになって、解剖もされなかったから、毒を飲んでないことも判らなかった。私は加奈子ちゃんを殺したんだとずっと思い込み続けることになった」

それが、三年前の出来事。

「このことをきっかけに、私は悠人くんを手伝っていたんだ。そこから先は、悠人くんに聞いたよね」

　私は、みんなのことを見回した。

「加奈子ちゃんのことがあってから、私はずっと加害恐怖に悩まされてた。自分の中の人殺しの部分に怯《おび》えてた。でもそんなこと、誰にも言えなかった。みんな、ごめん」

「理子……」

「本当に、ごめんなさい」

　私は頭を下げた。マキをはじめ、全員どう反応していいか判らないみたいだった。

「でも、よかった」

　絞り出すようなマキの声が、頭上から聞こえる。

「だって、そうじゃない？　理子の計画が失敗してよかった。上手《うま》くいってたら、理子はほんとの殺人犯だよ。取り返しがつかないことになってた」

「そうだね……」

　私は口ごもる。その通り、いまの状態は、めでたしめでたしのはずだ。

　でも、そんなに単純じゃない。複雑な気持ちが、自分の中にあった。

「もう隠しごとはしたくないから、正直に言うよ。本当は、悔しい気持ちもあるの」

「悔しい？　なんで？」

「見てみたかったから」

　いまからする話は、拒絶されるかもしれない。でも、全部正直に言うと決めていた。

「あの日は、運が悪かった。準備のときは起きなかったことが、ことごとく集中して起きたから」

「でも、いいことだよそれは。結果的には……」

「悠人くんにも言われたんだ。運が悪かったですねって。そのとき、ちょっと胸が痛かった。あの痛みの意味が、いまなら判る。私はたぶん、見たかったんだ。全部が上手くいった、計画の姿を」

「理子……」

「この二年くらい、ずっと人を殺すことについて考えてた。あの日の計画は、成功するはずだった。私の考えられる最高の計画だった。それが万全の状態でこの世界に現れるところを、見てみたかった」

マキはもう答えを返そうとしなかった。

「もう計画を実行に移すわけにはいかない。私はこれから、心残りを抱えて生きていくんだと思う。気持ち悪いことを言ってるのは判ってる。でも、これが私の本心なんだ」

「気持ち悪いですね」

別の方向から声が飛んできた。薫が、睨むように私を見つめていた。

「さっきから聞いてたら、全く聞くに堪えないことばっかりで、挙句の果てに最後は運ですか。気持ち悪い」

「薫……？」

「本番で違うことが起きるなんて当たり前でしょう？　剣道だってボードゲームだって同じですよ。何言ってんですか、全く」

　薫がぐっと身を乗り出す。

「判りませんか？　向いてないんですよ。山根先輩には」

　意外な言葉だった。薫は当然のように言う。

「才能がないんです。人殺しなんてだいそれたことが、できる器じゃないんです」

「どうして……そう思うの？」

「だって、単純に、何回も殺人を試みて失敗してますよね。まず、その加奈子さんって人は、都合よく利用されてただけで山根先輩が殺したわけじゃない。瀬戸くんのお父さんの殺害計画は失敗。瀬戸くんに聞きましたが、自殺しようとしたんですよね？　それにも失敗。ほかにも思い当たることがあるんじゃないですか？」

　私は思い出していた。

　沙苗を前に、バットを持ったきり動けなかったこともあった。ホームレス殺人事件について、頓珍漢《とんちんかん》な推理ばかりしていたこともあった。

「それだけ研究したのにその体たらくってことは、根本的に向いてないんですよ。こればかりはどうしようもないです。誰かを殺そうとしても、まず殺せないと思いますよ。諦《あきら》めてください」

「殺せない……？」

そうなのかもしれない。私は何人も殺そうとしたけれど、誰も殺せていない。

自分の奥で、長年溜まっていた澱が流されていくのを感じる。誰も殺せない、殺人に向いてない人間。

それが、私だったのか――。

「……ゲーム、やりましょう」

唐突に、笑里が声を出した。マキが少し驚いた表情になる。

「ゲーム？」

「はい、ゲーム。何かありますよね、この部屋」

「でも、こんなときに……」

「だって、もう話は終わりましたよ。私たちはなんですか？　ボードゲーム研究会です。集まったらやることはひとつです！　それで、この件はもうおしまい！」

笑里はパンと手を叩《たた》く。

「ほら、薫ちゃん、準備準備。マキ先輩、勝手に探しますよ、いいですね！」

薫はさっと立ち上がり、笑里と一緒に棚を物色しはじめる。

私は、マキと顔を見合わせた。「理子もやろう」マキは、私を許すように、少し笑った。

＊

「終わったんですか」

　マキの家の外に出ると、悠人くんが待っていた。

　悠人くんは鼻にギプスをつけていて、ほっぺたには大きな絆創膏《ばんそうこう》を貼っていた。鼻骨が折れて頬に打撲があったものの、幸いそれ以外に大きな怪我はなく、入院も必要ないとのことだった。

　私たちは肩を並べる。歩きながら、私は聞いた。

「これから、どうするの？」

「親権が母に移れば、引っ越します。いま母は、長野のほうに住んでるんで。まだ会えてないんですけどね」

「そっか。遠いね」

「母が僕を引き取れないなら、施設に行くことになると思います。まあ、それでもいいです。別に母とは仲よくないし、龍馬から離れられるのなら」

　悠人くんはそう言って笑う。

　本当に遠回りになったけれど、彼にとってはいい結果になったのだと思う。そのことは、素直に嬉しかった。

「山根さんは、どうするんですか。これから」

「どうするって？」

「お兄さんと、お母さんのこと」

「ああ。言ってなかったっけ？」

　私は笑って言った。

「もう、殺しちゃった。ふたりとも」

　悠人くんは目を見開く。

「嘘ですよね？」

「嘘じゃないよ」

　私は言った。

「まだコルチカムの残りがあったから、それを使った。うちも、食事の当番は私なんだよね。コルチカムの苦味も、甘く煮つけたりすれば問題なく食べられる。ふたりとも、全部食べたよ」

「おふたりは、もう……？」

「コルチカムの毒は時間差で効いてくるから、今日の晩あたりに死ぬんじゃないかな。これで私も、君と同じだね。一緒に施設に行こうか」

　悠人くんはじっと、私の目を覗《のぞ》き込んできた。そして、ぷっと吹き出す。

「山根さん、嘘のセンスないですね」

「……なんで判ったの？」

「山根さんはそんなこと、しないからです」

　百パーセント確信している。そんな声に、私は思わず笑った。

「警察に行こうと思ってる。痴漢をやってたのは兄ですって、きちんと言ってくる」

「動いてくれるか判りませんよ。面倒臭がって追い払われるかもしれない。家庭も崩壊する。いいんですか」

「でも、やらなきゃいけないと思ってる」

私は言った。

「悠人くんは、私は人殺しなんかしないって言ってくれたけど、私は何回も、人を殺しかけてる。加奈子ちゃんを殺そうとしたのも、事実だし」

「でも実際には、殺してはいないでしょう」

「自分の中に、何かがあるのは本当だよ。それにも、きちんと向き合いたい。もう、間違ったものを積み上げるのは、やめようと思ってる。警察に相手にされなくても、やるべきことをやるよ」

「そっかあ……」

悠人くんは少し遠い目になった。

「落ち着いたら、姉の墓参りに行ってきます。本当は、姉と、山根さんとしたみたいな話をしたかったのかもしれません。もう姉の声は聞こえないけど、一方的に話すことならできますから」

「そっか」

「これ、返します」

　悠人くんはそう言って、私にノートを手渡した。彼に預けていた、夜の日記だった。

「私にはもう必要ない。外法を使うのは、もうやめる。ちゃんと病院に行って、加害恐怖と向き合うよ」

「じゃ、捨てちゃいますか。鋏《はさみ》でバラバラにするのなら、手伝いますよ。派手に燃やしちゃってもいいですし」

「そうだね……」

「内容も、ひどいですしねえ」

　悠人くんが、横からページをめくってくれる。

「このページも、ひどいですね。殴り殺したあとにガソリンをかけたり、残虐だなあ」

「やりすぎかな。でも、証拠隠滅にいいんだよ。火は」

「猫の爪に毒を塗って殺すなんてのもありましたよね。ほんとにできるんですかあんなの」

「理論上はね。ちょっとトリッキーだけど」

　悠人くんが、パラパラとページをめくっていく。

　久しぶりに見た夜の日記は、なんだか懐かしかった。悠人くんがページをめくるたびに、私が綴《つづ》ってきた殺人計画が浮かんでは消える。私たちは感想を交わしながら、日記をめくった。

　――ん？

私はそこで、ノートの後ろのほうがへたっていることに気づいた。私がまだ書いていないページのほうに、何かが書かれている。

「あ、ちょっと」

悠人くんの静止を振り切って、私はノートをめくった。

そこにあったものを見て、私は息を呑んだ。

鉛筆画のスケッチが描かれていた。

私が綴ってきた殺人計画、それを実行するシーンが、絵になって表現されている。加奈子ほど上手じゃなく、むしろ稚拙なスケッチだったけれど、丁寧に描かれているのは判った。

「消すの、忘れてたな。姉のことを思い出してたら、つい、描きたくなっちゃって」

悠人くんは気まずそうに視線を逸《そ》らす。

「ひどいけど、好きですよ、この日記」

悠人くんは照れ臭そうに頰を掻《か》いた。

「捨てることは、ないと思うけどな。強く生きるのもいいですけど、僕たちはほら、弱い人間じゃないですか」

とくんと、心臓が鳴った。

不安。加害恐怖。殺意。見るのも嫌で、すぐにも捨て去りたかった、大嫌いな私。でも、悠人くんはそれを受け入れてくれている。もう計画を立てる必要なんかないのに。

ようやく判った。私はこういうものを抱えていたから、悠人くんと親しくなれたんだ――。

「いつでもいいよ、悠人くん」

「何がですか」

「人殺しの話がしたくなったら、私に言って。いくらでもつきあうから」

悠人くんは少し驚いたようだった。それから、嬉しそうに笑った。

「まだ約束は生きてます。山根さんも、殺したい人がいたら、僕に言ってください」

「君になんか相談しないよ。肝心なときにへたれるんだから」

「山根さんだって、肝心なときに駄目でしたよね。計画がずさんで」

「君よりマシだよ、うるさいなあ」

私たちは笑った。私たちにしかできない笑いかたで。

もう、日記を書く必要は、なくなるかもしれない。でも、書きたくなったらまた書いてもいいんだと思った。殺人の記録。残酷なもの。血と暴力と策略。自分の中の暗い感情を、愛しいと思ってもいいのかもしれない。それも、そんなことも、私なのだから。

たくさんの夜を抱きしめて、私はそっと目を閉じた。

解説　謎は痛み、そして解決は――

有栖《ありす》川《がわ》有栖《ありす》

本書『少女は夜を綴らない』は、第36回横溝正史ミステリ大賞を受賞した『虹を待つ彼女』（二〇一六年）に次いで発表された逸木《いつき》裕《ゆう》の第二作である。〝デビュー二作目にして、作者がその実力のほどをあらためて見せつけた作品でもある。

ところで、あなたは何を期待して本書を手に取ったのだろうか？　作者の別の作品を読んで面白かったから、という方以外に――ダークで苦みのある青春ミステリや普通ではないボーイ・ミーツ・ガール小説が好きだから、という方もいれば、決して口にできないトラウマを抱えた少女がスリリングな目に遭う物語にどきどきしたくて、という方もいらっしゃるだろう。あるいは、最後で足許《あしもと》をすくう仕掛けが用意されている匂いを嗅《か》ぎつけた方。次々に繰り出される意外な展開に翻弄《ほんろう》される気配を察知した方……。

理由は様々だろうが、どなたも本書に裏切られることはない。作者は、すべての期待に応《こた》えてくれるだろう。しかも、予想をずっと上回る高いレベルで。

逸木裕作品の特徴の一つは、物語がどう展開してどこに着地するのかがまるで読めないことだ。読み終えた時に自分がどんな気持ちになるのかも見当がつかないまま、ページをめくる手が止まらなくなる。「明日《あした》は早く起きなくてはならないので夜更かしはできない」というタイミングで読むのは危険だから注意しなくてはならない。

冒頭からして只事《ただごと》ではない。主人公・理子《りこ》が小学生の頃に体験した秘密が読者に明かされ、その出来事をきっかけに彼女は人を傷つけてしまうのではないかという強迫観念に囚《とら》われる。加害恐怖から逃れるために彼女は「夜の日記」なるものを綴《つづ》るようになるが、そのノートの存在自体が新たな重い秘密となってしまう。敵意を剝《む》き出しにしてくるクラスメイト、河川敷で起きるホームレス殺害、年下の少年・悠人《ゆうと》との衝撃的な出会い――と続き、友人たちと部活で和むシーンもありながら、少女を包む世界は不穏さを増していき、読むのがやめられなくなる。

デビュー第二作の執筆にあたって考えたことを、作者は「ハヤカワ ミステリマガジン」二〇一七年十一月号のインタビューで「なんらかのかたちで第一作を超えるものでなければならないという強いプレッシャーがありました」と語り、編集部と相談のうえでAIをモチーフにした前作とは「読み味を変えること」にして、「一つの大きな謎だけで終盤まで引っ張っていくのは作品の構成上難しいと思ったので、このかたちにしました」と明かしている。

確かに本作は、奇々怪々な難事件を探偵役が徹底的に捜査し、手掛かりが集まったところで推理を組み立てて真相を解き明かす、という単線的に構成を取ってはいない。

主人公・理子が抱える問題（人を傷つけてしまったらどうしよう。私はすでに自分を抑えられなくなっているのではないか？）の上に、悠人から持ち掛けられた問題が重なり、物語が進行するにつれてそのいずれもが形を変容させていき、さらに理子の加害恐怖の原因となっているトラウマに隠されていた真実が絡み合ってクライマックスへと向かっていく。複線的・重層的で、理子の行く手にはいくつもの曲がり角が用意されている。

文庫化にあたって改稿が施された本作を読み返した私は、面白さを確認すると同時に、ミステリとしてのユニークさを再発見した。理子は、刑事や探偵のごとく謎を解こうとしておらず、降りかかってくる複数のトラブルを回避したがっているだけ。その結果、意図せず複雑な役割を演じてしまう。

セバスチャン・ジャプリゾ作の『シンデレラの罠』（一九六二年）という小説がある。半世紀以上も読み継がれているフランスミステリの傑作で、初版に添えられたあまりにも魅力的な謳《うた》い文句《もんく》が現在の版でも掲げられている。

〈私がこれから物語る事件は巧妙にしくまれた殺人事件です。／私はその事件で探偵です。／証人です。／被害者です。／そのうえ犯人なのです。／私は四人全部なのです。／いったい私は何者でしょう。〉

不可解に響くが、ヒロインが記憶喪失に陥っているので（おまけにひどい火事で顔を負傷している）、こういう事態もあり得る。この小説のミソはその先の展開にあるのだけれど、本題から逸れてご紹介する紙幅はない。

『シンデレラの罠』の有名なコピーは、『少女は夜を綴らない』の理子にも当て嵌《は》まる。彼女の場合も記憶が曖昧《あいまい》になっている点はあるが、もとより誰にとっても記憶とはそういうものだ。しかし、「私は誰？」などという状況には陥っていない。理子を巻き込んだ事態が、結果として彼女にいくつもの役割（実は、数え方によっては一人四役どころではない）を演じさせるのだ。この構成が、雲が湧き立つようにサスペンスを生む。

中学生の少女と少年に対して、作者は過酷な試練を与えた。主人公を危機に突き落とすのがエンターテインメント作家の務めではあるが、高校生でもハードなのに中学生に……と思わないでもない。

　前述のインタビューによると、「理子を中学生にするか高校生にするかはかなり迷ったのですが、この作品は行き場のない話で、閉鎖的な環境のなかでひたすらもがく話なので、中学生のほうが相応しいだろうと考えて決めました」とのこと。

　また、別のインタビューでは「自分を振り返っても、中学生くらいのころがいちばんつらかった。そんな年頃には、ほの暗い感情を持つのも案外めずらしくない気もするんですね」とも話している。

　中学時代が暗くて重くてしんどかった、という方は多いだろう。かくいう私自身もそうだったので、大いに共感を覚えてしまう。特に一年と三年が鬱陶《うっとう》しくて、真ん中の中二時代は比較的気分が楽だった。そんな実感があるせいで、理子と悠人が中三と中一に設定されていることにも「なるほど」と膝《ひざ》を打ち、作者とシンクロしているように感じたのだが——まあ、この一致はたまたまなのかも。

理子と悠人の物語は、作者がミステリとして巧みに構築したもので、私たちが中学時代に味わう不安、閉塞感《へいそくかん》、疎外感、苛立《いらだ》ちは、ここまでドラマティックではない。であるにせよ、この年頃に特有の痛みを抽出し、見事なミステリに変換している。

主人公が直面する謎が痛みを伴うこと。これも逸木裕作品の特徴だ。成長と引き換えの痛みが謎の形を取って発現してくる、とも言える。謎は最後には驚きをもって解き明かされ、解決は主人公の成長と結びつく。

精神的にたくましくなったり視野が広がったりすること。人の成長とは、そのように解されるが、それだけではない。一段高いところに歩を進めた彼女もしくは彼は、昨日までの自分の理解に至り、同時に読者も昨日までの彼女もしくは彼を理解し、その人物像があらためて鮮やかに浮かび上がってくる。

成長は、特別な瞬間として訪れたり、蝶《ちょう》が蛹《さなぎ》から羽化するごとく短時間で起きたりもするだろうが、もっと時間を要することもある。胸の裡《うち》に淡い希望に似たものを見つけ、予兆を感じて変化を手繰《たぐ》り寄せ、自らを孵化《ふか》させるようにして成される。意識するかしないかを問わず、人はそういう形で成長を遂げることも多いのではないか。

逸木裕の描く主人公たちは、結末で「私、成長を遂げました」と明確に自覚するわけではない。彼女もしくは彼は、成長へと自分を導いてくれる虹のごときものを物語の最後に見るのだ。痛みだった謎は、解決で虹と化す。

デビュー作『虹を待つ彼女』は横溝賞受賞後に改題がなされ、投稿時は『虹になるのを待て』だった（選考委員の一人として、私はこのタイトルで同作を読み、めでたく逸木裕と出会った）。それを知っているから〈虹〉という言葉にこじつけているつもりはない。こじつけるなら、こうか——。

逸木裕作品のもう一つの特徴。それは、作品がどこから飛んでくるか予測できないこと。多数のドローンが渋谷で通行人たちを襲うシーンから始まる第一作では、AIが私たちの心に何をもたらすかを近未来（といっても舞台は二〇二〇年なのだが）の哀切な恋を通して描いた。第三作『星空の16進数』（二〇一八年）は、特異な色彩感覚を持つ少女が主人公。幼い頃に誘拐された記憶の秘密を、『虹を待つ彼女』に登場した私立探偵・森田《もりた》みどりが探る。第四作『電気じかけのクジラは歌う』（二〇一九年）は、個人の嗜《し》好《こう》に合わせてAIが作曲するアプリ「Jing」を巡る音楽ミステリで、人間にとっての創作の意味が問われる。第五作『銀色の国』（二〇二〇年）で作者が選んだテーマは自殺。

という具合で、独特のタッチで現代に斬り込む姿勢は一貫しつつ、逸木裕の作品世界は虹のように多彩だ。その色は七つに留まらず、これからさらに増えていくに違いない。私は多くの読者と一緒に、この美しい虹をずっと追いかけたいと思う。

【主要参考文献】

『犯罪は「この場所」で起こる』小宮信夫（光文社新書）
『エッセンシャル法医学（第3版）』高取健彦 編（医歯薬出版）

本書は、二〇一七年七月に小社より刊行された
単行本を加筆修正のうえ、文庫化したものです。

少《しよう》女《じよ》は夜《よる》を綴《つづ》らない

逸木《いつき》 裕《ゆう》

令和2年 6月25日 初版発行
令和6年 11月15日 3版発行

発行者●山下直久

発行●株式会社KADOKAWA
〒102-8177 東京都千代田区富士見2-13-3
電話 0570-002-301（ナビダイヤル）

角川文庫 22209

印刷所●株式会社KADOKAWA
製本所●株式会社KADOKAWA

表紙画●和田三造

●お問い合わせ
https://www.kadokawa.co.jp/（「お問い合わせ」へお進みください）
※内容によっては、お答えできない場合があります。
※サポートは日本国内のみとさせていただきます。
※Japanese text only

ISBN 978-4-04-109183-8 C0193

◆◆◆

角川文庫発刊に際して

角川源義

第二次世界大戦の敗北は、軍事力の敗北であった以上に、私たちの若い文化力の敗退であった。私たちの文化が戦争に対して如何に無力であり、単なるあだ花に過ぎなかったかを、私たちは身を以て体験し痛感した。西洋近代文化の摂取にとって、明治以後八十年の歳月は決して短かすぎたとは言えない。にもかかわらず、近代文化の伝統を確立し、自由な批判と柔軟な良識に富む文化層として自らを形成することに私たちは失敗して来た。そしてこれは、各層への文化の普及滲透を任務とする出版人の責任でもあった。

一九四五年以来、私たちは再び振出しに戻り、第一歩から踏み出すことを余儀なくされた。これは大きな不幸ではあるが、反面、これまでの混沌・未熟・歪曲の中にあった我が国の文化に秩序と確たる基礎を齎らすためには絶好の機会でもある。角川書店は、このような祖国の文化的危機にあたり、微力をも顧みず再建の礎石たるべき抱負と決意とをもって出発したが、ここに創立以来の念願を果すべく角川文庫を発刊する。これまで刊行されたあらゆる全集叢書文庫類の長所と短所とを検討し、古今東西の不朽の典籍を、良心的編集のもとに、廉価に、そして書架にふさわしい美本として、多くのひとびとに提供しようとする。しかし私たちは徒らに百科全書的な知識のジレッタントを作ることを目的とせず、あくまで祖国の文化に秩序と再建への道を示し、この文庫を角川書店の栄ある事業として、今後永久に継続発展せしめ、学芸と教養との殿堂として大成せんことを期したい。多くの読書子の愛情ある忠言と支持とによって、この希望と抱負とを完遂せしめられんことを願う。

一九四九年五月三日